中晚唐苦吟詩人研究

李建崑◎著

自序

筆者對於苦吟詩歌的研讀，開始得很早，大約民國七十四年就拜讀過尤信雄教授的《孟郊詩研究》，當時雖不是頂喜歡孟郊，卻對孟郊的寒苦詩風，留下深刻的印象。如今《孟郊詩研究》一書已經出版二十年，卻仍是研究苦吟詩人必備的專著。

博士班階段，筆者將所有心力投注在韓愈，連帶收集了不少孟郊的資料。民國八十二年底，業師邱燮友教授參與羅聯添教授主持的「國立編譯館中華學術著作編審委員會歷代詩文集校注出版計劃」，並邀請筆者加入《孟郊詩集》的校注工作；筆者感到萬分欣喜，不自量力地接受任務；也正是這個緣起，使筆者一頭栽進中晚唐詩歌文獻整理工作。

自民國八十五年十一月起，筆者又在羅聯添教授協助下，以張籍、賈島為課題，繼續作詩歌全集校注工作，先後完成《張籍詩集校注》以及《賈島詩集校注》。自此筆者撰寫的論文，也大致集中在「韓愈詩人集團」以及晚唐「苦吟詩人」這個領域，屈指算來，已在這個領域辛苦工作了十餘年。

筆者資質駑鈍，謀食無方，尤其近五、六年間，生活情境起了一些變化，常態授課，大幅增加，學術研究，蹭蹬不前，幾乎顛躓不起。幾位前輩師長，紛紛表達關切；從學的研究生，也適時給予協助。幾位好友、同事，更是持續關懷，使筆者獲得不少助力。

去年暑假，在文學院黃秀政院長以及徐照華、陳器文、賴芳伶、林清源諸教授鼓舞激勵下，重新整備資料，以《中晚唐苦吟詩人研究》為總題，歷經一年寫作，終於完成六篇蕪文。其中〈釋苦吟〉

一章，比較全面地討論到「苦吟」相關議題；而「郊寒」、「島瘦」、「武功體」，一向被視為苦吟詩人典型，也使用較大篇幅詳為論述。至於「賈島系」、「姚合系」的苦吟詩人，由於資料實在太少，不得已使用集叢方式成篇。至於〈試論李懷民《重訂中晚唐詩主客圖》〉一文，則尚未在學術刊物發表。這是去年秋天，到中研院傅斯年圖書館借書，發現該館藏有清・李懷民《重訂中晚唐詩主客圖》，而且是全臺唯一的影印本，筆者十分驚喜，立即作了初步探討。此書對中晚唐詩研究者來說，極為重要，由於主題相近，列為本書之附錄。

苦吟是中晚唐下層文人，克服貧窮困頓、仕途挫折、實現自我理想的手段。誠如李立信教授在某次研討會講評所言：「苦吟詩人，基本上皆不具『捷才』，而又『才不及人』，所以才需苦吟。是以苦吟詩人無一能與於一流作家之林。然而中晚唐苦吟詩人，雖非騷壇主流，於詩藝之追求，實與李、杜、韓、白之苦心，並無二致。」筆者反覆參研這些詩人的作品，難免因為情境相通，而有同體之感。

在本文寫作期間，每週仍然往返臺北、臺中，省視高齡雙親，可謂備嚐艱辛；尤其今年初春，老父不幸病故，使筆者的心境，益為寥落。如今只能向讀者呈獻微薄的成果，感到十分汗顏。除了向所有親愛的師長、好友深致謝意，更期待學界賢達，不吝指正。

李建崑　自序於臺中市國立中興大學中文系八一七研究室
時民國九十四年六月二十五日

目次

第一章　釋苦吟—代緒論

唐詩發展到中晚唐時期，出現「苦吟」現象，此為論者所共知。不僅孟郊、張籍、賈島、李賀、盧仝、馬異這些與韓愈關係密切的詩人苦吟為詩，即便與韓愈沒有淵源關係的晚唐文人如：杜牧、羅隱、韋莊、韓偓、陸龜蒙、杜荀鶴、鄭谷亦復如此；而且越至晚唐，越為顯著。

在這批詩人中，張籍、孟郊、賈島、姚合，不但都有突出的詩歌成就與個人風格，而且在「苦吟」風潮中，位居引領風騷之地位。聞一多先生《唐詩雜論》中，曾宣稱晚唐五代是「賈島的時代」，使筆者甚感興味，自十餘年前起，研究中晚唐苦吟詩人。先是投入孟郊、張籍、賈島詩集之整理與校注[一]，也曾於國內學術會議場合，針對苦吟詩人議題，發表若干成果[二]，十年磨劍，使筆者對苦吟詩人議題，略有理解，也累積若干資料。願在現有基礎上，擴大範圍，針對「郊寒」、「島瘦」、「武功體」等苦吟典型，略作詮評；並以往來師承之關係以及詩風之類似性為據，將晚唐十餘位詩人分為「賈島系（承其奇僻之風）」與「姚合系（承其淡雅之風）」，分類加以探討，或能更加彰顯中晚唐時期，姚合、賈島之流風餘裔。

一　筆者先後出版了：《孟郊詩集校注》（與邱燮友教授合著，新文豐出版有限公司出版，一九九七年）、《張籍詩集校注》（華泰文化事業有限公司，二〇〇一年）、《賈島詩集校注》（里仁書局，二〇〇二年）。

二　筆者曾於八十九年十一月十八日，國立中正大學「第五屆唐代文化學術研討會」上，發表中晚唐苦吟詩人的部分研究成果。並以〈中晚唐苦吟詩人探論〉為題，發表在《興大中文學報》十三期，頁十一－二十八。

壹、苦吟之涵義

「苦吟」一詞，本為普通詩語，自初唐起，便不斷出現在唐人詩篇中。陳子昂詩云：「坐觀萬象化，方見百年侵。擾擾將何息，青青長苦吟。願隨白雲駕，龍鶴相招尋。」[三]、郭震詩云：「愁殺離家未達人，一聲聲到枕前聞。苦吟莫向朱門裏，滿耳笙歌不聽君。」（〈蛩〉）[四]、韓愈詩云：「顧我多慷慨，窮檐時見臨。清宵靜相對，髮白聆苦吟。」（〈孟生詩〉）、孟郊詩云：「夜學曉不休，苦吟鬼神愁。如何不自閒？心與身為讎。」（〈夜感自遣〉）[五]杜荀鶴詩云：「四海無寸土，一生惟苦吟。虛垂異鄉淚，不滴別人心。」（〈湘中秋日呈所知〉），都是知名例證。

從詩句的脈絡來看，陳子昂之作，是寫夏日居家，在林木交映的園林中，坐觀萬象、靜思生命，並為之幽然心遠，不禁興起神仙之想。所以，詩中之「苦吟」，意謂：「向家園林木，傾吐詩詠」，並無苦苦哀吟之意；郭震是因為離家在外，又功名未立，聞秋蛩之鳴叫，益增愁懷。所以，詩中之「苦吟」，其實是喻指「寒蛩鳴叫」；至於韓愈之「苦吟」，則指孟郊充滿哀苦之「詩詠」；而孟郊在詩中，抒寫追求詩歌成就，不眠不休、身心交戰之狀態，所以「苦吟」一語，更意謂「作詩苦心」。杜

三　陳子昂〈南山家園林木交映盛夏五月幽然清涼獨坐思遠率成時韻〉，《全唐詩》卷八十四，（臺北，文史哲出版社第二冊），頁九一五。

四　郭震〈蛩〉，《全唐詩》卷六十六（文史哲出版社，第二冊），頁七五九。

五　見邱燮友、李建崑合注《孟郊詩集校注》卷三，（新文豐出版公司，八十六年十月），頁一四八。

荀鶴之「苦吟」，則指「刻苦為詩」的寫作態度。綜觀中晚唐詩人對「苦吟」一詞之使用，至少有四個涵義：

一、殫精竭慮之寫作態度

中晚唐苦吟詩人，多屬貧寒文士，既無權勢，又乏財貲；遂以寫作為志業，冀望以詩歌創作垂諸久遠。劉禹錫所謂：「悲斯歎，歎斯憤，憤必有所泄，故見乎詞。故敢聞左右。[六]」正說明這種狀況。韓愈在〈貞曜先生墓誌銘〉謂孟郊作詩：「掐擢胃腎」、「鉥目劌心」，雖不免誇張，卻能準確傳述苦吟詩人那種「月鍛季鍊，以求創新」的寫作精神。

吾人只要從：「夜學曉不休，苦吟鬼神愁。」（孟郊〈夜感自遣〉）、「到曉改詩句，四鄰嫌苦吟。」（劉得仁〈夏日即事〉）、「苦吟身得雪，甘意鬢成霜。」（李頻〈及第後歸〉）、「因知好句勝金玉，心極勞神持地無。」（貫休〈苦吟〉）這些充滿「自苦精神」之告白，即可看出「苦吟」一語，最常指稱的是：極端專注、竭盡心力之寫作態度。

苦吟詩人不僅在朋友會宿時，「開門但苦吟。」（無可〈暮秋宿友人居〉）；獨處異鄉，除夕兀坐，也「不覺苦吟頻」（盧延讓〈冬除夜書情〉）。此外，在不少以「苦吟」為題的詩篇中，更不斷透露這種

六　劉禹錫〈上杜司徒書〉語。見《劉夢得文集》卷十四，四部叢刊本。

僶勉為詩的態度。杜荀鶴〈苦吟〉一詩云：

世間何事好？最好莫過詩。一句我自得，四方人已知。
生應無輟日，死是不吟時。始擬歸山去，林泉道在茲。[七]

頷聯「一句我自得，四方人已知」，已透露詩人勠力寫作之深層用意；基於「求為人知」，自不願放棄任何寫作機會，因此，「生應無輟日，死是不吟時」不只是悲壯的宣示，更是生活的實情。崔塗〈苦吟〉一詩，透露同樣訊息：

朝吟復暮吟，只此望知音。舉世輕孤立，何人念苦心？
他鄉無舊識，落日羨歸禽。況住寒江上，漁家似故林。[八]

崔塗坦承：「朝吟復暮吟，只此望知音」是其創作動機，只是，舉世看輕孤立無援之文士，何人顧念詩人之創作苦心？雖然如此，當崔塗遊於異鄉，暫住漁家，仍然僶勉以赴，不廢吟業。

七　參見《全唐詩》卷六九一，頁七九四五。
八　參見《全唐詩》卷六七九，頁七七七一。

二、耽思冥搜之創造歷程

晉・陸機〈文賦〉對創作前的沈思階段，有極為傳神之描述。他說：「其始也，皆收視反聽、耽思旁訊，精騖八極，心遊萬刃。其致也，情曈曨而彌鮮，物昭晰而互進。」詩人在思慮階段，確實有「視而不見、聽而不聞」之狀況；然後才能自微達顯、由內而外；擺脫「用詞之困難」，而進入「出語駿利」的階段。

中晚唐詩人也不乏類似的體驗。例如《全唐詩》卷七二〇載錄裴說的殘句，有「吟餘潮入浦，坐久燒移山。」（〈湘江〉）以及「苦吟僧入定，得句將成功。」（詩話載裴說殘句）兩句；仔細體會裴說所說：「吟餘」潮已入浦，「坐久」方覺日已移山，正是一種「耽思冥搜」的狀況；至於「苦吟」而如僧之入定，則其歷程，更似陸機所述之「收視反聽、耽思旁訊」。

盧延讓：「吟安一個字，撚斷數莖鬚」（〈苦吟〉）、方干：「至夜不得力，至今猶苦吟。吟成五字句，用破一生心」（〈貽錢塘縣路明府〉）雖是極端的例子，曾被詩論家取笑，其實這一類描述，正意味著在「苦吟」為詩之時，必然經過一個「耽思冥搜」的創作歷程。

中晚唐詩人刻苦自勵，冀望出奇。使他們「萬事不關心，終朝但苦吟。」（許棠〈言懷〉）他們期待「此際苦吟力，分將造化功。」（李咸用〈贈來進士鵬〉）就算「苦吟無暇日，華髮有多時。」（杜荀鶴〈投李大夫〉）也在所不惜。裴說在〈寄曹松〉一詩坦承：「莫怪苦吟遲，詩成鬢亦絲。鬢絲猶可染，詩病卻難醫。」[九]既然是難醫的「詩病」，亦惟「詩成」之日，方有痊癒的可能。

三、貧寒哀苦之詩歌內容

石介在〈贈張績禹功〉一詩中說：「孟郊與張籍，詩苦動天地。」（《徂徠石先生全集》卷二），歐陽修在《六一詩話》也舉：孟郊〈移居詩〉、〈謝人惠炭〉為例，說到：「孟郊賈島皆以詩窮至死，而平生尤喜自為窮苦之句。」從宋人論及苦吟詩人的角度來看，類似：「清霄靜相對，髮白聆苦吟。」（韓愈〈孟生詩〉）「苦吟懷凍餒，為弔浩然魂。」（李洞〈送皇甫校書自蜀下峽歸覲襄陽〉）的詩句，所述內容，不離貧寒困頓的生活與哀苦不平的感受。裴說〈冬日作〉一詩，最能釋出這種信息。他說：

> 糲食擁敗絮，苦吟吟過冬。稍寒人卻健，太飽事多慵。
> 樹老生煙薄，牆陰貯雪重。安能只如此？公道會相容。[十]

詩中述及詩人食粗糲、擁敗絮，苦吟過冬。慶幸天氣雖寒，而身體仍健。貧寒困頓，未減損創作熱誠，理由無他，是堅信自己的創作成就，終將獲得世人公道的評價與對待。

哀情苦語，或許使人讀來不懽，然而卻是中晚唐苦吟詩人的重要內容。元・辛文房稱道孟郊：「拙

九　參見《全唐詩》卷七二〇，頁八二六一。
十　參見《全唐詩》卷七二〇，頁八二六四。

於生事，一貧徹骨，裘褐縣結，未嘗俛眉為可憐之色。」其他詩人，亦復如此。其遭遇有隆替，賦才有大小，有緣升之廊廟者，固然有幸發揮才能；無緣仕進者，嘯呼一室，苦吟孤索，而能氣骨稜稜，壁立萬仞，其實也十分難得。

於是，「苦吟」一詞，也用以指稱貧寒困頓與哀苦不平的詩歌內容。

四、耽溺詩詠之詩人典型

清・李懷民曾在《重訂中晚唐詩主客圖》中，認為許多中晚唐詩人，有似孔門之狂狷。其中「韓退之、盧仝、劉叉、白樂天，狂之流也；孟東野、賈島、李翺、張水部，狷之流也。」姑不論才情高下，他們基本上立身嚴謹、氣骨稜稜，只因耽溺詩詠，堅持理想，以致與時枘鑿，坎坷多難。

中晚唐之際，賈島便是一個典型；賈島也喜用「苦吟」二字入詩，如其：「默默空朝夕，苦吟誰喜聞？」（賈島〈秋暮〉）、「苦吟遙可想，邊葉向紛紛。」（賈島〈寄賀蘭朋吉〉）、「正月正當三十日，風光別我苦吟身。」（賈島〈三月晦日贈劉評事〉），可謂屢見不鮮。賈島死後，時人哭輓，也以「苦吟」為言。可止〈哭賈島〉：「塚欄寒月色，人哭苦吟魂。」、張蠙〈傷賈島〉：「生為明代苦吟身，死作長江一逐臣。」都是很好的例子。晚唐詩人杜荀鶴更自喻為「江湖苦吟士，天地最窮人。」（〈郊居即事投李給事〉），其〈寄從叔〉詩云：

三族不當路，長年猶布衣。苦吟天與性，直道世將非。
雁夜愁癡坐，漁鄉老憶歸。為儒皆可立，自是拙時機。[十一]

頷聯自謂苦吟為其天性，直道而行，世人將以為非。然而他堅信：「為儒皆可立，自是拙時機。」於是苦吟一詞，也兼指耽溺詩詠之天性；而所謂「苦吟身」、「苦吟魂」、「苦吟士」，也用以指稱耽溺詩詠、實踐理想之典型。

貳、苦吟觀念溯源

一、儒墨人格修養觀念之先導

苦吟觀念，可以從儒墨二家思想中，找到基本根源。受到儒家「君子固窮」之修養觀念與墨家「勞身苦志」人格觀念之深遠影響，使古代文士在行為上，講求自律與合度；在言辭上，稱揚貧苦；在文化理想上，冀望立言，以求不朽。

孔子在《論語》稱頌顏淵：「飯疏食飲水、曲肱而枕之、人不堪其憂，回也不改其樂」（〈雍也〉）、

十一 《全唐詩》卷六九一，頁七九二九。

「回也，其庶乎，屢空」（〈先進〉）、「君子固窮，小人窮斯濫矣。」（〈衛靈公〉）傳統文人無不引為典型，所以「獨善」、「持志」也就成為士大夫的基本修養；雖處於困阨之境遇，亦不改變信念。孟郊賈島於窮苦生活，津津樂道，正是他們深受儒家人格思想影響之最佳證據。

此外，墨子思想也是一個源頭。《莊子．天下篇》論及墨家思想時說：「其生也勤，其死也薄，其道大觳；使人憂，使人悲，其行難為也。」郭象注：「觳，無潤也。」成玄英疏：「生則勤苦身心，死則葬資儉薄，其為道干觳無潤也。」可見墨家主張「勤苦身心」。又墨子反對耳目之美、口腹之樂、遠國珍怪之異物；主張強本節用，嚴於律己。儒墨之修養理論，其實相近且相通，連韓愈在〈讀墨子〉都說：「同修身正心以治天下國家，奚不相悅如是哉？」從而強調：「孔子必用墨子，墨子必用孔子；不相用，不足為孔墨。」古代士人在律己、固窮的實踐中，體認到一種樸茂的「人格之美」。

在中晚唐苦吟詩人作品中，也常強調樸茂、不避醜拙乃至追求險怪。這些地方，都與墨學精神相通。孟郊〈投所知〉所謂：「苦心知苦節，不容一毛髮。鍊金索堅貞，洗玉求明潔。」、〈感懷〉詩說：「東方有一士，歲暮常苦飢。主人數相問，脈脈今何為。貧賤亦有樂，且願掩（一作守）柴扉。」其所以不為俗動、甘於貧窮，是因為能從刻苦中，可以找到一種人格方面的「自我肯定」。

二、古代文論、詩論之觸發

早在漢代，就有「創作遲速」之討論。相傳漢武帝自作賦，下筆立成；然而司馬相如寫作速度卻十分緩慢，雖「彌時而後成」，卻無不工妙，使得武帝願以「吾之速，易子之遲」[十二]。桓譚在《新論・祛蔽篇》自述「精思太劇」，以致生病[十三]；又提到揚雄曾因精思為文，夜夢「五臟出地」[十四]。此外，范曄在《後漢書・王充傳》中，載錄王充好論說，閉門潛思，著《論衡》八十五篇，以致晚年精力衰耗，乃造《養性書》十六篇，以「頤神自守」。《後漢書・張衡傳》更提及張衡：「擬班固《兩都》作《二京賦》，因以諷諫。精思傅會，十年乃成。」《晉書・左思傳》記載：左思少而好學，年四十未仕，潛思為《三都賦》，十年而成。

這些事例，都顯示古代文人辛勞創作的一面。雖然詩文成篇之遲速，無關作品好壞，然而，劉勰還是在《文心雕龍・神思篇》中主張：「率志委和、理融情暢」，反對「苦慮勞情，鑽礪過度。」此外，顏之推《顏氏家訓・文章篇》也曾批評何遜：「每病苦辛，饒貧寒氣。」[十五]這些記載與討論，都

十二 此見《漢武故事》，然係小說家言。關於司馬相如為文遲緩之記錄，《西京雜記》也有紀錄。略謂：「司馬相如為《上林》《子虛賦》，意思蕭散，不復與外事相關，控引天地，錯綜古今，忽然如睡，煥然而興，幾百日而後成。」

十三 桓譚《新論・祛蔽篇》云：「余少時見揚子雲之麗文高論，不自量年少新進，而猥欲逮及。嘗激一事而作小賦，用精思太劇，而立感動發病，彌日瘳。」（全後漢文，卷十四）

十四 文見全後漢文，卷十四，桓譚《新論・祛蔽篇》。

十五 顏之推《顏氏家訓・文章篇》云：「何遜詩實為清巧，多形似之言。揚都論者，恨其每病苦辛，饒貧寒氣，不及劉孝綽之雍容也。」轉引自郭紹虞《歷代文論選》上冊（台北華正書局版），頁三一五。

曾在文學理論的層面上，對中晚唐詩人之苦吟觀念有所啟發。

　　以唐人而言，隨著近體詩之成熟，初唐即有元競《詩髓腦》、《古今詩人秀句》、崔融《唐朝新定詩格》、上官儀《筆札華梁》及六對、八對之說。盛唐王昌齡在《詩格》、《詩中密旨》等書講究「苦思」、「立意」，都在詩學層次給予中晚唐苦吟詩人不少啟發。皎然對中晚唐詩人之影響更為顯著，皎然在《詩式》卷一嘗云：

> 詩不要苦思，苦思則失自然之質。此亦不然。夫不入虎穴，焉得虎子。取境之時，須至難至險，始見奇句；成篇之後，觀其氣貌，有似等閒，不思而得，此高手也。[十六]

　　皎然正面強調「苦思」的重要，認為詩文在取境上，應力求至難至險，成篇之後，卻如等閒；簡言之，即強調：詩人應殫精竭力、經營「人巧」，其最高理想在於成篇之時，巧奪天工。此外唐・齊己《風騷旨格》論及：「詩有二十式……六曰艱難。詩曰：『覓句如探虎，逢知似得仙。』」[十七]又謂：「詩有四十門……二十一曰清苦。詩曰：『在處人投卷，移居雨著衣。』……三十二曰蹇塞。詩曰：『氣蒸垂柳重，寒勒牡丹遲。』」[十八]五代・徐夤《雅道機要》也在「明門戶差別」中，列有「清苦門」。齊己

十六 參見唐．皎然《詩式》卷一《取境》條。

十七 張伯偉注：「此齊己〈寄鄭谷郎中〉見《全唐詩》卷八百四十。」詳見張伯偉《全唐五代詩格彙考》（江蘇古籍出版社，二〇〇二年四月，頁四〇五）。

十八 張伯偉注：「此劉得仁〈春暮對雨〉見《全唐詩》卷五百四十四。」詳見張伯偉《全唐五代詩格彙考》（江蘇古籍出版

作《風騷旨格》，「六詩」、「六義」、「十體」、「十勢」、「二十式」、「四十門」、「六斷」、「三格」，都繫以詩，頗具示範作用，其影響不容小看。張伯偉《全唐五代詩格彙考》說：

> 其中「六詩」、「六義」為傳統命題，但是在表述上，不以敘述文字下定義，純舉詩例以明之，則當出於鄭谷《國風正訣》之「分六門，摭詩聯」，遂形成後世詩格寫作模式。「四十門」論作詩題材，其餘論作詩方法，則均為齊己之新說，對後世詩格影響頗大。[十九]

可見在中晚唐時期，已有強調「苦思」之創作觀，更有「艱難式」、「清苦門」、「蹇塞門」之詩歌寫作名目，更有「冥搜意句，全在一字包括大意」（文彧《詩格》語）。凡此都對中晚唐人之苦吟觀念，有所啟發。

三、杜甫、韓愈之啟導

由盛唐入中唐的杜甫以及中唐詩人韓愈，更在苦吟觀念的形成與塑造歷程中，發揮強大影響力。杜甫自言「為人性僻耽佳句，語不驚人死不休」（〈江上值水如海勢聊短述〉）、「筆落驚風雨，詩成泣鬼神。」（〈寄李十二白二十韻〉）、「文律早周旋」（〈哭韋大夫之晉〉）、「遣詞必中律」（〈橋陵詩三

社，二〇〇二年四月，）頁四一三。

十九 詳見張伯偉《全唐五代詩格彙考》（江蘇古籍出版社，二〇〇二年四月，）頁三九八－三九九

十韻因呈縣內諸官〉）、「晚節漸於詩律細」（〈遣悶戲呈路十九曹長〉）這些詩語背後的創作觀念，不僅促成大曆時期五七言律詩之興盛，而且也引發中晚唐之苦吟風尚。

杜甫如何影響中晚唐詩？孫僅〈讀杜工部集序〉謂：「公之詩，支而為六家……賈島得其奇僻。」已透露訊息，值得注意。中晚唐詩之苦吟因子，絕對有杜甫的影響。比如杜甫有〈早起〉一詩云：

> 春來常早起，幽事頗相關。帖石防隤岸，開林出遠山。一丘藏曲折，緩步有躋攀。童僕來城市，瓶中得酒還。

元・方回《瀛奎律髓》即指出：「杜此等詩乃晚唐之祖。千鍛百鍊，似此者極多。尾句別換意，亦晚唐所必然者。」再如老杜名句：「江水流城郭，春風入鼓鼙。」（〈春日梓州登樓〉）李嘉言在《賈島年譜》附錄也指出：此為賈島〈寄武功姚主簿〉：「隴色澄秋月，邊聲入戰鼙。」所從出。老杜：「鉤簾宿鷺起，丸藥流鶯囀。」（〈水閣朝霽〉）二句，亦賈島：「卷簾黃葉落，鎖印子規啼。」（〈寄武功姚主簿〉）之來源。晚唐薛能〈折柳十首序〉自謂：「（能）專於詩律，不愛隨人，搜難抉新，誓脫常態，雖欲弗伐，知音其舍諸。」[二十]其創作精神，就某個層面來看，實與杜甫相通。

除了杜甫，韓愈對同代詩人之批評，更發揮直接影響。從韓孟交往詩之內容來看，雖大半屬於情感交流，卻不乏文學批評意義。韓愈〈孟生詩〉謂：「顧我多慷慨，窮簷時見臨；清宵靜相對，髮白

[二十]《全唐詩》卷五六一頁六五一八。

聆苦吟。」（《韓昌黎詩繫年集釋》卷一。）這是有關孟郊的論述中，最早提及孟詩「苦吟」的材料。

再如〈答孟郊〉：「規模背時利，文字覷天巧。人皆餘酒肉，子獨不得飽。」（《集釋》卷一），頗能具體指陳孟郊雖擁有高強的寫作能力，卻自困窮乏的原因。再如：〈醉贈張秘書〉：「東野動驚俗，天葩吐奇芬。」（《集釋》卷四）稱頌孟郊作風雖常驚動世俗，一旦詩成，卻如奇花之飄散異香。

在〈薦士〉詩中，韓愈之評價基準提得更高，他從《詩經》、蘇李、建安、晉宋、子昂、李杜，一路敘述下來，然後說：「有窮者孟郊，受材實雄驁。冥觀洞古今，象外逐幽好。橫空盤硬語，妥帖力排奡。」（《集釋》卷五）已經從文學傳統之序列，去評比孟郊之創作成就。

孟郊死後，韓愈作〈貞曜先生墓誌銘〉一文悼念，刻意突顯孟郊才學、作風、語言表現各方面的傑出，稱述孟郊為詩：「劌目鉥心，刃迎縷解，鉤章棘句，掐擢胃腎，神施鬼設，間見層出。」不論其語氣是如何誇張，在文學批評上都具有一定程度的意義。

對賈島的批評亦然，例如韓愈在〈送無本師歸范陽〉說道賈島：「狂詞肆滂葩，低昂見舒慘。姦窮變怪得，往往造平淡。」孟郊〈戲贈無本〉之二亦謂：「燕僧聳聽詞，袈裟喜新翻。北岳厭利殺，玄功生微言。天高亦可飛，海廣亦可源。文章杳無底，斸絕誰能根？」由此可以看出，「苦吟為詩」已是韓孟周邊詩人的共識；中晚唐詩人由於崇奉賈島，所謂「苦吟」更逐漸成為詩學議題。當張為在《詩人主客圖》中立孟郊為「清奇僻苦主」時，所謂「苦吟詩人」已在詩壇擁有名號。

參、苦吟為詩之原因

一、社會政治與文化氛圍之影響

從政治社會環境來看，中晚唐政治日趨衰敗。帝王昏庸、宦官亂政、朋黨傾軋，科場腐敗，仕進益無希望。唐穆宗即位後，沉溺於畋遊，大臣皆不知乘輿所在（《通鑑紀事本末．宦官弑逆》）。敬宗視朝，月不再三（《通鑑紀事本末．宦官弑逆》）。憲宗、武宗以迷信求仙，相繼病故。憲宗、敬宗，皆為宦官所殺。朝臣進退用舍，朝政全把持在宦官之手。文宗、昭宗時，宦官朝臣間，權力爭奪，益為激烈。司馬光《資治通鑑．唐紀六十》云：

> 於斯之時，閽寺專權，脅君於內，弗能遠也；藩鎮阻兵，陵慢於外，弗能制也；士卒殺逐主帥，拒命自立，弗能詰也；軍旅歲興，賦斂日急，骨血縱橫於原野，杼軸窮竭於里閭。二十一

最能說明晚唐政治之腐敗失序。加上朝臣之間，排擠攻訐，傾軋不斷，士大夫置身其中，依違兩難。安史亂後，財政枯竭，社會經濟殘破，文人生活，益為貧困。更因均田制瓦解之後，土地兼併十分嚴重，晚唐士人雖欲歸隱，亦無田園可以耕作。

二十一　宋．司馬光《資治通鑑》（北京，中華書局版第九冊，頁七八八一）

從思想與宗教來看，當時儒釋道三教，亦有心性化傾向。儒家走向強調自我觀照面對內在之「復性說」；道教由煉丹、服食、養生，走向全真、養氣。佛教由禁慾、苦行，走向治心、養心之禪宗法門，企圖在紛擾的世間，以禪悅境界淡化挫折與痛苦[二十二]。晚唐最後四十年，更是唐王朝逐漸崩解之過程。悲觀、絕望、遁入內心，以求精神解脫，成為士人普遍現象。[二十三]杜荀鶴：「四海內無容身地，一生中有苦心詩。」（〈冬末自長沙游桂嶺留獻所知〉）。「自知依家無住處，不關天地窄於人。」（〈秋感〉）劉得仁：「浮生只如此，強進欲何為？」（〈夏日樊川別業即事〉）頗能道盡時人心曲。

從文學發展來看，杜甫「為人性僻耽佳句，語不驚人死不休。」（〈江上值水如海勢聊短述〉）之寫作精神，持續在中唐韓孟一派詩人中發揮作用。中唐以來文化精神與社會習尚之變化，也影響詩人寫作，使他們盡一切力量在詩文創作上「求奇」與「求異」。李肇《唐國史補》謂：「元和之風尚怪。」正可說明：孟郊、賈島、李賀、盧仝之追求奇詭，實與當時文化風氣不無關聯。[二十四]

唐人普遍藉科舉為入仕途徑，在投卷干謁之際，為求聳動眾聽，琢磨研練，以求悅於顯達，實在所難免。此外，中晚唐盛極一時之集會唱和、聯句次韻，逞才使氣之餘，也多少促成苦吟詩風。再者，隨著詩人精神活動由外轉內，「味外之味，象外之象」（司空圖《二十四詩品》）成為檢驗詩歌境界的重

二十二 參袁文麗〈晚唐詩人內向心理探因〉（《山西大學學報》哲社版，一九九七年第四期）。

二十三 同上。

二十四 參吳在慶〈中晚唐苦吟之風及其成因初探〉（《中州學刊》一九九六年第六期）。

要品質；「深細幽僻，清雅自賞」取代「骨氣端翔，音情頓挫。」（陳子昂〈與東方左史虬修竹篇序〉）。「沖淡玄遠」成為晚唐苦吟詩人另一種普遍風格特徵。[二十五]為求別出心裁，苦思冥蒐，亦促成苦吟風氣。

二、詩人個性之制約

中晚唐詩人之苦吟風氣，固有多方面成因。詩人本身個性，是更為基本之因素。此由孟郊：「夜學曉未休，苦吟神鬼愁。如何不自閒，心與身為讎。」（〈夜感自遣〉）「天疾難自醫，詩癖將何攻。」（〈勸善吟〉）等詩句，最能說明。姚合嘗云：「詩人多冷峭，如水在胸臆。」（《全唐詩》卷五〇一〈答韓湘〉）：「飛動應由格，功夫過卻奇。」（《全唐詩》卷四九七〈贈張太祝〉）辛文房謂姚合：「頹然自放，人事生理，略不介意。」（《唐才子傳》卷六）皆與性格相關。又如《新唐書》載賈島苦吟，「雖值公卿貴人，皆不之覺也。」（《新唐書》卷一七六）。李洞因酷慕賈島，鑄賈島銅相，事之如神。常持數珠念賈島佛，一日千遍。人有喜賈島詩者，必手錄島詩相贈，再三叮嚀：「此無異佛經，歸焚香拜之。」凡此，皆顯示中晚詩詩人之苦吟風氣，是一種「自我實現」之堅持，與詩人癡狂之性格，脫不了干係。

二十五　參袁文麗〈論晚唐詩歌的沖淡玄遠〉（《山西師大學報》社科版，二六卷第二期，一九九九年四月）

就性情與行事作風來看，中晚唐苦吟詩人，普遍具有孤介、不諧世俗之性格。例如《新唐書》本傳稱孟郊：「性介少合。」張籍稱孟郊：「苦節居貧賤」、「立身如禮經」（〈贈孟郊〉）韓愈稱孟郊：「行身踐規矩，干辱恥媚竈。」（〈薦士〉）揆諸孟郊一生，拙於生事，窮困潦倒，當與性格孤直、不諧世俗有關。

再如劉叉，為人任氣重義，出入市井，韓愈接遇甚厚；竟然因為與賓客爭語，不能下之，憤而持韓愈黃金數斤而去。且謂：「此諛墓中人所得耳，不若與劉君為壽。」（《新唐書．韓愈傳》）則劉叉素行異於常人，也不難獲知。再如馬異，「賦姓高疏」「風古稜稜」（《唐才子傳》卷五）雍陶，「恃才傲物，薄於親黨。」（《唐才子傳》卷七）方干（八〇九－八八八？）為人質野，每見人連跪三拜，人呼「方三拜」。方干貌陋脣缺，時人號曰補脣先生。姚合任金州刺史時，方干往謁。據說姚合見其貌醜，頗為輕侮；及閱干詩，始大為稱賞。又如唐求，放曠疏逸，隱居於蜀州青城縣味江山，出處悠然，人多不識。每入市集，騎一青牛，日暮醺酣而歸，時人稱之「味江山人」。凡此皆不難獲知苦吟詩人性格、行事之異於常人。

再從生活履歷來看，苦吟詩人大多經歷長期窮困，終身不第或沉淪下僚。如盧仝家境貧窮，屋中惟圖書堆積。卜居洛陽時，貧病不能自給，甚至得向鄰僧乞米。元和五年，韓愈任河南令，愛其節操，常分己俸周濟之。再如賈島，本為僧徒，還俗之後，數度應舉，卻連敗文場。窮困潦倒，憤世嫉俗，甚至作詩嘲諷權貴。又曾撓擾貢院，為公卿所恨，號為舉場「十惡」，於穆宗長慶二年，與平曾等人被逐出關外。

又如李洞（？—八九七？），雖為唐宗室之後，家境貧困，苦吟不輟，以至廢寢忘食。僖宗乾符間，屢應進士試不第。自中和四年至光啟二年間，客居梓州，遊於東川節度使高仁厚幕下。昭宗龍紀元年冬，自蜀赴長安應進士試。竟因啟程時間過晚，貽誤考期，未能獲試。至昭宗大順二年，裴贄知貢舉時，李洞獻詩云：「公道此時如不得，昭陵慟哭一生休。」不幸再次落第，失意遊蜀，憂憤而卒。

再如劉得仁，貴為公主之子，「自開成至大中三朝，昆弟皆歷貴仕，而得仁苦於詩，出入舉場二十年，竟無所成。」（五代．王定保《唐摭言》卷十）另外，如曹松，出入舉場數十年，至昭宗光化四年，始與王希羽、劉象、柯崇、鄭希顏同登進士第，五人皆年華老大，時號「五老榜」（王定保《唐摭言》卷八），亦及第未幾而卒。

苦吟詩人之中，即令能得功名，也多位居卑官。例如孟郊曾任溧陽尉，賈島曾任長江主簿、普州司倉，張蠙曾任金堂令，李郢曾任州從事，李中曾任吉水縣尉，馬戴曾任龍陽尉，都是官位甚卑，無足輕重。或者以終身為處士，如盧仝、馬異、劉叉、劉得仁（一生未第）、方干、李洞、唐求，都至死生未得功名。或者曾為僧徒，如周賀（法號清塞）；無可是賈島從弟，亦為僧徒。與其他唐代士人一般，這些苦吟詩人，都有長期求仕歷程，只是際遇各殊而已。

三、自我理想之堅持

苦思冥搜、耽溺詩詠，是苦吟詩人普遍之創作態度。就孟郊而言，長期貧困之生活、偃蹇坎坷之仕途、無子絕嗣之悲哀、孤僻寡合之性格，是孟郊「自鳴寒苦」之基礎因此，寒苦題材成為孟郊最具特色之詩歌類型。以賈島而論，曾為僧徒之生活經歷，屢試則蹶之舉場挫折，貧病困頓之現實磨難，構成賈島寒狹之詩風。持續不懈從事詩歌創作，亦成為苦吟詩人自我實現之要務。

至於盧仝，專走奇險路線。其詩設想奇特，好用俗語，詼諧有奇趣。其詩極度散文化，最具創意與爭議性。雖有金．元好問〈論詩三十首〉譏為「鬼畫符」，但亦有譽為「拔天倚地，句句欲活。」（孫樵〈與王霖秀才書〉語）者。最具盛名之〈月蝕詩〉，以天象諷刺時政，實為政治詩[二十六]。盧仝對官場認知甚深，終身不仕。嚴羽《滄浪詩話》稱：「玉川之怪……天地之間，自欠此體不得。」且列有「盧仝體」（《滄浪詩話．詩體》）

至於劉叉，自稱「詩膽大于天」（〈自問〉）。多憤世疾俗、抨擊現實之作，能自成一家。辛文房謂其：「改志從學，能博覽，工為歌詩，酷好盧仝、孟郊之體，造語幽蹇，議論多出於正。」（《唐才子傳》卷五）其〈冰柱〉、〈雪車〉二篇，成就不下於孟郊、盧仝，頗為時人所稱道。當時樊宗師之文尚怪，劉叉特往拜謁，可知其文風之一斑。

[二十六] 參項楚〈盧仝詩論〉，載《古典文學論叢》（四川大學學報叢刊，第十五輯一九八二年十月）頁五十七至六十七。

劉得仁懷才不遇，苦心為詩，坦言：「辛苦文場久。」（〈長情上李景讓大夫〉）、「如病如癡二十年，求名難得又難休。」（〈省試日上崔侍郎四首〉）。張為《詩人主客圖》列之於：「清奇僻苦主」之「及門者」。再如喻鳧，作詩苦吟，頗學賈島。方干〈贈喻鳧〉稱其：「所得非眾語，眾人那得知？才吟五字句，又白幾莖髭。」。孫光憲《北夢瑣言》載：「喻鳧體閬仙為詩，嘗謁杜紫微（崑按：指杜牧）不遇，乃曰：『我詩無羅綺鉛粉，宜其不售也。』」二十七又如方干坦言：「吟成五字詩，用破一生心。」足見其詩風接近賈島、姚合。又方干於唐僖宗廣明、中和年間，詩名大著於江南。當時詩人李群玉、吳融、喻鳧、鄭谷、羅鄴、崔道融、曹松均與方干有交往。李頻、孫郃等人甚至拜方干為師，在門下學詩。

至於曹松，辛文房謂：「賦性方直，罕嘗俗事，拙於進宦。」（《唐才子傳》卷十）往來詩友有方干、喻坦之、許棠、陳陶、胡汾等人。辛文房謂其：「學賈島為詩，深入幽境，然無枯淡之癖。」（《唐才子傳》卷十）又云：「苦極於詩，然別有一種風味，不淪乎怪也。」（《唐才子傳》卷十）其中以〈己亥歲〉：「澤國江山入戰圖，生民何計樂樵蘇。憑君莫話封侯事，一將功成萬骨枯。」最膾炙人口，深為胡震亨所賞識，謂其詩：「致語似項斯，壯言似李洞。」

至於唐求，辛文房謂：「酷好苦吟，氣韻清新，每動奇趣，工而不僻，皆達者之詞。」（《唐才子

二十七按：此條不見於今本孫光憲《北夢瑣言》，當是佚文。此條見宋・計有功《唐詩紀事》卷五十一引。

傳》卷十）又謂：「有所得，即將稿撚為丸，投大瓢中。或成聯片語，不拘長短。數日後足成之。後臥病，投瓢於錦江，望而祝曰：『茲文苟不沉沒，得之者方知吾苦心耳。』瓢至錦江，有識者曰：『此唐山人詩瓢也。』，扁舟接之，得詩數十篇。」（《唐才子傳》卷十）至是，其詩廣為人所傳。苦吟詩人作品竟以如此方式，始得人知，令人聞之鼻酸。

至於裴說，少逢唐末亂世，奔走於江西、湖南等地。宋．潘若仲《郡閣雅談》云：「裴說與裴諧俱有詩名。」（宋．阮閱《詩話總龜》前卷一三引）裴說與當時詩人曹松、貫休、王貞白往來唱酬，詩風接近賈島、李洞。辛文房《唐才子傳》稱其：「為詩足奇思，非意表琢鍊不舉筆。」明．胡震亨亦謂其詩：「裴說詩以苦吟難得為工，時出意外句聳人觀。」[二十八]

至於周朴，抒思尤艱。張為《詩人主客圖》列為：「清奇僻苦主」之上入室者。歐陽修評云：「唐之晚年，詩人無復李、杜豪放之格。然亦務以精意相高。如周朴者，構思尤難，每有所得，必極雕琢。故時人稱朴詩」『月鍛季鍊，未及成篇，已播人口。』其名重當時如此。」[二十九]

至於無可，辛文房稱其詩：「律調謹嚴，屬興清越。」（《唐才子傳》卷六）宋．晁公武《郡齋讀書志》卷四謂無可詩與賈島、周賀齊名。宋．惠洪《冷齋夜話》稱無可善為：「象外之句」，評曰：

二十八 明．胡震亨《唐音癸籤》卷八（台北：世界書局，一九八五年出版）頁六十七。

二十九 宋．歐陽修《六一詩話》，清．何文煥編《歷代詩話》上下冊（臺北，木鐸出版社，民國七十一年二月初版）。

「比物以意，而不指言一物。」、「妙在言其用而不言其名耳」[三十]（宋．魏慶之《詩人玉屑》卷三引）。

李中工詩，與詩人沈彬、左偃善多有酬和之作。孟賓于稱其詩：「緣情入妙，麗則可知。」可與賈島、方干比肩。（《碧雲集序》），辛文房亦稱其佳句為：「驚人泣鬼之語。」（《唐才子傳》卷十）綜上諸例，可知苦吟詩人儘管生涯各異，際遇不一，然而，刻苦自勵，耽於詩詠之態度，則無不同。

肆、苦吟詩歌之體勢特徵

一、以五古五律為常體，格局較為窄小

中晚唐苦吟詩人對於詩體之選擇，大致以五古與五律為常體。其中孟郊以五古鳴其坎坷不平，賈島以五律抒發奇僻之思，姚合以五律描寫其吏隱之趣，賈島系、姚合系之苦吟詩人，則以五律抒寫其幽微情懷。

從孟郊全集來看，諸體僅十分之一，而五古則居十分之九，故知其專工在此。至於賈島、姚合及周邊往來唱和的苦吟詩人，則在五律近體這一個領域，卓然有成。

一般認為古體詩重氣勢，要有鋪敘、有開闔，酣暢淋漓，波瀾壯闊，長於表現強烈起伏之感情；

[三十] 宋．魏慶之《詩人玉屑》卷三引，人人文庫本（臺灣商務印書館，民國六十一年九月）

然而孟郊之五古，卻不似韓愈之豪雄恣肆、長篇見長；反而刻意琢削、力求簡約，以短篇取勝。孟郊筆力高古，不求自然。在具體的寫作手法上，工於發端、不事鋪敘、間用比興，所以委婉有致。雖然詩思苦澀，卻極富理致，足以聳動心神。清．方南堂《輟鍛錄》云：

孟東野集不必讀，不可不看。如〈列女操〉、〈塘下行〉、〈去婦詞〉、〈贈文應、道月〉、〈贈鄭魴〉、〈送豆盧策歸別墅〉、〈遊子吟〉、〈送韓愈從軍〉諸篇，運思刻，取逕窄，用筆別，修詞潔，不一到眼，何由知詩中有如此境界耶？

不但列舉名篇，而且對其苦心孤詣，十分讚嘆。但是孟郊之後的中晚唐苦吟詩人，則未見仿行。胡震亨在《唐音癸籤》卷八，曾列舉曹鄴、劉駕、聶夷中、于濆、邵謁、蘇拯諸家，認為其源流，似來自孟郊。今天看來，孟郊五古對中晚唐詩人之影響，似乎也僅止於此。

至於五言律詩方面，則情況大為不同。唐代由於進士科舉，率以五言六韻之「省試詩」為常態，所以五律也就成為唐人最重視之詩體。近體詩在嚴格詩律限制下，回環往覆，迂回紆曲，含蓄委婉，長於表現深細的事物以及杳眇的感情，不以氣盛，而以韻長。

初盛唐詩格高調美，昌明博大，興象超遠；尤其李白、杜甫，集百年之大成，各體詩歌，無不精擅，詩家論及開元天寶，無不推為「千載之盛」。開元以降，詩人之精神氣象，大不如前。尤其大曆諸家，厭薄開、天舊藻，矯入省淨一途，神情離脫，往往有之，然而也因此促成律詩寫作之興盛。

其後之貞元、元和，詩家日趨雕琢，漸入新巧。雖有韓愈以學養為根柢，成為起衰之巨手，柳宗元效屈原騷怨精神，兼有詩名。此外如劉禹錫亦為當時大家；只是他們的精力並不在近體；惟賈島、姚合及周邊往來唱和的苦吟詩人，特別偏愛五律近體。

例如李洞全無古詩傳世，其五七律及絕句、長排，俱師賈島，五言律詩尤為逼肖。劉得仁三十年苦功，力量全用在五律。周賀無古體傳世，七言也不多，五律六十餘篇，皆學賈島。喻鳧專攻五言近體，因為效賈島為詩，故有「賈喻」之稱號。

再如曹松，生於衰世，刻苦於五言，老志不衰。馬戴號稱「晚唐第一」，其詩也是近體多於古體，短律富于長律。裴說遺文之存者，五律之外，惟有絕句六首、古體三章而已。許棠五七言律之外，他體並絕句亦無。無可詩五言長短律外，絕鮮他體，可見中晚唐苦吟詩人，確實是以五律為主要選擇。

詳觀中晚唐苦吟詩歌，不論是五古或者五律，其格局均十分狹小[三十一]。作品之總體風風貌呈現：視野縮小、情懷淡漠、刻意為詩三個特徵[三十二]。所謂視野縮小，指詩人精神觀照角度由外內斂，使詩歌境界縮小。情懷冷漠，係指詩人經過長期貧病挫折，大多失去憤世之志、對生活失去熱情，呈現淡漠、清寂、峭刻、乃至幽冷。刻意為詩，係指詩人之詩思常常不是自然湧現，而是著意為之。

[三十一] 如方回《瀛奎律髓》卷十姚合〈游春〉批語有云：「予謂詩家有大判斷、小結裏。姚合之詩專在小結裏：又所用料不過花、竹、鶴、僧、琴、藥、茶、酒，于此凡物，一步不可離，而氣象小矣。」雖然批評的對象是姚合，用在其他苦吟詩人，也十分合適。

[三十二] 參余恕誠〈晚唐兩大詩人群落與風貌特徵〉，《安徽師大學報》，二十四卷（一九九六年）第二期。

二、重視句聯營造，頗多精美律句

他們特別重視五律頷聯、頸聯之營造。深信「文字頻改，功夫自出」，結果留下不少「一字師」的勘改佳話以及無數精美的律句。例如宋・魏慶之《詩人玉屑》卷六載：

> 鄭谷在袁州，齊己攜詩詣之。有〈早梅〉詩云：「前村深雪裡，昨夜樹枝開。」谷曰：「『數枝』，非早也。未若『一枝』。」齊己不覺下拜。自是士林以谷為一字師。[三十三]

明・解縉、姚廣孝等輯《永樂大典》卷九二二二《鼠璞》說：

> 《南堂野史》載張迥〈寄遠〉詩：「蟬鬢凋將盡，虬髭白也無。」齊己改為：「虬髭黑再無。」。窘拜為一字師。[三十四]

明・解縉、姚廣孝等輯《永樂大典》卷九二二二引《葆光錄》說：

> 李建州頻，與方處士干為友。頻有〈題四皓廟詩〉，自言奇絕，云：「東西南北人，高跡此相

[三十三] 參宋・魏慶之《詩人玉屑》卷六，人人文庫本（臺灣商務印書館，民國六十一年九月）。

[三十四] 參明・解縉、姚廣孝等輯《永樂大典》卷九二二二引〈鼠璞〉文，中華書局版。按：張迥〈寄遠〉：「錦字憑誰達，閑庭草又枯。夜長燈影滅，天遠雁聲孤。蟬鬢凋將盡，虬髯白也無。幾回愁不語，因看朔方圖。」（迥嘗攜此謁齊已，點頭吟諷，為改虬髯黑在無，迥遂拜作一字師）。

親。天下已歸漢，山中猶避秦。龍樓曾作客，鶴氅不為臣。獨有千年後，青青廟木春。」示于干，笑而言：「善則善矣，然內有二字未穩。『作』字太粗而難換，『為』字甚不當。干為率土之濱，莫非王臣。請改作『稱』」頻降伏，而且慚愧前言之失，乃曰：「聖人以一字褒貶，此其甚明矣。」遂拜為一字之師。[三十五]

都是有名的例證。其題材大多蒐集眼前情景，刻意為之，因此範圍細小，視野野窄，骨力稍弱。此乃苦吟詩人多為貧士，生活環境相對狹小所致。從詩題看：以酬贈、言懷、鄉居、宿寺、隱逸、尋僧、訪道之類為多。以下略舉數首為例，如張蠙〈過山家〉：

避暑得探幽，忘言遂久留。雲深窗失曙，松合徑先秋。響谷傳人語，鳴泉洗客愁。家山不在此，至此歸可休。[三十六]

此內容寫避暑而探訪山家之情景。全詩以尋常之山景，結構成篇。頷聯頸聯，寫景深細。結聯致歎，亦淡淡出之。再如李洞〈江干即事〉：

病臥四更後，愁聞報早衙。隔關沉水鳥，侵郭噪園鴉。吏瘦餐溪柏，身羸憑海槎。滿朝吟五字，

[三十五] 參明・解縉、姚廣孝等輯《永樂大典》卷九二二《葆光錄》文，中華書局版。按：《全唐詩》收錄李頻此詩，詩題作〈過四皓廟〉。明・解縉、姚廣孝等輯《永樂大典》卷九二二《葆光錄》文，中華書局。

[三十六] 《全唐詩》卷七〇二，頁八〇七三。

應不老煙霞。[三十七]

此詩不過寫作者臥病江干，清曉之聞見感觸。寫景細，鍊字精，在五律短短篇幅中，載入最多內涵。胡震亨《唐音癸籤》卷八論李洞謂：「才江雖學賈島，要為亦自具生面。所恨刻求新異，艱僻良苦耳！」就本詩言，尚無艱僻之病，要之，深細而已。再如唐求〈山居偶作〉：

趨名逐利身，終日走風塵。還到水邊宅，卻為山下人。僧教開竹戶，客許戴紗巾。且喜琴書在，蘇生未厭貧。[三十八]

前半寫己以名利之身，趨走風塵，幸能還歸水宅，為山下之人。頸聯敘己山居，時開竹戶以迎僧，常縛紗巾以待客。結聯自忻琴書具在，將如蘇生之不厭貧婁。明．胡震亨《唐音癸籤》卷八謂唐求：「山人（球）一生苦吟，詩思不出三百里。」本詩視野雖小，卻情思淡澹，餘韻綿緲。再如于鄴〈歲暮還家〉：

東西流不駐，白日與車輪。殘雪半成水，微風應欲春。幾經他國歲，已減故鄉人。回首長安道，

[三十七]《全唐詩》卷七二一，頁八二七五。
[三十八]《全唐詩》卷七二四，頁八三〇九。

十年空苦辛。[三十九]

此詩抒歲暮還家之慼。前半敘寫兼行，謂白日西流，還家之車，亦輪轉不駐。殘雪半化為水，微風吹拂，已然春意。頸聯以下致慨，謂離家數載，鄉人多有物故。回首十年，長安求仕，徒然苦辛而已。李懷民《中晚唐詩主客圖》謂：「于鄴五律外無別體，所得句亦鏤心刻骨者也。強乏峭刻之致，然自不得混水部派，附賈氏門後。」[四十]再如李中〈落花〉：

年年三月暮，無計惜殘紅。酷恨西園雨，生憎南陌風。片隨流水遠，色逐斷霞空。悵望叢林下，悠悠飲興窮。[四十一]

詩為落花致慨，前半謂三月暮春，無計挽留殘紅。蓋西園雨、南陌風之無情摧折也，令人深憎痛悼。下半寫花片浮水而遠，花色漸與斷霞同空。為之悵望叢林，酒興悠然而減。此詩寫景深細，絕似賈島。

有鑑於晚唐詩壇之重視句聯，所以前賢在評騭中晚唐苦吟詩歌時，也常以句聯為準據。辛文房《唐才子傳》卷十嘗檢李中詩集八聯語，謂之為「驚人泣鬼之語」此八聯語為：

三十九 《全唐詩》卷七二五，頁八三一三。

四十 轉引自丁福保《歷代詩話續編》上冊，（臺灣，木鐸出版社，一九八八年七月）頁一三五一

四十一 《全唐詩》卷七四七，頁八五一〇。

暖風醫病草，甘雨洗荒村。（〈春日野望故人〉）

貧來賣書劍，病起憶江湖。（〈書王秀才壁〉）

閑花半落處，幽鳥未來時。（〈寄劉鈞秀才〉）

千里夢隨殘月斷，一聲蟬送早秋來。（〈海上從事秋旦書懷〉）

殘陽影裏水東注，芳草煙中人獨行。（〈江邊吟〉）

閑尋野寺聽秋水，寄睡僧窗到夕陽。（〈贈永貞杜翺少府〉）

香訴肌膚花洞酒，冷浸魂夢石床雲。（〈贈鍾尊師遊茅山〉）

西園雨過好花盡，南陌人稀芳草深。（〈暮春有感寄朱維員外〉）

其實，類似這種工細精巧、情韻綿緲之句，苦吟詩人詩集中，並不少見，信手拈來，即得到下列詩例：

齒因吟後冷，心向靜中圓。（李洞〈送遠上人〉）

業在有山處，道成無事中。（唐求〈題鄭處士隱居〉）

鵲喜雖傳信，蛩吟不見詩。（裴說〈夏日即事〉）

鄉心日落後，身計酒醒時。（方干〈客行〉）

一雨收眾木，孤雲生遠山。（喻鳬〈一公房〉）

拂黛月生指，解鬟雲滿梳。（劉得仁〈長信宮〉）

雀　翻簷散，蟬驚出樹飛。（雍陶〈和劉補闕秋園寓興六首〉）
影促寒汀薄，光殘古木多。（馬戴〈落照〉）
久貧慚負債，漸老愛山深。（許棠〈言懷〉）

這些詩句，顯然經過反複推敲、琢磨而得。胡震亨《唐音癸籤》卷八曾以許棠洞庭一律，深為贊歎：「許文化（棠）致語楚楚，洞庭一律，時人多取以題扇。『四顧疑無地，中流忽有山。』視老杜『乾坤日夜浮。』愈切愈小。」又謂：「裴說詩以苦吟難得為工，時出意外句聳人。觀〈寄邊衣〉長歌，亦綿宛中情，不嫌格下。」又謂：「方干詩，字字無失，固應以高堅峻拔之目，但嫌其微帶經籍氣，村貌稜稜爾。」又謂：「喻鳧五言閒遠朗秀，選句功深，自稱無羅綺鉛粉，殆亦近實。」[四十二] 由此可知，上列這種精工鏤刻的詩句，固然聳動警拔，但是詩境較小、格力較卑，仍有局限。中晚唐苦吟詩人之處境普遍不佳，因此，情懷感傷沉鬱，意緒孤獨幽冷，也是苦吟詩人普遍之情感特徵。如曹松〈言懷〉：

冥心坐似癡，寢食亦如遺。為覓出人句，祇求當路知。豈能窮到老，未信達無時。此道須天付，三光幸不私。[四十三]

[四十二] 明・胡震亨《唐音癸籤》，（台北・世界書局，一九八五年出版）頁六十三、六十五、六十七。
[四十三] 《全唐詩》卷七一六，頁八二二四。

裴說〈寄曹松〉：

莫怪苦吟遲，詩成鬢亦絲。鬢絲猶可染，詩病卻難醫。山暝雲橫處，星沉月側時。冥搜不可得，一句至公知。[四十四]

曹松之〈言懷〉可謂道盡中晚唐苦吟詩人之辛酸。詩人苦思冥收，用盡心力，不過是為了寫出過人之句，以求當路者之賞識而已。雖然不信到老不達，但也只能委諸天命。裴說〈寄曹松〉：「詩成鬢亦絲」「詩病卻難醫」也道出苦吟詩人主觀上有其身不由己的文學理想與追求。

伍、苦吟體派之組合

一、唐詩體派之組成模式

論者對於苦吟詩人是否應當作一個文學群體來看待，眾說紛紜；其實所謂苦吟詩人並非一個結構緊密的文學體派，而是一群生活背景、創作態度、風格體貌類似的詩人。若論文學體派，則活躍於南宋時期的「江西詩派」應是中國文學史上最早的體派；但是對眾多詩人作出區別與品第，則始於鍾嶸

四十四 《全唐詩》卷七二〇，頁八二六一。

《詩品》。

南宋嚴羽則在《滄浪詩話》對歷代詩體作出分辨。嚴羽在「以時而論」部分，分成十六體，而唐代即佔有五體；在「以人而論」部分，分三十六體，而唐代多達二十四體。其中「韓昌黎體」、「李長吉體」、「盧仝體」、「賈浪仙體」、「孟東野體」、「杜荀鶴體」，都有苦吟傾向。

唐人詩選，亦見構體之意識。例如殷璠《河嶽英靈集》以「風骨聲律始備」作為標準，選錄王維、王昌齡、儲光羲等二十四位開、天詩人作品，稱之為「皆河嶽英靈也」，實際上成為勝唐之音的集中展示，亦即宋人所謂「盛唐體」的主要內容。再如高仲武《中興間氣集》，品評作品優劣，大體以清雅、婉麗為標準。實際上也代表了大曆詩風的主要傾向。

姚合編纂《極玄集》，選入二十一家作品，除了以王維、祖詠開篇外，餘皆大曆詩人，所選基本上以五律為主，多清雋之作，則進而將大曆詩風主要傾向與開天詩歌清雅一路的聯結中，顯出清雅詩派流衍的軌跡。至於元結在編選時《篋中集》，意在矯正不良詩風，所選沈千運等七人二十四首詩，大抵皆為表現個人離別之悲或批判現實政治，體式皆為五言古體，風格質樸古雅。這些詩選涉及的詩人群，都有體派建構之意義。[四十五]

至於晚唐張為之《詩人主客圖》，則是唐詩派別理論之雛形，甚至也是後世詩派學說之濫觴。張

[四十五] 詳見許總〈唐詩體派論〉，原載《文學遺產》（一九九五年第三期）頁三十二至四十二。又收入許總《唐詩體派論》第一章，（台北，文津出版社，一九九四年十月），頁四。

為在《詩人主客圖》中，試圖對詩壇加以總體把握，明確將眾多詩人分門別類，從而歸納出整個唐代中後期詩歌創作的幾大流派來。其中「清奇僻苦」與「清奇雅正」二主及其「登堂」、「入室」諸詩人，正與中晚唐苦吟詩人群體相當。

根據許總對於唐詩體派之分類，可以大別為三大類型：首先，是指稱某一特定時期，帶有普遍性與傾向性的詩壇風氣與審美時尚之總概括。例如：嚴羽《滄浪詩話・詩體》在「以時而論」中分唐詩為「唐初體」、「盛唐體」、「大曆體」、「元和體」、「晚唐體」，其所持之體派觀念，便是如此。其次，可以指稱若干趣味相投的個別詩人通過交遊、酬唱、社交應酬性聯繫，而聚合為規模或大或小的詩人群體。其中又有：「並稱當世型」（如「四傑」、「沈宋」、「大曆十才子」）；有「盟主聚納型」（如「韓門詩派」）；更有「後進吹捧型」，（如「上官體」、「元和詩體」）。

此外，還可以指稱某些詩人，當他們在世時，並未意識到彼此在創作題材或藝術體性方面之類似，然而後世之研究者，卻將他們確認為一種獨特的體格或流派，例如文學史上所謂的「邊塞豪放派」、「山水田園派」皆屬之。

而三大類型間，並非孤立絕緣，常常是互滲、互包、相互游移。比如「盛唐體」與「王孟」，即有風貌互包之情況；所謂「沈宋體」與「文章四友」也有成員交叉之情況；對於苦吟詩人群體而言，

「韓門弟子」與「姚賈」也有交叉互包之情形。[四十六]

二、載籍之記述與考察

在中、晚唐時期有苦吟傾向之作家，見諸載籍者至少有二十餘人。晚唐，張為《詩人主客圖》「清奇雅正李益」下，即已列出：「上入室一人」：蘇郁；「入室十人」：劉畋、僧清塞、盧休、于鵠、楊洵美、張籍、楊巨源、楊敬之、僧無可、姚合；「升堂七人」：方干、馬戴、任蕃、賈島、厲玄、項斯、薛濤；「及門八人」：僧良乂、潘誠、于武陵（鄴）、詹雄、衛準、僧志定、俞凫、朱慶餘[四十七]。張為《詩人主客圖》又在「清奇僻苦主孟郊」下，列出：「上入室二人」：陳陶、周朴；「及門二人」：劉得仁、李溟。[四十八]由這一份名單來看，這些詩人應有某種創作之關係；但因目前所能見到之《詩人主客圖》，已是殘本[四十九]，所以看不出張為如此羅列詩人名單的理由。但既然兩派皆有「清奇」之字眼，理應在創作上有若干類似性。

到了宋朝，方岳《深雪偶談》又提列：喻凫、顧非熊、張喬、張蠙、李頻、劉得仁六人，「皆於

四十六 詳見許總《唐詩體派論》第一章，（台北，文津出版社，一九九四年十月），頁一至十四所論。

四十七 見丁福保《歷代詩話續編》上冊，（臺灣，木鐸出版社，一九八八年七月），頁九十。

四十八 同上，頁九十五。

四十九 參王夢鷗〈唐「詩人主客圖」試析〉（載氏所著《傳統文學論衡》，時報文化出版公司，一九八七年六月）頁二〇四至二一五。

紙上北面（賈島）」[五十]，南宋・計有功《唐詩紀事》載錄僧尚顏〈言興〉詩謂：「矻矻被吟牽，因師賈閬仙。」[五十一]可見晚唐僧人尚顏，也師承賈島。

元・辛文房《唐才子傳》卷六至卷十，所載苦吟詩人數目更多。在《唐才子傳》中，凡是評及「苦吟」及「苦哦」、「苦思」、「苦嗜篇韻」、「苦極于詩」等，其對象幾乎都是中、晚唐苦吟詩人；比如卷六有清塞（即周賀）、無可、姚合、張祜、劉得仁。卷七有喻鳧、雍陶、馬戴、顧非熊、方干、李頻。卷八有于鄴（于武陵）、司空圖。卷九有許棠、鄭谷、李洞。卷十：張喬、張蠙、曹松、裴說、唐求、李中等，合計二十二人。

清・李懷民在其《重訂中晚唐詩主客圖》確立賈島為：「五律清真僻苦主」，並將受到賈島影響之詩人，釐定如次：

> 五律清真僻苦主賈島：上入室李洞；入室周賀、喻鳧、曹松，升堂馬戴、裴說、許棠、唐求；及門張祜、鄭谷、方干、于鄴、林寬。[五十二]

[五十] 參見宋・方岳《深雪偶談》（廣文書局版《古今詩話叢編》第四冊，一九七一年九月）頁三至五，又（新文豐圖書公司版《叢書集成新編》第七十九冊，一九八五）。

[五十一] 參見王仲鏞《唐詩紀事校箋》下冊，卷七十七（成都，巴蜀書社，一九八九年）頁二〇〇八。

[五十二] 見李懷民《重訂中晚唐詩主客圖》卷首〈清真僻苦主客圖〉，中央研究院歷史語言研究所，借國立央圖書館藏清嘉慶（壬申）十七年刊本影印本。

李懷民承繼明代楊慎中晚唐詩兩派之說，將張籍列入「五律清真雅正主」，旗下有上入室朱慶餘；入室王建、于鵠；升堂項斯、許渾、司空圖、姚合；及門趙嘏；顧非熊、任翻、劉得仁、鄭巢、李咸用、章校標、崔塗。李懷民所關注的張籍詩，不是古風樂府，而是張籍的五律近體。他一方面將張籍、賈島分為兩派宗主，另一方面卻說：

> 學詩者誠莫如中晚，中晚人得盛唐之精髓，無宋人之流弊，又恐晚唐風趨日下，而取晚之於近於中者，類為一家之言。雖稱兩派，其實一家耳。學者潛心究覽，久久自入於初盛，譬由門戶而造堂奧也。[五十三]

細察這一段文字，李懷民主要在提醒學者：「學詩誠莫如中晚」，由中晚唐入手，潛心究覽，有望「躋於初盛」，所以才有「兩派其實一家」之說。其實在中晚唐時期，苦吟作風明確，且有足夠作品可資考察者計有：孟郊、賈島、姚合、盧仝、馬異、劉得仁、方干、無可、喻鳧、李洞、張蠙、周賀、曹松、馬戴、裴說、許棠、唐求、雍陶、周朴、李中等人。由其生平行事、往來交遊、詩風表現、詩歌成就、後人評價各角度來看，在中晚唐時期，亦唯上述諸家堪稱「苦吟詩人」。

五十三　詳見李懷民《重訂中晚唐詩主客圖》卷首〈重定中晚唐詩主客圖說〉，中央研究院歷史語言研究所，借國立央圖書館藏清嘉慶（壬申）十七年刊本影印本。

三、晚唐苦吟詩人之兩大系列

晚近以來，有更多學者關心中晚唐詩人體派分合之議題。余恕誠在〈晚唐兩大詩人群落與風貌特徵〉一文，提及晚唐兩大詩人群落：一為綺豔詩人群，一為窮士詩人群[五十四]。余氏其實是採南宋胡仔《苕溪漁隱叢話》前集卷十九引張文潛語：「唐之晚年，詩人類多窮士，如孟東野、賈浪仙之徒」所立的名號。因為余氏是以較為寬泛的角度所作的觀察，其目的只在勾勒晚唐時期的詩壇現象，所以並未詳列「窮士詩人」的名單。就其文中所涉及詩人，所謂「窮士詩人群」與晚唐「苦吟詩人」群大體疊合。

馬承五在〈中唐苦吟詩人綜論〉[五十五]一文中，從《全唐詩》中檢索整理出一個相互酬贈詩作之統計，由其密切往來關係以及鮮明的藝術標誌，列出：孟郊、韓愈、賈島、盧仝、馬異、劉叉、姚合八人，為「苦吟詩人」群體的成員。韓愈、孟郊在中唐苦吟詩人群中，位居領袖地位，不言可喻。馬承五是大陸學界較早關注「苦吟詩人」議題的學者，其〈中唐苦吟詩人綜論〉篇幅並不長，卻在中晚唐苦吟詩人研究史上，獨具開創地位。由於馬氏所關注的對象限於中唐詩人，所以文中所列的「苦吟詩人」成員，嚴格來說，仍不完整。

周衡在〈論姚合《極玄集》〉一文中，引錄鄭谷〈故少師從翁隱岩別墅亂後榛蕪感舊愴懷遂有追

[五十四] 余恕誠〈晚唐兩大詩人群落與風貌特徵〉，載《安徽師大學報》，二十四卷（一九九六年）第二期。

[五十五] 見馬承五〈中唐苦吟詩人綜論〉，文載《文學遺產》（京），一九八八年第二期，頁八十一至九十。

憶〉云：「近將姚監比，僻與段卿親。」自注：「姚秘監合主張風雅後，孤卿一人而已」並且從這句話推論出：「鄭谷實視姚合為一時文壇風雅主。」當時向姚合投詩以求品評的人，的確十分眾多。從而在姚合周遭聚攏大批文士，如：賈島、馬戴、劉得仁、鄭巢、周賀、無可、朱慶餘、顧非熊、喻鳧、李頻等。周衡指出：「他們之間有著非常密切的詩歌往來和師承淵源，儼然為一個詩人群體。」[五十六]

從穆宗長慶至文宗大和時期，吳越與洛陽詩人十分活躍，長安詩壇的確相當冷落。因為韓愈於穆宗長慶四年病故，元稹也於長慶初年出為同州刺史、浙東觀察使。白居易於長慶二年以中書舍人請外任，除杭州刺史，並在敬宗寶曆元年除蘇州刺史，其後居洛陽。所以元和時期大詩人，在長慶初年，都已紛紛退出長安詩壇。

然而當時無可為僧，常居長安，姚合、賈島諸人都曾在京幽居、應舉，朱慶餘、顧非熊亦曾在京任職。姚合擔任校書郎之後，曾在魏博幕短暫停留，後任武功主簿、萬年、富平縣尉，此三地皆屬京兆府，為長安近郊。其後姚合雖曾在金州、洛陽、杭州任職，但大多數的時間仍在長安。

筆者根據東吳大學中文系陳郁夫、許清雲等教授所製作之《全唐詩全文檢索系統》[五十七]，在以李洞、清塞、曹松、馬戴、裴說、許棠、唐求、方干、雍陶、無可、喻鳧、劉得仁，姚合、賈島等人作

[五十六] 參見周衡〈論姚合《極玄集》〉《江蘇大學學報》（社會科學版）第六卷第三期，二〇〇四年五月。

[五十七] 二〇〇〇年三月十六日，東吳大學百年紀念光碟，《全唐詩全文檢索系統》，（發行人：劉源俊、撰作者：陳郁夫、校對者：許清雲、王國良）。

為檢索項，所進行之調查，其電子檔案顯示：從長慶至開成，李洞、清塞、曹松、馬戴、裴說、許棠、唐求、方干、雍陶、無可、喻鳧、劉得仁，與姚合、賈島來往互動，十分頻繁。吳汝煜《唐五代交往詩索引》[五十八]相關欄目資料，也可驗證。當韓孟、元白兩人詩人群體逐漸消歇，退出詩壇時，姚賈為首之苦吟詩人，已適時成為長安詩壇的生力軍。

由於這些詩人，除孟郊賈島姚合之相關資料較多，其餘諸人，大多作品流失嚴重，資料不全。所以在本書中，筆者能根據《全唐詩》、《新唐書》、《舊唐書》本傳、王仲鏞《唐詩紀事校箋》、傅璇琮主編《唐才子傳校箋》、周祖譔編《中國文學大辭典家——唐五代卷》、吳汝煜、胡可先著《全唐詩人名考》、陳伯海編《唐詩論評類編》、周勛初主編《唐人軼事彙編》諸書以及筆者蒐集之相關史料，對這一群詩人略分兩大系列：李洞、清塞、曹松、馬戴、裴說、許棠、唐求在詩歌風格上，大體承繼賈島奇僻之風；謂之「賈島系」，亦無不可；至如方干、雍陶、無可、喻鳧、劉得仁，由於與姚合往來較為密切，大多承襲姚合清雅之格，因謂之「姚合系」，在本書第五、第六章中，將有分別論述。

[五十八] 吳汝煜主編《唐五代詩人交往詩索引》（上海古籍出版社，一九九三年五月）。

第二章　釋郊寒

壹、前言

孟郊以五言古詩知名於世，在中唐時期頗負時譽。在中國文學史上，以其寒苦詩風，成為苦吟詩人典型。

唐・李觀在〈與梁肅補闕書〉[一]、李翺在〈薦所知於徐州張僕射書〉中舉薦孟郊，均讚揚孟郊五言詩創作成就。唐・趙璘《因話錄》提及：「韓公文至高，孟長於五言，時號『孟詩韓筆』。」唐・李肇《國史補》卷上也將孟郊列入「元和體」。其後，孟郊以「清奇辟苦」之格，被張為列入「清奇辟苦主」（參《詩人主客圖》）賈島〈弔孟協律〉謂孟郊：「詩集應萬首，物象徧曾題。」則孟郊在世作品數量應該不少；論其詩歌內容，似乎不僅「矯激」之作，應有相當程度的多樣性，只是不幸多數詩篇都已亡佚。宋朝以後，對孟詩之評價，有褒有貶，持負面評價者卻相對居多。論者起先注意到孟郊詩思「寒苦」。歐陽修《六一詩話》曾舉〈移居詩〉、〈謝人惠炭〉為例，說明：「孟郊賈島皆以詩窮至死，而平生尤喜自為窮苦之句。」蘇軾在〈祭柳子玉文〉譏諷：「郊寒島瘦，元輕白俗」，又

一　以下所徵引孟郊之詩例及評論資料，可參邱燮友、李建崑校注《孟郊詩集校注》（國立編譯館主編，台北：新文豐出版公司，一九九七年出版）或華忱之、喻學才校注《孟郊詩集校注》（北京：人民文學出版社，一九九五年出版）兩書之正文及附錄。本文所引詩例，皆僅附篇名或卷數，不再加注頁碼。

在〈讀孟郊詩〉說：「何苦將兩耳，聽此寒蟲號？不如且置之，飲我玉色醪。」自此，孟郊被視為「草間吟蟲」。蘇轍在〈詩病五事〉中，嘲笑孟郊「陋於聞道」。宋．張耒《張右史文集》卷四十六甚至連孟郊的諡號都要譏諷一番。金．元好問〈放言〉、〈論詩三十首〉之十八都稱孟郊為「詩囚」，如此評論，已將孟郊詩的價值，極度貶抑。

其實孟郊刻意苦吟，自鳴不幸，有一定的背景與心理因素。哀情苦語，正是孟郊所長；寒苦之作，未必沒有文學與美學的意義。本文試圖從各個角度索解吟詠寒苦的用意，彰顯寒苦詩的創意與特殊風貌。本集之中，凡是吟詠貧窮、飢寒、病苦、憂傷、困頓者，都納入討論之列。

再者，吾人展讀宋朝以來評孟資料，也可以發現前賢並未全然否定孟郊。在這些資料中，有屬於資料考證者、有摘句評賞者、有呼應前賢評論者；或給予孟郊相當程度肯定，或僅就特定詩作給予認同；如謂「孟郊為詩有理致」，即為一例。

詩人感於事而動於情，動於情而後形於詩。孟郊在語言運用上有何特殊？孟詩的語義有什麼內涵？如何理解「孟郊為詩有理致」？都屬於極有意義的論題。筆者擬就個人對孟郊語言運用的粗淺了解，運用語言風格學的方法深入考察，或能對此作出比較具有學理意義的說明。

貳、孟詩好言「寒苦」之原因

一、現實生活之磨難

孟郊早年隱居嵩山，讀書於洛中。貞元七年，孟郊四十一歲，到本籍地湖州取鄉貢進士，然後前往長安赴進士試。中年求官，已經太晚；不幸事與願違，名落孫山。貞元九年，應進士試，再度落第；貞元十二年，三度應舉，始得及第，已是四十六歲的中年人。而孟郊進士及第，卻未能如願授官，在這數年之間，遊食各地，居無定所，生活十分貧困。

隨後孟郊往來於長安、和州、汴州，陸長源曾經給與生活照顧。貞元十五年汴州發生兵變，陸長源被叛軍殺害，使孟郊頓失依託，於是離汴州前往吳、越各地遊歷。其身世之感，一一發諸詩詠。貞元十六年，孟郊在洛陽應朝廷之銓選，終於獲選為溧陽尉。初入官場，行年已五十歲高齡。可是孟郊在溧陽的政績不佳，據《新唐書》本傳載：孟郊常在投金瀨平陵城「徘徊賦詩，曹務多廢，令白府以假尉代之，分其半俸。」貞元二十年，孟郊不得不辭去官職，奉母歸返湖州故鄉。

直到元和元年，孟郊再度客居長安，河南尹鄭餘慶辟為水陸轉運從事，試協律郎。孟郊復入仕途，已經五十六歲。自此卜居洛陽立德坊。元和九年，鄭餘慶出任山南西道節度觀察使，辟孟郊為節度參謀試大理評事，孟郊自洛陽赴任，暴卒於河南閿鄉，享年六十四歲。由以上的簡述，可見孟郊一生沉淪下僚，仕途蹭蹬，。其貧病潦倒的生活，自然成為吟詠的題材。

此外，晚年喪子對孟郊的重大打擊，也是使孟郊自鳴寒苦的原因。憲宗元和三年，正當孟郊生活逐漸步入安定之際，幼子不幸夭折，從此造成老而無後的遺憾。據韓愈〈孟東野失子〉詩序說：「東野連產三子，不數日輒失之。」[二]可知孟郊先後三子，皆幼年夭折。由其〈悼幼子〉：「負我十年恩，欠爾千行淚。」〈老恨〉：「無子抄文字，老吟多飄零。有時吐向牀，枕席不解聽。」〈濟源寒食〉：「風巢嫋嫋春鵶鵶，無子老人仰面嗟。」等詩句來看，可見孟郊心境十分慘黯。然而，不幸的事總是接踵而來，元和四年，又丁母憂。到元和五年時，六十歲的孟郊，已成為「哀哀孤老人，戚戚無子家」。惸獨愁慘，自然盡入詩詠。

除了仕途的坎坷、無後的悲哀，不諧世俗的性格，更添世路之崎嶇，使孟郊難免遭受挫折。韓愈在〈孟生詩〉中形容他：「古貌又古心」，游於公卿之門，不改傲骨，應對多有參差。張籍在〈贈別孟郊〉中說他「立身如禮經」，可見他是一位鏗鏗自守的人。孟郊在〈勸善吟〉中自述：「顧余昧時調，居止多 慵。見書眼始開，聞樂耳不聰。視聽互相隔，一身且莫同。天疾難自醫，詩癖將何攻？」（本集卷二）證諸孟郊在時務上的枘鑿不通，溧陽尉任內的不治吏事，益知《舊唐書》本傳所稱：「性孤僻寡合」絕非虛言。孟郊將現實生活中種種抑塞偃蹇、嫌隙玷缺，直率抒寫，肯定都是寒苦之音。

二 見錢仲聯《韓昌黎詩繫年集釋》卷六（臺北：學海出版社，民國七十四年一月）頁六七五。

二、自我實現之驅勵

孟郊早年非無奮世之志，歷盡宦途的坎坷與現實生活的磨難，懷著一種精神的痛苦與沉重的壓力。詩歌創作不僅是自我實現的理想，也是自我舒解的憑藉。他說：「初識漆鬢髮，爭為新文章。」（〈弔盧殷〉）又說：「君子業高文，懷報多正思。」（〈答友人〉）足見他年輕便對詩歌創作懷有極大抱負。然而，回顧前代詩人，他有感於曹植、劉楨這樣優秀的詩人，都不免早死，誰能自負年華，浪擲生命呢？他深深感受到：「詩人命屬花」，能不及時操觚，一騁長才嗎？另一方面，他又深刻感到：「倚詩為活計，從古多無肥。」（〈送淡公十二首〉），「賢哲不苟合，出處亦待時。而我獨迷見，意求異士知。」（〈答姚怤見寄〉），可知孟郊從事創作的心情是相當複雜的。

現實生活的窮窘，使得孟郊期望在文學的世界中自由自在，驅遣文辭。孟郊〈送鄭夫子魴〉說：「天地入胸臆，吁嗟生風雷。文章得其微，物象由我裁。」正是這種理想。所謂「天地入胸臆，吁嗟生風雷」，不正是希冀以詩歌包攬天地間一切事物，吁嗟之間，如風雷之動人心目？所謂「文章得其微，物象由我裁」，不正是任心放意的驅遣物象、裁制自然嗎？而「苦吟」正是實現此一理想的創作態度與手段。後世甚至公推孟郊為「苦吟詩人」的典型。三

三　如劉斯翰在《孟郊賈導詩選·導言》嘗謂：「這奇觀中的一景，是苦吟詩人的崛起。……其中，孟郊賈島，以傑出的才華，作了這班怪人得代表。」詳劉斯翰在《孟郊賈導詩選》，頁三（臺北，仁愛書局，民國七十七年四月版。日人坂野學曾有專文討論「苦吟」一詞，詳氏所著《「苦吟」についで》（日本東北大學文學部，《東洋學》五十四輯，一九八五年）

孟郊〈夜感自遣〉云：

> 夜學曉不休，苦吟鬼神愁。如何不自閒？心與身為讎。死辱片時痛，生辱長年羞。清桂無直枝，碧江思舊遊。（卷三）

此詩的前半四句，貼切說明孟郊為了追求詩歌成就，不眠不休，那種身心交戰的程度，這裏的「苦吟」，意謂作詩的苦心。再對照孟郊〈送別崔寅亮下第〉所說：「天地唯一氣，用之自偏頗。憂人成苦吟，達士為高歌。」這裏的「高歌」，代表歡愉之歌，則顯然孟郊的「苦吟」一語，兼有「耽溺詩詠」、「悲苦之吟」以及「詩作苦心」種種涵義[四]。韓愈在〈送孟東野序〉說：

> 大凡物不得其平則鳴：草木之無聲，風撓之鳴；水之無聲，風蕩之鳴，其躍也或激之，其趨也或梗之，其沸也或炙之；金石之無聲，或擊之鳴。人之於言也亦然：有不得已而後言，其歌也有思，其哭也有懷，凡出乎口而為聲者，其皆有弗平者乎！[五]

其〈荊潭唱和詩序〉也說：

第一至十七頁。

四 參原田知明《孟郊の詩作態度について一考察—仕官のための贈答詩を中心として》（《漢文學會會報》，第三十輯一九八四年十二月）第六九至八十三頁

五 見馬其昶《韓昌黎文集校注》卷四，（臺北：漢京文化事業公司，民國七十二年十一月）頁一三六。

夫和平之音淡薄，而愁思之要聲要眇。歡愉之情難工，而窮苦之言易好也。是故文章之作，恆發於羈旅草野；至若王公貴人，氣得意滿，非性能而好之，則不暇以為。

如果從理論的角度來看，孟郊的「苦吟」其實與韓愈「不平則鳴」以及「窮苦之言易好」的理念相通，是一種在艱困中發憤著述，力求自我實現的方法。

三、心理自衛之機轉

從心理的層面來看，孟郊寒苦詩所折射出來的心理狀態，常有逆向心理的傾向甚或一定程度的精神官能症候。[六]茲分喪失自我、否定翻案、解離作用、理想化、反向行為等目，各徵詩例驗證之。

（一）喪失自我：在迭遭憂患之下，孟郊道出心中的感興說：「拔心草不死，去根柳亦榮。獨有失意人，恍然無力行。」（〈感興〉）漂泊異鄉，久病不癒，孟郊亦道出心中的消沉說：「丈夫久漂泊，神氣自然沉。況於滯疾中，何人免噓欷？」（〈病客吟〉）在長安應試落第，孟郊說：「盡說青雲路，有足皆可至；我馬亦四蹄，出門似無地。」（〈長安旅情〉）在罷縣尉後，在家鄉等待替人時，他說：「出亦何所求，入亦何所索。飲食迷精麤，衣裳失寬窄。」（〈乙酉歲舍弟扶侍歸興義莊居後獨止舍待替人〉）句中出現「恍然」、「噓欷」、「似無地」、「迷精麤」、「失寬窄」都是喪失自我的精神狀況。

[六] 詳參王溢嘉編譯《精神分析與與文學》第二章，（臺北：野鵝出版社，民國六十九年九月）頁五十三至五十五。

（二）否定翻案：有時，孟郊用翻案或否定一切方式來消解不安和焦慮，例如：「松乃不臣木，青青何獨為？」（〈罪松〉）、「萬物皆得時，獨余不覺春。」（〈長安羈旅行〉）、「今交非古交，貧語聞皆輕。」（〈秋夕貧居述懷〉）、「古人形似獸，皆有大聖德。今人表似人，獸心安可測？」（〈擇友〉）、「近世交道衰，青松落顏色。人心忌孤直，木性隨改易。」（〈衰松〉）、「離婁豈不明？子野豈不聰？至寶非眼別，至音非耳通。」（〈失意歸吳因寄東臺劉復侍御〉）、「人間少平地，森聳山嶽多；折輈不在道，覆舟不在河。」（〈君子勿鬱鬱士有謗毀者作詩以贈之二首〉）。甚至不知人生意義何在？詩歌創作有何價值：「不知文字利，到死空遨遊。」（〈冬日〉）這些詩例，都不能單以憤激來批評，實有精神的症候存在。

（三）解離傾向：連串的挫折使人喪失信心，萌生退避解離的心理。孟郊在〈長安羈旅行〉說：「失名誰肯訪？得意爭相親。直木有恬翼，靜流無躁鱗。始知喧競場，莫處君子身。」進士考試落第，亟需安慰，但是除非至親好友，誰會來訪？因而興起退隱山林的念頭。所謂「始知喧競場，莫處君子身。」正是一種解離的心態。再如〈北郭貧居〉說：「進乏廣莫力，退為蒙瀧居。三年失意歸，四向相識。地僻草木壯，荒條扶我廬。夜貧燈燭絕，明月照我書。欲識貞靜操，秋蟬飲清虛。」詩中說他離家三年，失意而歸，地僻荒涼，燈燭皆無，仍以月光照書，堅守貞靜的節操，願似秋蟬之獨飲清虛。此詩也明顯表現出解離名利，自我退避的心態。

（四）理想化：失意的人，經常過分高估其他情境的優點，作為企嚮的目標。例如孟郊在〈游終南山〉以盤空硬語敘述自己遊賞終南山的經過，並說：「山中人自正，路險心亦平。」認定山中之人，雖居路險之地，卻心地平正。此固有暗諷長安十里紅塵，人心險惡之意，顯然對於終南山上的人過分的理想化。再如〈暮秋感思二首〉之二說：「優哉遵渚鴻，自得養身旨。不啄太倉粟，不飲方塘水。振羽戛浮雲，罝羅任徒爾。」他讚歎鴻鳥自得養生之旨：不食官倉之粟、不飲池塘之水，振翅高飛，雖有罝羅，莫能如何。顯然對於鴻鳥過分理想化。

（五）反向行為：有時孟郊所採行的態度或認同的觀念，和他日常的信念相反。如：〈春日有感〉說：「雨滴草芽出，一日長一日；風吹柳線垂，一枝連一枝。獨有愁人顏，經春如等閒。且持酒滿杯，狂歌狂笑來。」春草之萌芽，春柳之垂條，明媚的春光，居然感受「如等閒」；一個「立身如禮經」的人，手把酒杯，狂歌狂笑，自非尋常，已是一種反向的行為。再如孟郊〈寒地百姓吟〉說：「高堂槌鐘飲，到曉聞烹炮。寒者願為蛾，燒死彼華膏。」富者於寒夜槌鐘作樂，烹炮燕享，寒者卻只能竟夜號寒，為求一絲溫暖，就算化為飛蛾，撲火而死，寒者也心甘情願。

以上所述，未必是嚴重的心理病症，但是從心理分析的角度來看，多少帶有心理自衛的作用。因為這樣做，可以避免與現實世界直接對決，從而減輕貧寒窮窘的生活壓力所帶來的焦慮或創傷。當我們從這一個角度來考察，也就比較能夠理解孟郊不斷反覆貧寒窮窘、愁憂傷病的內在動機了。

參、孟郊詩中之「寒苦」內涵

一、反覆吟詠自身之貧寒與病苦

早在德宗貞元八年，孟郊在長安應進士試，不幸下第，便曾作〈長安羇旅行〉一詩，吟詠羈旅長安之貧困。詩云：

> 十日一理髮，每梳飛旅塵。三旬九過飲，每食唯舊貧。萬物皆及時，獨余不覺春。失名誰肯訪，得意爭相親。直木有恬翼，靜流無躁鱗。始知喧競場，莫處君子身。野策藤竹輕，山蔬薇蕨新。潛歌歸去來，事外風景真。（卷一）

這一首詩雖使用樂府的題目，實為唐人的新樂府。起首寫客中奔走，髮沾旅塵。飲食失常，所食亦唯粗劣食物。接寫春日，萬物欣欣向榮，因落第之憾，故有「萬物皆及時，獨余不覺春」的感觸。失名之後，難有朋友相訪，心中十分鬱悶。故說：「失名誰肯訪　得意爭相親。」他從喬木上悠閒的春鳥、靜流中安祥的游魚，領悟到自己不宜羈留長安，故說：「始知喧競場，莫處君子身。」。退守山林也就成為他最佳選擇。時當春日，故說：「野策藤竹輕，山蔬薇蕨新。」而陶潛的歸隱田園，給自己極大的啟示，因有「潛歌歸去來，事外風景真。」的嚮往。韓愈為了安慰孟郊，曾作〈長安交游者一首贈孟郊〉相贈。

〈秋夕貧居述懷〉是孟郊另一首吟詠客居貧困的作品：

臥冷無遠夢，聽秋酸別情。高枝低枝風，千葉萬葉聲。淺井不供飲，瘦田長廢耕。今交非古交，貧語聞皆輕。（卷三）

起首二句說：臥冷不能入夢，夢中還鄉亦不可得；遙念別情，故聞秋聲而益感悽酸。這是就客居所生的感觸。三四句承前聽秋，正寫秋聲之浩蕩。用字甚簡而構句卻頗具巧思，使秋聲的聲勢顯得浩大卻能形神兼顧。「淺井」二句實為喻語，謂己有如淺井、廢田。結尾二句寫今交勢利，古交道義，將世態的炎涼，傳寫的真實而奇警。一般寫貧窮的詩，易陷於鄙俗，孟郊卻能寫得樸質之中見舒朗，喟歎之中不屈抑自己的人格。這是孟郊才思獨到的地方。

貧與病常常相連，羈旅他鄉如罹患疾病，最是痛苦。〈路病〉一詩，正是寫這一類的痛苦：

病客無主人，艱哉求臥難！飛光赤道路，內火焦肺肝；欲飲井泉竭，欲醫囊用單。稚顏能幾日？壯志忽已殘。人子不言苦，歸書但云安。愁環在我腸，宛轉終無端。（卷二）

起首二句總提旅途中罹病，無人可以依託的困窘。「飛光」二句，寫外有炎赤的日光映射道路，內有高熱焦爍肺肝，病況實在沉重。以下「井泉竭」，是喻語，用以襯託窘境；「囊用單」，說明自己盤纏不足。「稚顏」二句寫自己不再年輕，而雄心壯志也忽忽損缺。「人子」二句，寫自己在外地罹病，而家書卻仍得報平安。最後兩句，將愁苦比為腸中的愁環，往復無端，可謂寫盡路病的窘困。類似的主題，在〈病客吟〉一詩也有所抒發。孟郊在詩中將自己比擬為病客，他說：「主人夜呻吟，皆入妻子心；遠客晝呻吟，徒為蟲鳥音。」病客無人聞問，因此所作的詩，不異蟲鳥的呻吟。在這樣一種情境下，心情自然是消沉的，因此他說：「丈夫久漂泊，神氣自然沉。況於滯疾中，何人免噓歎。」大海有涯，高山有岑，而「沉憂獨無極，塵淚來盈襟。」對於這種貧病的狀態，孟郊其實是很不安的。在〈臥病〉一詩中說：

貧病誠可羞，故牀無新裘。春色燒肌膚，時餐苦咽喉。倦寢意蒙昧，強言聲幽柔。承顏自俛仰，有淚不敢流。默默寸心中，朝愁續莫愁。（卷二）

他認為貧病實十分羞恥的，破舊的床上也見不到新裘；春意駘蕩，而貧病之身，只感到痛苦，故謂之「燒肌膚」；病中三餐，仍然粗糲，難以下嚥，故謂之「苦咽喉」。因病倦寢，因此思慮不明；勉強言語，也是有氣無力。打起精神，承顏俯仰，也不敢輕易流淚。內心的情況如何呢？他說：「默默寸心中，朝愁續莫愁。」內心的愁慘可想而知。

貧病的心境下，所作的贈別詩，有時也不免把愁慘的感情毫不保留地傾吐出來。例如〈贈崔純亮〉：「食薺腸亦苦，強歌聲無歡。出門即有礙，誰謂天地寬？」便是一個突出的例證。「薺」本是一種味甜的野菜，但因自己內心愁苦，所以雖然食薺亦覺味苦。同樣，天地雖大，自己卻到處碰壁，所以有

「天地不寬」的質疑。再如〈答韓愈李觀別因獻張徐州〉：「富別愁在顏，貧別愁銷骨。懶磨舊銅鏡，畏見新白髮。古樹春無花，子規啼有血。離絃不堪聽，一聽四五絕。」古來只說離別令人黯然銷魂，孟郊身為貧者，無以為託，竟憂愁到「銷骨」的程度。而懶磨銅鏡，是怕看到自己的白髮；這些新的白髮，都因別愁而生。至於「古樹無花」、「子規啼血」是比喻其離別之感。「離絃不堪聽，一聽四五絕。」更以形象譬喻描述自己面對離別，愁腸寸斷的感受。由於是貧者之別，孟郊的詩情多了一般別詩所少有的愁慘成分，讀來令人動容。

二、擴及社稷民生之寒苦

除了自鳴貧寒病苦之外，孟郊基於儒家人溺己溺，人飢己飢的精神，也將筆鋒指向社稷民生的寒苦，如〈和丁助教塞上吟〉及〈寒地百姓吟〉便是鮮明的例證。〈和丁助教塞上吟〉，是孟郊展讀丁助教來詩，哀憫蒼生的寒苦，所作的和詩：

> 哭雪復吟雪，廣文丁夫子。江南萬里寒，曾未及如此。整頓氣候誰？言從生靈始。無令惻隱者，哀哀不能已。（卷二）

詩題塞上吟，指〈塞上〉、〈塞上曲〉、〈塞上行〉之類新樂府辭。「哭雪」，哀歎酷寒。「吟雪」，指丁助教吟贈的〈塞上曲〉。所謂廣文，是唐玄宗天寶九年，在國子監增設廣文館，有博士、助教等職，領國子學生中修進士業者。杜甫〈醉時歌贈廣文館學士鄭虔〉詩：「諸公袞袞登臺省，廣文先生官獨冷。甲第紛紛厭粱肉，廣文先生飯不足。」丁助教是孟郊友人，本詩起首二句讚歎江南大寒，猶不及丁夫子塞上吟的寒苦。「整頓」二句問誰能整飭乾坤？假使有濟時之意，當自該洽生靈始。末尾二句謂勿使悲憫蒼生的人，哀矜不已，言下不勝慨歎。

〈寒地百姓吟〉是另一首哀矜民生寒苦的名作。前有自注：「為鄭相。其年居河南，畿內百姓，大蒙矜卹。」這一首詩，據韓愈〈貞曜先生墓誌銘〉云：「去尉二年，而故相鄭公尹河南，奏為水陸運從事，試協律郎。」寫作年代應在元和元年，任職於鄭餘慶幕府期間所作。全詩如次：

> 無火炙地眠，半夜皆立號。冷箭何處來，棘針風騷勞。霜吹破四壁，苦痛不可逃。高堂搥鐘飲，到曉聞烹炮。寒者願為蛾，燒死彼華膏。華膏隔仙羅，虛遶千萬遭。到頭落地死，踏地為遊遨。遊遨者是誰？君子為鬱陶。（卷三）

起首敘述寒地百姓無火燒炕，夜半凍醒，起立號寒，二句極言天寒的窘狀。三四句「冷箭」、「棘針」，極言天寒入骨，有如冷箭棘針刺人肌膚。「霜吹」猶霜風，寫寒風穿透貧民四壁，使人無法逃避。此極言受凍之苦。「高堂」二句以對比的手法，寫富貴人家此時正在高奏歌樂，齊聚歡飲，由夜至曉，烹炮食物的香氣源源不絕。「寒者」四句說：受凍之人，寧作飛蛾，撲向燈燭，死亦無憾！奈何華膏為仙羅所隔，雖欲為飛蛾亦不可得，僅能遶室虛飛。「到頭」二句說飛蛾遶室虛飛，最後仍然得死，於是只能踏地求暖，遊遨驅寒。結尾讚頌在這樣的寒天，也惟有鄭餘慶能夠哀憐百姓的痛苦，給予矜恤。假使孟郊的詩僅限於自鳴哀苦，格局自有限度，但是孟郊基於自身貧寒生活的體驗，代言百姓寒苦，也就使他的作品更具深廣的意義。

三、對寒士之哀悼或表彰

孟郊自身的貧寒經驗，使他對於同時或前代的寒士，存有特別的感情。在〈哭劉言史〉、〈弔盧殷〉、〈章仇將軍良棄功守貧〉、〈弔元魯山〉十首等詩中，對這些寒士的人格氣質、守貧不屈深表敬意。如〈哭劉言史〉說：

> 詩人業孤峭，餓死良已多。相悲與相笑，累累其奈何　精異劉言史，詩腸傾珠河。取次抱置之，飛過東溟波。可惜大國謠，飄為四夷歌。嘗于眾中會，顏色兩切磋。今日果成死，葬襄之洛河。洛岸遠相弔，洒淚雙滂沱。（卷十）

劉言史是洛陽人，少時崇尚氣節，不舉進士。旅居河北、吳越、瀟湘等地。貞元中，至冀州依成德鎮節度使王武俊。王賞愛其詞藝，表為棗強令，辭疾不就，世重之，稱之為劉棗強。元和六年，受山南東道節度使李夷簡徵辟，署司功掾。李夷簡表奏增其官秩，詔下之日卒。劉言史與孟郊友善，與李也有交往。工於詩，風格近李賀，皮日休〈劉棗強碑〉稱其詩：「雕金篆玉，牢奇籠怪，百鍛為字，千鍊成句，雖不追躅太白，亦後來之佳作也。」嚴羽《滄浪詩話》將他列為大歷以後「吾所深取者」之一。

本詩起首四句說詩人以「孤峭」為活計，窮餓以死者甚多。世人對於窮餓而死的詩人，往往有悲憫也有譏笑；史蹟累累，莫可奈何。劉言史的詩究竟如何？孟郊以「精異劉言史，詩腸傾珠河。」來形容，對於他懷抱高才，浪跡東海，原應是大國雅章的詩作，反淪落為四夷之歌，深感惋惜。孟郊說他曾與劉言史在廣坐之中相會，相互切磋詩藝，從而深刻了解劉言史詩的價值。於是在劉言史歸葬洛濱時，深深表示哀悼。

另一位以詩窮餓的寒士是盧殷。盧殷，范陽（今河北涿縣）人。元和初任登封縣尉，以病去官，客居登封。元和五年貧病而卒，年六十五。韓愈有〈登封縣尉盧殷墓志〉。盧殷與韓愈、孟郊友善。韓愈〈盧殷墓志〉說：「君能文為詩，自少至老，詩可傳錄者，在紙凡千餘篇。無書不讀，然止用以資為詩。」盧殷死後，孟郊寫了十首詩悼之。孟郊在〈弔盧殷十首〉第一首，提到盧殷也是懷抱「清峭」，餓死空山。離開人世時：「久病牀席尸，護喪童僕孱。故舊窮鼠嚙，狼籍一室間。」十分悲慘。〈弔盧殷十首〉第四首寫其臥病時仍然寫詩的情景說：「攣臥歲時長，漣漣但幽噫。幽噫虎豹聞，此外相訪稀。至親唯有詩，抱心死有歸。」可見盧殷也是以詩為活、抱詩以終的悲慘餘生。

以詩名世，卻有不同的結局。因為：「他名潤子孫，君名潤泥沙。」（其五）何以如此？因為盧殷也是一位「可憐無子翁」（其四）！不但無子，寒士之中，前有顏回後有元德秀，在盧殷身上卻可以「耳聞陋巷生，眼見魯山君」。而且「餓死始有名，餓名高氛氳」（其六）。回想當年與盧殷往來，曾經：「夜踏明月橋，店飲吾曹床。醉啜二盃醲，名郁一縣香。」何其浪漫！當時盧殷的詩「吟哦無滓韻，言語多古腸。」詩藝多麼傑出，卻得窮餓而死！天道如此顛倒，也就「清濁俱莫追，何須罵滄浪。」（其七）假使孟郊弔盧殷，是為盧殷之窮餓而死抱不平，則其〈弔元魯山十首〉，形同自弔一般。元魯山即盛唐時期人品極高的寒士元德秀。夏敬觀〈孟郊詩選注〉導言中，比較孟郊與元德秀的性情與行誼說：

元德秀赴試進士，不忍離親，每行則自負板輿，與母俱謁長安；孟郊家在南方，去長安遠，每下第，即懊喪南歸，他索性奉母到嵩山居住。他是經過屢黜不登第，便不再赴試；到四十五歲這年，他母親要他去應試，這纔登第。元德秀登第後，母即亡故，孟郊的母，比郊前死四年，他是終身為人子的人，故選官必求近地。……元德秀不及親在娶，遂不娶，無子，孟郊連舉三子，皆殤，遂亦無子。元德秀兄子繈褓喪親，無資得乳媼，遂自乳之，數日湩流。孟郊〈寄義興小女子〉詩，用元德秀乳姪的事，再三詠歎。……元德秀的文章率情而書，語無雕刻，為魯山令時，遇著玄宗，歎賞他作的〈于蔿于歌〉，以為賢人之言。孟郊的詩也是率情而書，如他所作的樂府，及〈傷時〉、〈擇友〉等詩，實不曾有一字雕刻，實在是文從字順，卻遇到代宗、德宗的時代，這又是他的境遇不如元德秀處。……元德秀是儒門的人物兼信佛教，母死刺血畫像，寫佛經；孟郊晚年亦崇奉佛教。元德秀歿後，門人鄉謚為文行先生，孟郊歿後，張籍輩謚之為貞曜先生，皆為學者私謚。他弔元德秀詩云：「惟餘魯山名，未獲旌廉讓。」唐自天寶亂後，未聞表章幽隱有德之士，他為元德秀抱不平。不料他身後正是元德秀一個影子。七

從這一段引文來看，〈弔元魯山十首〉不止是表彰寒士，更是孟郊自身的寫照。茲以第一首為例：

搏鷙有餘飽，魯山長飢空。豪人飫鮮肥，魯山飯蒿蓬。食名皆霸官，食力乃堯農。君子恥新態，魯山與古終。天璞本平一，人巧生異同。魯山不自剖，全璞竟沒躬。（卷十）

起首「博鷙」意謂猛擊。據《史記・酷吏列傳》：「（義）縱以鷹擊毛鷙為治。」詩意是說身為酷吏反有餘飽，德秀身為循吏，卻常飢乏之。「豪人」二句謂豪奪之人飽飫肥鮮，而德秀獨卻只能以蒿蓬為食。「食名」二句說明現世食名者多為霸官，自食其力者反成堯農。「君子」二句，寫魯山恥為新態，與古同終。「天璞」四句以璞為喻，謂玉璞本若一致，因巧匠琢磨，使其價值不同。德秀一生不欲自剖，堅守節操，始終是個完璞。〈弔元魯山十首〉第三首說：

君子不自蹇，魯山蹇有因。苟含天地秀，皆是天地身。天地蹇既甚，魯山道莫伸。天地氣不足，魯山食更貧。始知補元化，竟須得賢人。

七 見夏敬觀《孟郊詩集選注》導言，（臺灣商務印書館，民國五十四年八月）頁一至四。

起首四句說君子不自求艱阻，元魯山的窮蹇，自有因由。人既稟五行的秀氣，為天地之心，故人身即天地之身也。「天地」四句說天地蹇塞之際，即人身道窮之時，因此，魯山之道固莫能伸。天地的秀氣不足，也就使元德秀益發貧困。結尾二句說大自然的發展變化，終須正道，也自須賢人。〈弔元魯山十首〉第四首說：

> 賢人多自薶，道理與俗乖。細功不敢言，遠韻方始諧。萬物飽為飽，萬人懷為懷。一聲苟失所，眾憾來相排。所以元魯山，飢衰難與偕！

起首二句說賢人多有自晦之意。所抱持的理念，也與常與時世乖隔。三四句說賢人不以微細之功為功，反而期望與高遠的典範相合。五六句說賢人以天下人的溫飽為念，以天下任的胸懷為懷。七八句說：守道循理的人，往往為世俗所排斥。史書上稱許元魯山，歲屬饑歉，庖廚不爨，而彈琴讀書，怡然自得。因此孟郊在此詩結尾用反語說：這正是飢餓衰頹之事不會與魯山相偕的原因吧！

肆、孟郊詩中之「理致」

「理」原是中國古代哲學範疇，蘊義繁多。[八]名理、物性、人情、道理皆在其中；所謂「理致」，

八　據唐君毅《中國哲學原論》，中國哲學史所謂「理」，主要有六義：一是文理之理，二是名理之理，三是空理之理，四

南朝宋・劉義慶・《世說新語・文學》有言：「郭陳張甚盛，裴徐理前語，理致甚微，四坐咨嗟稱快。」[九]北齊・顏之推，《顏氏家訓・文章》也說：「文章當以理致為心腎，氣調為筋骨，事義為皮膚，華麗為冠冕。」[十]兩者所言之「理致」，大致指文人在作品中抒發感興、講述道理、發表議論，所呈現的「義理情致。」畢竟孟郊不是哲人，批覽《孟郊詩集》，不難發現孟郊詩中，常言人情事理，而較少名物哲理之意蘊。尤其是抒寫情理之作，句句警策，最能引人入勝。而這些宛若格言的句子，卻都是飽經貧寒磨難、在不良的生活處境中寫成。以下分為四項概述之：

一、人情世態之觀察

元・辛文房《唐才子傳》說：「郊拙於生事，一貧徹骨，裘褐懸結，未嘗俛眉為可憐之色。」（卷五）雖長期貧寒困頓，科場失意，卻有一身傲骨，對人情世態之觀察，極為深刻。

孟郊在〈湘絃怨〉說：「昧者理芳草，蒿蘭同一鋤。狂飆怒秋林，曲直同一枯。」面對「蒿蘭同一鋤」之世態，的確令人憤慨，孟郊卻寧願以堅忍的態度去面對。他說：「我願分眾泉，清濁各異渠；我願分眾巢，梟鸞相遠居。」（卷一）則孟郊處世的態度如何，由此可見一斑。

是性裡之理，五是事理之理，六是物理之理。參考《中國哲學原論》第一章，（香港：人生出版社，一九六六年）頁四。

九 見余嘉錫《世說新語箋疏》文學第四，（台灣：華正書局，一九八九年）頁二〇九。

十 轉引自郭紹虞《中國歷代文論選》上冊，（台灣：華正書局，一九八九年）頁三一四。

在〈寓言〉一詩中，孟郊以反詰語氣說：「誰言碧山曲？不廢青松直！誰言濁水泥？不污明月色！我有松月心，俗騁風霜力！貞明既如此，摧折安可得？」（卷二）在此，他以青松為喻，暗示環境的「屈曲」，並不能折服正直的人；又以濁水為喻，暗示環境的污濁，同樣無法染污如月之心性；秉持這樣孤直、皎潔之心性，孟郊遂能坦率發抒對於世道的針砭：

涉江莫涉凌，得意須得朋。結交非賢良，誰免生愛憎？（卷二〈寒江吟〉）

君子芳桂性，春榮冬更繁。小人槿花心，朝在夕不存。（卷二〈審交〉）

古人形似獸，皆有大聖德。今人表似人，獸心安可測？（卷三〈擇友〉）

人心忌孤直，木性隨改易。既摧棲日榦，未展擎天力。（卷二〈哀松〉）

此外在〈傷時〉（卷二）一詩，對於人際關係之冷暖，有痛快淋漓之描述；在〈勸友〉（卷二）之中，對友道規箴，也深入肯綮；在〈求友〉（卷三）之中，更以堅冰下的波瀾以及百鍊成金之比喻，告誡人們擇善而交。在〈古意贈梁肅補闕〉（卷六）更寄望梁肅在「金鉛同鑪」之際，能夠分辨精麤。凡此，皆有深刻之寄寓。

清·余成教《石園詩話》卷二曾提及孟郊：「誰言寸草心，報得三春暉。」、「世有百役身，官無一姓宅。」、「從來一智萌，能使眾利歸。」、「枯鱗易為水，貧士易為施。」為「集中名言」，[十一]

[十一] 轉引自邱燮友、李建崑校注《孟郊詩集校注》附錄（國立編譯館主編，台北：新文豐出版公司，一九九七年出版）頁

由此亦可知孟郊人倫鑑識之精深。

二、親歷變亂之感喟

孟郊處身中唐，親歷藩鎮變亂，對於時局，曾有「天下無義劍，中原多瘡痍。」（〈亂離〉本集卷三）之感慨。在〈殺氣不在邊〉一詩，記述藩鎮李希烈截斷淮、汴兩河，曾說：

> 道險不在山，平地有摧輈。河南又起兵，清濁俱鎖流。豈唯私客艱，擁滯官行舟……。（卷二）

僅此短短數語，即已能夠說明李希烈割劇兩河，對社稷民生所造成之戕害。當藩鎮割據愈演愈烈，朝廷在兩河用兵時，孟郊自述：「朝思除國讎，暮思除國讎。計盡山河畫，意窮草木籌。」（〈百憂〉本集卷二）其憂患社稷之心，可謂溢於言表。

處在這樣的時勢中，孟郊對於匡復之良將，社稷之能臣，甚至堅持理念之高人，都不吝給與頌揚。例如貞元初，荊南節度觀察使樊澤對叛亂之藩鎮展開掃蕩，獲得德宗之賞識，其後擔任襄州刺史，孟郊在〈獻漢南樊尚書〉中，如此頌揚樊澤：

> 天下昔崩亂，大君識賢臣。眾木盡搖落，始見竹色真。兵勢走山嶽，陽光潛埃塵。心開玄女符，

六一九。

面縛清波人。異俗既從化，澆風亦歸淳。自公理斯郡，寒谷皆變春。旗影卷赤電，劍鋒匣青鱗。如何嵩高氣，作鎮楚水濱。雲鏡忽開霽，孤光射無垠。乃知尋常鑒，照影不照神。（卷六）

此詩起首四句，謂於崩亂之際，德宗識拔賢臣。草木變衰之時，方知竹色不凋。「兵勢」四句，寫涇原兵變，擁立朱泚為帝，德宗蒙塵，出奔奉天事。此時樊澤猶如擁有玄女所授之兵符，一舉擒降李希烈部將張嘉瑜、杜文朝等。「異俗」四句，謂樊澤自貞元八年任襄州刺史以來，治郡有成。「旗影」、「劍鋒」二句，寫大賢用事，兵氣盡消，軍旗刀劍，皆可收藏。結尾四句，以太陽開霽、孤光無垠為喻，頌揚樊澤如朗朗日照，遍及下土。

同樣在〈上河陽李大夫〉一詩中，孟郊也誠敬頌揚河陽節度使李元淳：

上將秉神略，至兵無猛威。三軍當嚴冬，一撫勝重衣。霜劍奪眾景，夜星失長輝。蒼鷹獨立時，惡鳥不敢飛。武牢鎖天關，河橋紐地機。大將奚以安，守此稱者稀。貧士少顏色，貴門多輕肥。試登山嶽高，方見草木微。山嶽恩既廣，草木心皆歸。（卷六）

詩中「上將」四句頌揚李元淳有神異之韜略，用兵雖勇，卻無猛威；嚴冬之時，恩撫兵士，如與重裘。「霜劍」四句，謂霜白劍芒，奪彼眾景，夜星亦去失光輝。又以蒼鷹獨立、惡鳥退避，借喻李元淳之威望懾人。虎牢關，自古為天險，而李元淳得以鎮守，可謂適才適所。「貧士」六句，以歸附之意作結。細觀這些詩句，固然有干謁的動機，而其愛國的熱誠，卻也不容懷疑。

至於在〈大隱訪三首〉中，孟郊對於「以直隳職」的崔鄘，給予如此的讚揚：

古人留清風，千載遙贈君。破松見貞心，裂竹看直文。殘月色不改，高賢德常新。……（卷六）

此以松幹破裂，可見貞固樹心；剖開竹管，能顯徑直紋理；雖為殘月，不改皎潔之光為喻，稱頌崔鄘之德行，日久常新。對於棄官守貧的章仇良，孟郊說他：

揖君山嶽德，誰能齊嶔岑？東海精為月，西岳氣凝金。進則萬景晝，退則群物陰。……（卷六）

詩中以章仇良如山嶽之德，無人能齊。東海之精為月，西嶽之氣如金。章仇良如得進用，則其精光照耀萬景；如其退官，則群物為之黯淡。對於在職無事的趙俶，孟郊說他：

卑靜身後老，高動物先摧。方圓水任器，剛勁木成灰。大道母群物，達人腹眾才。時吟堯舜篇，心向無為開。彼隱山萬曲，我隱酒一杯。公庭何所有，日日清風來。（卷六）

按「卑靜」四句，謂人之處事，宜卑而靜。蓋水性柔，木性剛。「大道」四句，謂大道為萬物之母，趙俶在記室任內，非以自任為能，然而兼有眾才，故能無為而治。結尾四句，寫趙俶大隱於酒，稟性曠達：其公庭無事，唯有清風之來。

三、古道淪闕之憂慮

韓愈曾在〈孟生詩〉中如此描述孟郊：「孟生江海士，古貌又古心。嘗讀古人書，謂言古猶今。作詩三百首，窅默咸池音。騎驢到京國，欲和薰風琴。……」可知孟郊有志復古，對於古道淪闕，常懷深沉之憂慮。在〈夜憂〉詩中，以今人無法讀懂科斗文，影射文教之不行。詩云：

> 豈獨科斗死，所嗟文字捐。蒿蔓轉驕弄，菱荇減嬋娟。未逐擺鱗志，空思吹浪旋。何當再霖雨？洗濯生華鮮。（卷三）

所謂科斗，指科斗文。相傳魯恭王壞孔子宅，得《尚書》、《春秋》、《論語》，其字形皆頭粗尾細，一如科斗。詩以科斗借稱古文；「科斗死」喻今人不文，無法解讀古經。至於「蒿蔓」，是無用之草；「菱荇」為祭祀之菜，此以草為喻，對於不文之人，高傲侮慢；脩美之士，反而減色，感到十分憂慮。自恨身無長策，無能使萬物再生華鮮。至於其〈教坊歌兒〉，則慨嘆聖賢發憤之作，反不如十齡歌兒之見重。

> 十歲小小兒，能歌得聞天。六十孤老人，能詩獨臨川。去年西京寺，眾伶集講筵。能嘶竹枝詞，供養繩床禪。能詩不如歌，悵望三百篇。（卷三）

教坊為唐代掌女樂之官署。《唐書．百官志》：「武德後，置內教坊于禁中。開元中，又置內教坊於蓬萊殿側。」聞天，意謂被天子所羅致。詩謂十齡歌兒得以聞天，六十詩翁，卻只能臨川慨歎。貞元元和間，竹枝詞曾風行兩京，在講筵間，能歌竹枝，可得繩床供養；難怪孟郊要慨嘆：「能歌不如詩，悵望三百篇。」

唐代以詩賦取士，士子互相剽竊詩文者，所在多有，孟郊曾在〈偷詩〉諷刺此一現象，詩云：

餓犬齰枯骨，自喫饞飢涎。今文與古文，各各稱可憐。亦如嬰兒食，餳桃口旋旋。惟有一點味，豈見逃景延。繩床獨坐翁，默覽有所傳。終當罷文字，別著逍遙篇。從來文字淨，君子不以賢。（卷三）

詩中以餓犬齧咬枯骨，比喻無才士子之剽切詩句，真切而傳神。「今文」二句，曹植〈與楊德祖書〉曾說：「人人自謂握靈蛇之珠，家家自謂抱荊山之玉。」今人何嘗不是如此？孟郊以嬰兒緩緩食糖飴為喻，慨言費盡心力，亦不過博得淡薄詩味，然而拋擲之年光可挽回嗎？末尾六句，孟郊警悟到：不如脫去文字牢籠，追求逍遙，蓋自古以來，未有以文字明淨為賢！

雖然如此，孟郊還是終夜辛勤，自云：「夜學曉未休，苦吟鬼神愁。」（卷三〈夜感自遣〉）「自卑風雅老，恐被巴竹嗔。」（卷三〈自惜〉）。「願於堯琯中，奏盡鬱抑謠。」（卷三〈晚雪吟〉）因為自己辛勤苦吟，雖可能曲高和寡，卻雅不願從俗而流；因此，孟郊寧願寫反映民生疾苦、卻充滿抑鬱情懷之歌謠。

四、佛道教義之體悟

孟郊早年即曾與僧道往來，而私心尊奉儒教。中年關懷國事，也有解懸拯溺之志，但是，長期貧寒困頓，遭逢不偶。晚年在〈自惜〉中說：「徒有言言舊，慚無默默新。始驚儒教誤，漸與佛乘親。」所以對於佛、道教義，都有深刻體悟。例如在〈嬋娟篇〉中，孟郊曾列舉花、竹、月、妓四種色態美好之事物為例，說明人間一切美好事物皆難長久，其詩云：

> 花嬋娟，泛春泉；竹嬋娟，籠曉煙；妓嬋娟，不長妍；月嬋娟，真可憐。夜半姮娥朝太一，人間本自無靈匹。漢宮承寵不多時，飛燕婕妤相妒嫉。（卷一）

此謂花容之美，在漂泛春泉；竹態之美，在曉煙籠罩；歌妓之美，難保常妍；月色之美，實堪憐惜。世間如是，上界亦然！君不見姮娥竊取不死之藥，即往月宮，是故人間本無神仙眷屬；班婕妤雖得一時之承寵，終將不敵趙飛燕之相爭。在這首詩中，雖無任何佛語，卻充滿佛禪意蘊。

孟郊對於道教也頗有認識，曾作遊仙、步虛之曲。例如〈列仙文〉四首，描寫道教神祇：東華大神方諸青童君、清虛真人王褒、魏夫人修道有成進入仙班、太極真人安度明等，對於仙人降世之場景與情境，都有傳神之描寫。再如〈爛柯石〉中，寫爛柯山之神仙傳說。謂：「仙界一日內，人間千歲窮。雙棊未偏局，萬物皆為空。樵客返歸路，斧柯爛從風。唯餘石橋在，猶自凌丹虹。」（卷九）凡此，都有道教神仙之意蘊。

然而在〈求仙曲〉中，孟郊卻譏刺服食之虛妄，他說：「仙教生為門，仙宗靜為根。持心若妄求，服食安足論？」（卷一）在唐代皇帝之中，憲宗、武宗、宣宗皆有服食以求長生之行為。士人也有這種風氣。孟郊勸人「鑵惑」、「餌真」，雖無進一步的指引，然其詩旨與張籍〈求仙行〉很接近。

此外，孟郊在〈嘆命〉一詩中說：「三十年來命，唯藏一卦中。題詩還怨易，問易蒙復蒙。本望文字達，今因文字窮。影孤別離月，衣破道路風。歸去不自息，耕耘成楚農。」（卷三）詩中「問易蒙復蒙」一語，寫他卜卦以求指引人生，在易卦六十四卦之中，持續卜得「蒙卦」。《易・蒙》：「彖曰：蒙，山下有險，險而止，蒙。」孔穎達疏：「坎在艮下，是山下有險。艮為止，坎上遇止，是險而止也，恐進退不可，故蒙昧也。此釋蒙卦之名。」孟郊自謂「本望文字達，今因文字窮」，正是寫「蒙卦」彖詞中進退兩難之窘境。

孟郊與僧徒道士往來也十分頻繁，所作酬贈詩，頗多佛禪意蘊。茲以〈夏日謁智遠禪師〉（卷九）為例，徵引詩句，略窺一斑。按〈夏日謁智遠禪師〉云：

> 吾師當幾祖？說法云無空。禪心三界外，宴坐天地中。院靜鬼神去，身與草木同。因知護王國，滿缽盛毒龍。抖擻塵埃去，謁師見真宗。何必千萬劫，瞬息去樊籠。盛夏火為日，一堂十月風。不得為弟子，名姓挂儒宮。（卷九）

起首二句設問，釋氏宗派祖師有三十三祖，而智遠以「無空」為說，當為禪門高僧，故問智遠當為幾祖？「禪心」二句接敘佛教將生死流轉之人生分為三界：即欲界、色界、無色界。詩寫智遠禪師，禪坐於天地之中，心存三界之外，其境之高可知。「院靜」四句謂駐錫之禪院十分僻靜，而智遠身似草木，如如不動。「因知」六句，頌揚智遠，謂其護持王國，制服愚妄嗔癡之禍害，抖擻精神，塵垢盡去，謁見智遠，即能得佛法真傳；不必歷經千萬劫，蓋瞬息之間，即可開悟，獲得解脫。末尾四句，言謁見智遠時，正當夏日，既得師教，清涼如十月之風。末句自謂已經學儒，無法成為佛門弟子。

伍、孟詩之語言表現

孟郊詩現存五百一十八首，包括樂府詩六十九首、五言古詩四百一十五首、七言古詩十六首、五言絕句二首、七言絕句二首和聯句詩十三首。就詩體而言，以五言詩居大宗，七言詩最少。與律詩相較，古詩句數奇偶無定，句式平仄自由，句法變化較多，用韻方式靈活，依據具體情況不同，允許通韻、轉韻。五、七言古中可以雜用長短句。簡言之古體詩是古代的自由詩。孟郊的詩作，既以五言古體為主要形式，故其用韻方式，十分自由。

如果從語言結構體系來看，可劃分為語音單位、語彙單位、語法單位語義單位。如果從語法研究的傾向性來看，其傾向性為詞法↓句法↓句群↓章法↓篇法[十二]。就語言風格單位的劃分，從大到小之

十二　參王茂松《漢語語法研究參考資料》，（中國社會科學出版社，一九九三年版）頁四六九—四七〇。

順序應為：詞、詞組（短語）、句子、句群（段落）、篇章。在古典修辭觀念中，則大約分為選詞、煉句、謀篇三項。以下分為「奇正之用字」、「繁複之修辭」、「奇巧之章法」諸項分述之：

一、奇正之用字

從用字的層面來看，孟郊用字，有平淡古雅者，有而尖新奇詭者，既可自然平易，也不避晦澀；而用字平易、精警是其最大特色，奇崛、險拗反而不是孟詩用字之常態。試以下列十首詩為例，說明孟郊用字平易一面：

1. 淚墨灑為書，將寄萬里親。書去魂亦去，兀然空一身。（卷一〈歸信吟〉）

按：在〈歸信吟〉中孟郊用「淚」、「墨」、「灑」三字，寫出作書之狀貌，極為簡淨。在此以拙樸之語言、出奇之設想，寫入骨之至情，全以苦吟得之，最是孟郊本色。

2. 試妾與君淚，兩處滴池水。看取芙蓉花，今年為誰死？（卷一〈古怨〉）

按：〈古怨〉一詩孟郊用平易的字句抒寫怨情。「兩處」，兩地也。玩詩意，可知夫妻分居二處。清．黃叔燦《唐詩箋注》曾經讚嘆：「不知其如何落想得如此。四句前無可裝頭，後不得添足，而怨恨之情已極，此天地間奇文至文。」

3. 楚血未乾衣，荊虹尚埋輝。痛玉不痛身，抱璞求所歸。（卷二〈古興〉）

按：〈古興〉一詩詠卞和獻璞玉而遭刖足之故事。短短二十字，有悲壯之色彩和幽憤之情懷。試看其用字：「楚血」，原指卞和遭刖足之血，兼指不白之冤。「荊虹」，比喻璞玉。埋輝，喻美玉不為人知。不惜刖足之刑，但悲所蘊美玉為世所忽。抵死亦必將玉璞歸與識貨者。全詩氣勢悲壯，非徒疼惜卞和，也是孟郊之自剖。

4. 萱草生堂堦，遊子行天涯。慈親倚堂門，不見萱草花。（卷三〈遊子〉）

按：〈遊子〉一詩寫慈親盼遊子歸來，倚門而望，不見堂前之萱草也。本詩用字精簡至極，慈親企盼兒歸之情景，宛然即目。

5. 池邊春不足，十里見一花。及時須邀遊，日暮饒風沙。（卷四〈邀花伴〉）

按：孟郊青壯年時，曾漫游朔方，留下不少奇異之山水詩。〈邀花伴〉一詩中「春不足」、「饒風沙」，簡單的用字，就將邊塞寒苦，春風不到，寫得意味十足。

6. 揚帆過彭澤，舟人訝嘆息。不見種柳人，霜風空寂歷。（卷六〈過彭澤〉）

按：〈過彭澤〉寫孟郊遊彭蠡湖，（一作彭澤，又名官亭湖，即今江西鄱陽湖。）遙想五柳先生之高逸，以及遊觀湖上內心之寂寞、湖景之冷落。而「寂歷」一詞，正結合孟郊之主觀情感與彭澤之客觀情境。

7. 青山臨黃河，下有長安道。世上名利人，相逢不知老。（卷八〈送柳淳〉）

按：〈送柳淳〉中，「長安道」，是奔赴帝都所必經之路。「名利人」，指一般逐名競利之人。詩語固然在說長安道上，多逐名競利之人，往往不知老之將至。但是這句話也彰顯孟郊與柳淳獨守古道，迥異常人。國成德《孟東野詩集》評云：「古意、世情，二十字盡有。」十分有見地。

8. 朝見一片雲，暮成千里雨。淒清濕高枝，散漫沾荒土。（卷九〈喜雨〉）

按：〈喜雨〉是寫景小詩，「一片雲」、「千里雨」，相對成文，寫境甚廣。「淒清」，蕭條；此兼狀高枝之稀也。「散漫」，瀰漫四散，兼指雨勢之細。都是尋常字句，卻能形成強大的表現效果。

9. 昨夜一霎雨，天意蘇羣物。何物最先知？虛庭草爭出。（卷九〈春後雨〉）

按：〈春後雨〉也是寫景小詩，「一霎」，謂突如其來。「蘇」，再生、復生。「知」，謂體知天意。「虛庭」，空庭。也是尋常字句，卻有強大的表現效果。

10. 心心復心心，結愛務在深。一度欲離別，千迴結衣襟；結妾獨守志，結君早歸意。始知結衣裳，不如結心腸。坐結行亦結，結盡百年月。（本集卷一〈結愛〉）

按：〈結愛〉為孟郊所創之新題樂府。結，積聚也。「結」字原尋常字眼，妥貼安置，竟造成獨特的表現效果。

當然，孟郊也有大量作品，用字奇澀，韓愈在〈貞曜先生墓誌〉所說：「劌目鉥心，刃迎縷解，鉤章棘句，掐擢胃腎。」又說：「神施鬼設，間見層出，唯其大翫於詞，而與世抹攈，人皆劫劫，我獨有餘。」可能就是針對這一類詩例之用字而發：

1. 篙工磓玉星，一路隨迸螢。朔凍哀徹底，獠饞咏潛鯉。冰齒相磨囓，風音酸鐸鈴。（卷五〈寒溪〉之四）

按：「磓」，撞擊。「玉星」，形容冰屑飛迸之狀。此寫篙工敲冰之狀，迸散如螢，又自奇險。「獠饞」謂饞食之野人，以溪水冰凍，故「哀詠」、「吟嘯」，誘引潛藏冰下之魚。「冰齒」形容河冰恍如齒牙，「相磨囓」指河冰相磨相囓；寒風吹動鐸鈴，其聲淒酸，有如「鐸鈴」一般。

2. 荒策每恣遠，戇步難自迴。已抱苔蘚疾，尚凌潺湲隈。驛驥苦銜勒，籠禽恨摧頹。實力苟未足，浮誇信悠哉。顧惟非時用，靜言還自咍。（卷四〈石淙〉之二）

按：孟郊在詩中自歎下第之後，恣意遨遊。「荒策恣遠」，謂持杖恣意遨遊。「戇」，癡愚、疾直。「苔蘚疾」，濕疾。「摧頹」，衰敗。「驛驥苦銜勒」，「籠禽恨摧頹」言己未得大用。「咍」，相調笑，自飴，自己苦笑，自我解嘲。在此，「荒策」、「戇步」，都是孟郊自造之險語。

3. 竹風相戛語，幽閨暗中聞。鬼神滿衰聽，恍惚難自分。商葉墮乾雨，秋衣臥單雲。病骨可剸物，酸呻亦成文。瘦攢如此枯，壯落隨西曛。裊裊一線命，徒言繫絪縕。（卷四〈秋懷〉之五）

按：起首二句謂竹風相互磨轢，「戛然」而鳴。暗室之中，清晰可聞。「鬼神」二句，以「鬼神」形容秋聲之詭異，以「衰聽」形容聽覺之微弱；二句連言，寫竹風戛語，詭異萬分，鬼神乎？秋聲乎？恍惚難分。孟郊善寫秋聲，將秋風寫得如此不凡。「商葉」句係就秋葉著筆，謂秋葉隨風飄落，聲乾若雨下；「秋衣」句謂秋衣單薄，如臥雲下。「乾雨」、「單雲」之喻，十分新穎。以下「病骨」二句，寫其病中體衰，身骨幾可截物；病中酸吟，亦成文章。「瘦攢」二句，謂身骨之纖弱瘦削，如此秋葉之枯萎；年命之疾急衰落，若彼夕陽之西沉。「裊裊」二句，「絪縕」，指陰陽二氣交互作用之狀態，此喻造化也。二句謂已命弱如游絲，不過暫繫於天地之間而已。本詩作選辭用字，頗見匠心獨運。

4. 峽亂鳴清磬，產石為鮮鱗。噴為腥雨涎，吹作黑井身。怪光閃眾異，餓劍唯待人。老腸未曾飽，古齒嶄嵒嗔。嚼齒三峽泉，三峽聲齗齗。（卷十〈峽哀〉之四）

按：橫決其流而渡為之「亂」。「鳴清磬」，謂鳴聲清泠如磬。「鮮鱗」，魚族。「噴」、「吹」，狀水勢。「涎」，口液，喻濤。譬語奇險，言峽為深坎。「怪光」，峽中怪異之光。「眾異」，異狀紛陳。「劍」指暗礁，「餓劍」，喻峽底暗礁，狠狠待人觸之。「老腸」，喻古峽溝。「古齒」，喻古岩。「嶄」，音產，同巉，高峻貌。「嵒」，音言，嵒同巖、岩、喦。嗔，怒也。「古齒」如山高，喻峽石之高。「齗」，音吟，爭辯貌。本詩寫景，使用之字面，十分詭怪。

再如「哀猿哭花死，子規裂客心。」（卷六〈連州吟〉三首之一）「天色寒青蒼，北風叫枯桑。」（卷一〈苦寒吟〉）「柧（音觚，柧棱，木也。）椾（古文牋字）吃無力」（〈寒溪〉）、「凍馬四蹄吃，陟卓南自收」（〈冬日〉）、不勝枚舉。諸如此類之用字，使孟郊營造出一種奇崛僻澀之詩境。

二、繁複之修辭

就句法的層面來看，孟郊之句法修辭，十分繁複。孟詩的句式，除了一般五言詩常有的「二、三」、「三、二」句式之外，也有「一、四」句式。例如：「江南萬里寒，曾未及如此。整頓氣候誰？言從生靈始。」（卷二〈和丁助教塞上吟〉）、「太行聳巍峨，是天產不平；黃河奔濁浪，是天生不清。」（卷三〈自歎〉）即明顯採用這類怪異的句式。但在孟郊全部詩作中，僅佔少數，並非構句之典範。一般而言，孟郊在五言詩的寫作上，仍然遵循「二、三」、「三、二」的傳統句式。

孟郊詩句之修辭方法，舉凡比喻、起興、比擬、誇飾、移就、對偶、排比、借代、變換、頂真、設問、反覆、對比、曲達、雙關、反語、映襯、引用、摹擬、警策。無一不有。本文限於篇幅，無法盡舉，僅以抽樣方式，列舉其中數種，略窺一斑：

（一）比喻例：

「欲知惜別離，瀉水還清池。」（卷八〈監察十五叔東齋招李益端公會別〉）

按：此以瀉水還歸清池，喻惜別望歸之意。

「擊石乃有火，不擊元無煙；人學始知道，不學非自然。」（卷二〈勸學〉）

按：此用拊石得火，非擊不能得火生煙為喻句，說明《禮記．學記》：「玉不琢不成器，人不學不知道。」之寓義也。

「寒日吐再艷，赬子流細珠。鴛鴦花數重，翡翠葉四鋪。雨洗新糚色，一枝如一姝。」（卷九〈和宣州錢判官使院廳前石楠樹〉）

按：前二句「鴛鴦」、「翡翠」皆喻語，狀花葉之姸麗青翠。四句託物為喻，詳寫其異采。後二句面又以靚糚美女（「一姝」）擬之。

（二）比擬例：

「嘯竹引清吹，吟花成新篇。乃知高潔情，擺落區中緣。」（卷五〈題陸鴻漸上饒新開山舍〉）

按：嘯竹，謂揠笛為曲，樂音清越。詠花成篇，詩境新穎。

「迴鴈憶前叫，浪鳧念後漂。」（卷八〈壽安西渡奉別鄭相公二首〉）

按：迴鴈，南飛之雁鳥也。前叫，謂前侶。浪鳧，謂漂游之鳧鳥。後漂，遲來之同類。

（三）移就例：

「欲識貞靜操，秋蟬飲清虛。」（本集卷五〈北郭貧居〉）

按：「飲」字本為人之動作，移就於蟬，藉謂己之清虛自守

（四）對偶例：

「地寒松桂短，石險道路偏。」（本集卷四〈遊終南龍池寺〉）

「楨廊芙蓉霽，碧殿琉璃勻。」（本集卷五〈與王二十一員外涯遊昭成寺〉）

（五）排比例：

「古若不置兵，天下無戰爭；古若不置名，道路無敧傾。太行聳巍峨，是天產不平；黃河奔濁

浪，是天生不清。」（卷三〈自歎〉）

按：此於句法有特色。用一四句法。又用複沓句式以達意。

「寶玉忌出璞，出璞先為塵；松柏忌出山，出山先為薪。」（卷二〈隱士〉）

按：此排比兼有頂真句法。

「古人結交而重義，今人結交而重利。」（卷二〈傷時〉）

（六）頂真例：

「公子醉未起，美人爭探春；探春不為桑，探春不為麥。」（本集卷二〈長安早春〉）

「家家有芍藥，不妨至溫柔。溫柔一同女，紅笑笑不休。」（本集卷五〈看花五首〉）

（七）設問例：

「誰言碧山曲？不廢青松直！誰言濁水泥？不污明月色！」（卷二〈寓言〉）

按：誰言，反詰語也。此謂碧山雖曲，焉能屈青松之直哉？濁水之泥，焉能污明月之色？

「誰開崑崙源，流出混沌河？積雨飛作風，驚龍噴為波。」（卷五〈泛黃河〉）

按：《水經注》：『《山海經》曰：崑崙虛在西北，河水出其東北隅』。《爾雅》曰：『河出崑崙虛，色白，所渠并千七百，一川色黃。』」混沌，元氣未分之貌。此用以形容黃河之洪流。按：積雨、作風，此以龍喻之也。

（八）對比例：

「白鶴未輕舉，眾鳥爭浮沉。」（卷三〈湖州取解述情〉）

按：此以「白鶴」自喻，「眾鳥」喻同年諸生。有對比之意。

「鵰鶚失勢病，鷦鷯假翼翔。」（卷三〈落第〉）

按：鵰鶚，自喻也。「失勢病」，病於失勢也。《莊子．逍遙遊》：「鷦鷯巢於深林，不過一枝。」東野以鷦鷯小鳥，展翼而翔，致其不偶之憤怨。

「貧士少顏色，貴門多輕肥。試登山嶽高，方見草木微；山嶽恩既廣，草木心皆歸。」（卷六〈上河陽李大夫〉）

按：「貧士」、「貴門」身份對比；「山嶽」、「草木」地位對比。

（九）映襯例：

「杜鵑聲不哀，斷猿啼不切。月下誰家砧？一聲腸一絕。杵聲不為客，客聞髮自白。杵聲不為衣，欲令遊子歸。」（本集卷三〈聞砧〉）

按：「砧」，搗衣聲也。《荊楚歲時記》：「杜鵑初啼，先聞者主別離。學其聲，令人吐血。」《異苑》：「此鳥啼至血出乃止。」斷猿啼，王冑詩：「三聲斷絕猿。」《搜神記》：「有人得猿子，將歸。猿母隨至，搏擊哀求，竟殺之。猿母悲嗅自擲而死，破腸視之，寸寸斷裂。」起首二句，所以反襯砧聲之哀切也。」「杵聲」二句謂杵聲原不為羈客而發，然羈客聞之，牽動鄉愁，為之髮白。

（十）用典例：

「子路已成血，嵇康今尚嗤。為君每一慟，如劍在四肢。」（本集卷三〈亂離〉）

按：子路為孔悝宰時，衛國發生宮廷篡奪，子路馳往，為太子蕢聵所殺，並剁成肉醬。「成血」，指子路之成肉醬。嵇康，字叔夜，與魏宗室通姻，官中散大夫，世稱嵇中散。因不滿司馬氏之專權，遭鍾會構陷，死於非命。後人頗譏其訐直露才，過於峻切。嗤，輕藐也。「尚嗤」，謂今人尚嗤笑其訐直露才，過於峻切。按：此處以子路、嵇康相比擬，蓋深惜陸長源之死。

「洞隱諒非久，巖夢誠必通。」（本集卷五〈題韋少保靜恭宅藏書洞〉）

按：傅巖，為傅說版築之處。洞隱非久、巖夢必通，喻韋少保必將大用也。

「上山復下山，踏草成古蹤；徒言採蘼蕪，十度不一逢。」（本集卷二〈古意〉）

按：〈古詩〉有：「上山采蘼蕪，下山逢故夫。」之句，此為翻案。用以寄託閨情，表達淪落不遇之感。

「萊子真為少，相如未免窮。」（本集卷六〈贈轉運陸中丞〉）

按：此用司馬相如、老萊子之典故，自寫貧窮。

（十一）疊字例：

「夫子說天地，若與靈龜言；幽幽人不知，一一予所敦。」（本集卷八〈贈別殷山人說易後歸幽墅〉）

按：幽幽，深遠貌。敦，治理。按：此謂幽遠深邃、人所不知之理，皆我所善治也。

「灼灼不死花，蒙蒙長生絲。」（本集卷九〈宇文秀才齋中海柳詠〉）

按：灼灼，鮮明、光盛貌。蒙蒙，繁盛貌。

「弱弱本易驚，看看勢難定。」（本集卷九〈搖柳〉）

按：看看，細看也。孟浩然〈耶溪泛舟〉：「看看似相識，脈脈不得語。」可證。此謂柳樹初看似柔弱易驚，再細看則丰姿難定。

「江潮清翻翻，淮潮碧徐徐。」（卷九〈忽不貧喜盧仝書船歸洛〉）

按：翻翻，飛貌。屈原〈九章〉：「漂翻翻其上下兮。」徐徐，安穩貌。《莊子．應帝王》：「泰氏其臥徐徐，其覺于于。」

（十二）倒裝例：

「種稻耕白水，負薪砍青山。」（卷二〈退居〉）

按：二句倒裝。耕耘種稻於白水，砍伐負薪於青山。

「影孤別離月，衣破道路風。」（卷三〈嘆命〉）

按：此倒裝句法。謂月下離別，因覺形影孤獨；道途經風，愈感衣衫殘破。

（十三）借代例：

「天下無義劍，中原多瘡痍。」（卷三〈亂離〉）

按：無義劍，猶孟子言：「無義戰也」。

（十四）警策例：

「天璞本平一，人巧生異同。」（卷九〈弔元魯山〉十首之一）

「浮情少定主，百慮隨世翻。」（卷六〈抒情因上郎中二十二叔監察十五叔兼呈李益端公柳鎮評事〉）

按：此類語句，精闢如格言。

孟郊在篇中煉句，句中煉字，寧願用字不工，也不使句俗。雖非做到氣韻清高，卻能平字見奇，常字見新，以格力取勝。誠如清．胡壽芝《東目館詩見》卷一所說：「東野五言兼漢魏六朝體，真苦吟而成其劌目鉥心，致退之嘆為咸池音者。須于句法、骨力求之，不然退之拔鯨牙手，何取乎憔悴枯槁？」雖然胡壽芝對孟郊之「憔悴枯槁」持負面評價，仍肯定孟詩句法求變之苦心。孟郊如無傑出的修辭，的確會減色不少。

三、奇巧之章法

孟郊的五言古詩，論其句數，最短四句，最長四十四句。根據統計，四至二十句之「短古」多達四百一十首以上，為數佔孟郊現存五百一十八首之八成。就章法的層面來看，前賢其實早已注意到孟郊善作短古。

明・許學夷《詩源辨體》卷二五即曾說：「退之奇險豪縱恣于博，故長篇為工；東野矯激琢削歸于約，故短篇為勝。」同卷又說：「東野五古不事敷敘而兼用興比，故覺委婉有致。」假使我們能秉持上述之意見去考察孟詩，可以發現孟郊之五古，的確不事敷敘，比興為多，而且章法結構，奇巧多變。

例如〈列女操〉：「梧桐相待老，鴛鴦會雙死。貞婦貴徇夫，舍生亦如此。波瀾誓不起，妾心井中水。」（卷一）先以木、禽取興，喻夫婦至老不渝其志；中敘以死相從，聊表貞心；末以井水無波為喻，明其貞潔，信實可守。像這類簡古易讀、章法嚴謹的例子，還有〈塘下行〉、〈靜女吟〉、〈遊子吟〉、〈薄命妾〉、〈古意〉等詩，命意真摯，古意婉轉，最具古樂府氣象，也是論者所最稱賞者。

在〈衰松〉、〈遣興〉諸詩中，託物為喻，抒寫世道。例如：「近世交道衰，青松落顏色。人心忌孤直，木性隨改易。既摧棲日榦，未展擎天力。終是君子材，還思君子識。」（卷二〈衰松〉）說天道交衰，青松亦凋落顏色，語意雙關，寄慨無窮。再如：「弦貞五條音，松直百尺心。貞絃含古風，直松凌高岑。浮聲與狂葩，胡為欲相侵？」（卷二〈遣興〉）全詩採用比體，構思奇警，慨言雅正不敵俗豔。再如〈貧女詞寄從叔先輩簡〉（卷一）全詩以貧女自喻，寄託落第之悲憤。〈空城雀〉（卷一）以雀居空城，無弋者之篡，喻人不必羨慕榮華。〈黃雀吟〉（卷一）甚至使用寓言，以刺貪取。作法與〈覆巢行〉、〈空城雀〉相同。在〈蜘蛛諷〉借蜘蛛為喻，多憤世之句，應屬有感而發。〈蚊〉（卷九）詩全篇都是斥責蚊子之語，設想奇特。再看〈燭蛾〉（卷九）慨陳雙蛾撲火，有絃外之音。上述這些篇章，都在章法上有奇巧之設計。

孟郊在〈酒德〉中，似議非議，似諷非諷，章法極為特殊：

> 酒是古明鏡，輾開小人心。醉見異舉止，醉聞異聲音。酒功如此多，酒屈亦以深。罪人免罪酒，如此可為箴。（卷三）

這首詩說：鏡可照見肝膽，酒可輾開人心，就此而言，酒之為功，與鏡相似。醉後能見小人情態，此即酒之功；而世人每每指責酒能亂性，故孟郊為酒深深抱屈。最後兩句，孟郊說道：醉後亂性，所當責者在人，而不是酒，世人應當引為鑑戒。孟郊在〈酒德〉一詩，以這樣的方式頌揚酒德，設想實在十分奇特；而篇局如此短小，尤其出人意料。而在〈苦寒吟〉中，則用簡煉而險峭之詩筆，摹寫物象，抒發感興：

> 天色寒青蒼，北風叫枯桑。厚冰無裂文，短日有冷光。敲石不得火，壯陰正奪陽。調苦竟何言，凍吟成此章。（卷一）

按〈古詩十九首〉有：「枯桑知天風，海水知天寒。」之句，而孟郊「叫」字，形容北風怒吼，險峭而妥貼。嚴冬晝短，故謂之「短日」。嚴冬陽氣潛藏，陰氣正盛，故謂「壯陰正奪陽」；而全詩點睛之筆，在最後二句。「調苦竟何言」？似未言之，盡在不言之中；既然「凍吟成此章」，實已言之。如此收束，其章法有「虛實相生」之妙。

類似的摹寫功力，在〈秋懷十五首〉（卷四）、〈石淙十首〉（卷四）、都有大量展現。孟郊在〈秋懷十五首〉（卷四）中，描摹物象，驅遣悲懷，攄發忿懣，評騭世俗。以哀苦之心情，描寫時光流逝、秋景之冷落。章法之變化，使詩中哀情苦境，讀來不覺煩悶。再如〈石淙十首〉（卷四）、對朔方名勝反覆雕繪，巖間之木、幽奇之谷、倒影之狀、登躋遊遨之趣、甚至前賢之遺跡彝範等題材，以多種篇局，不同章法，構造成絢麗之多樣之表現效果。再如〈寒溪八首〉（卷五）、〈峽哀十首〉（卷十）之中，摹寫手法及構篇形式，更為繁複多變。限於篇幅，無法詳述。

綜觀孟郊之五古，也許沒有陶淵明之樸拙淡雅，也無法像杜甫之才博力雄，更無法如范梈《木天禁語》論及五古篇法所說：「言語不可說盡，含糊則有餘味。」然而孟郊之短古，善用比興，刻苦琢削，而多奇特之開創。相對於五古之常規作法，雖有很大的變異，不能不說有其獨到之處。

四、古淡而精巧的構思

從詩歌的表現來看，孟郊的寒苦詩呈現「平淡高古」與「奇險詭怪」兩極風格。有的詩以平淡精巧的構思抒寫寒苦，有的詩則以尖新拗澀的措辭、詭怪離奇的意象來營造悽清冷峭的詩境，表現苦澀的美感。貧困的生活使孟郊將眼光集中在生活之中細微末事、或者一般人認為無法入詩的題材，加以精緻表現，因此在遣辭、構篇方面獲致獨特的成就。

孟郊寒苦詩的題材看似有限，實則有許多的表現方式，透過孟郊精巧的構思，也展現特異的風貌。例如〈冬日〉一詩，如從其內如來看，不過是冬日午後，有感於陽光之短暫，聯想到一生拘執於詩文之無用而已，卻寫得頓挫變化。全詩如次：

老人行人事，百一不及周。凍馬四蹄吃，陟卓難自收。短景仄飛過，午光不上頭。少壯日與輝，衰老日與愁。日愁疑在日，歲劍迸如讐。萬事有何味？一生虛自囚。不知文字利，到死空遨遊。（卷三）

起首四句說自己垂老之年，百件人事之中，沒有一件周全。有如受凍的馬，雖行動遲緩，但是已登高峰，難於自收。「短景」指短暫的陽光，「仄飛」指斜飛，短暫的陽光斜飛而過，正午的陽光已不在上頭。「少壯」二句，就陽光生出議論，說少壯之年，日日生輝；而衰老之年，日日生愁。「日愁」二句進一步說：引起老人日日生愁的原因，恐怕仍是冬天短暫的日光，因為歲月似劍，如見仇讎而向前迸馳！「萬事」四句以感歎作結，細想一生行事，自感徒然自囚於文字之間，殊無意味。蓋不知詩文何益於己？至死恐不免空自遨遊一生而已！此詩之題材普通，用字平淡，之所以能夠動人，在於精巧的構思。冬日短暫是詩意的重心，所有的文學趣味由此引生。而「凍馬」、「歲劍」之喻又是全篇最突出的地方。

再如〈借車〉一詩，僅僅六句尋常字句，卻將窮乏的生活與深刻的無奈，表現得無懈可擊。全詩說：

借車載家具，家具少于車；借者莫彈指，貧窮何足嗟？百年徒校走，萬事盡隨花。（卷九）

起首二句向人借車搬家，家具卻少於車。歐陽修《六一詩話》論及此二句時說：「乃是都無一物耳。」又說：「人謂非其身備嘗之不能道此句也。」實在把生活的窮乏寫得傳神寫真。「借者」二句的「彈指」一詞，原為佛教語，有許諾、贊歎、告誡、憤怒、短暫諸解。在此當作感歎解。借車者感歎孟郊實在窮極了，孟郊卻故作反語說：貧窮有什麼好嗟歎？人生百年，只是勞勞役走！花開花落，萬事隨之！結尾二句似歎非歎，實有深刻的無奈在其中。全詩的趣味全在構思之精巧。

再如〈雪〉一詩，也是一首以構思精巧取勝的力作：

忽然太行雪，昨夜飛入來。崚嶒墮庭中，嚴白何皚皚。奴婢曉開戶，四支凍徘徊。咽言詞不成，告訴情狀摧。官給未入門，家人盡以灰，意勸莫笑雪，笑雪貧為災。將暖此殘疾，典賣爭致盃。教令再舉手，誇曜餘生才。強起吐巧詞，委曲多新裁。為爾作非夫，忍恥轟可四𥁞雷。書之與君子，庶免生嫌猜。（卷四）

此詩首四句說：太行忽然飄雪，昨夜飄入我家。積雪層疊，墮入庭院，多麼皎潔。「奴婢」四句寫家中奴婢，清早開門，手腳受凍，不停來回行走，以便暖身。話也說不清，外邊的情況也報不明。「官給」四句寫孟郊告訴家人：官俸還未送來，家人神色都很沮喪。他說：先不要責怪冬雪凍人，其實貧窮才是真正的災害。「將暖」四句，寫孟郊為了暖此疾病之身，先典當一些東西，買些酒來，並且教導家人使喚酒令，一逞餘生之才。「強起」六句寫自己強起騁詞，巧寫委曲，多新裁之作。為這些詩，表現得實在像不大丈夫，但是為了宣示我孟郊為了詩歌創作，忍恥甘受　雷之衝擊，不因天時而改，因此還是要「書之君子，免生嫌猜」。這一首詩寫下雪天，官俸未至，家人受凍沮喪，孟郊有感於冬雪不是真正的災禍，貧窮才是真正的災禍！典物得酒，教使酒令，勉力作詩，看似反常，其實都是苦中作樂的手段。

五、冷峭而苦澀的詩境

孟郊的寒苦詩如果從詩歌境界的角度來看，常顯現出種種異常的淒清冷峭詩境。如〈西齋養病夜懷多感因呈上從叔子雲〉：「遠客夜衣薄，厭眠待雞鳴。一床空月色，四壁秋蛩聲。守淡遺眾俗，養痾念餘生。」此寫病中多感，不眠至曉。月色、蛩聲，構成冷峭的詩境，西齋的環境正與其心境切合。

再以〈秋懷〉詩十五首為例：孟郊在寫秋月時說：「秋月顏色冰」、「秋月刀劍稜」寫秋風時說：

「聲響如哀彈」、「幽竹嘯鬼神」、「棘枝風哭酸」。寫秋虫時說：「商蟲哭衰運」、「蟲老生纚疏」、「老蟲乾鐵鳴」。寫及秋花、秋草時說：「秋草瘦如髮」、「貞芳綴疏金」、「寒榮似春餘」。寫秋葉時說：「商葉隨乾雨」、「歲綠閔以黃」、「桐葉霜顏高」。營造出一片冷峭、肅殺、枯瘠、瘁索的秋景。孟郊〈秋懷〉詩中自稱「孤骨」、「老骨」、「冷魂」、「詩老」。寫自身的貧寒時說：「秋至老更貧」、「破屋無門扉」、「秋衣臥雲單」「鋤食難滿腹」。述及自身的病弱時說：「病骨可剸物」、「瘦臥心兢兢」、「老病多異慮」、「老力步步微」、「老人身生冰」。敘及秋日的感懷時說：「叢悲有餘憶」、「來衰紛似織」、「老客志氣單」、「浮年不可追」。透過生峭拗折的字句反覆吟詠貧寒、蹇塞、病弱的處境與悲苦、無助、忿懣的情緒。形成一種極為苦澀的詩境。

再如〈寒溪〉之三說：

> 曉飲一杯酒，踏雪過清溪。波瀾凍為刀，剸割鳧與鷖。宿羽皆翦棄，血聲沉沙泥。獨立欲何語，默念心酸嘶。凍血莫作春，作春生不齊；凍血莫作花，作花發孀啼。幽幽棘針村，凍死難耕犁。
>
> （卷五）

詩由曉行寒溪寫起，見鳧鷖凍斃而動念，推及飽經戰禍的荒村，為凍餒的亡者，深致悲悼之意。全詩充滿類似「凍為刀」、「剸割」、「翦棄」、「凍血」、「凍死」等殺戮與死亡的意象，以及諸如「血聲」、「孀啼」之類的淒慘的聲音意象，所營造的詩境已不止冷峭，而是一個陰森、恐怖的世界。整體地看孟郊的寒苦詩，卻別具美感──一種苦澀之美感。

陸、結語

經由以上的察考，可知貧寒困頓的現實生活、偃蹇坎坷的仕途、無子絕嗣的悲哀、孤僻寡合的性格是孟郊自鳴寒苦的現實基礎。寒苦詩一方面是孟郊發憤著述、不平則鳴的創作實踐；而作為「苦吟詩人」的代表人物，寒苦詩在另一方面也是孟郊處在艱困的環境下，力求自我實現的產物。如果再從心理的層面來看，孟郊反覆吟詠寒苦，多少帶有心理自衛的作用，從而減輕貧寒困頓的生活對心靈所造成的創傷，因此，寒苦詩也可以使孟郊受挫欲望獲得替代性的滿足。

值得注意的是：孟郊不僅止於吟詠自身的貧寒與病苦，還將筆鋒指向社稷民生的飢寒困頓，對於同時或前代寒士的偃蹇窮窘，更不吝於表彰或追悼。從而使其寒苦詩，不止是小我的悲吟，更具備表現的深度與普遍的意義。

孟郊的寒苦詩既以愁苦為情感的要素，無可諱言，哀情苦語使人讀來不懽；但是孟郊透過尖新的措辭、奇詭的意象來表現寒苦，則使這些詩具有獨創的意義與嶄新的風貌。孟郊本其特殊的才思，在這些作品中創造出一種前所未有的冷峭詩境與苦澀美感；或許正是這些東西，在各個的時代中，不斷觸動著讀者的心絃。

就本章的考察，私意以為孟郊之詩作，雖多哀情苦語，然由於他對人情世態有深入觀察；親歷藩鎮變亂時，滿懷憂患社稷之心；在佛道教義，又有深刻體悟；以苦吟的態度，精心結撰，寄託幽微。就語言風格來看，孟郊用字約潔、筆法繁複，篇體簡短，優越之用字技巧，使得孟郊詩，思致深刻，不乏情理意味。清・毛先舒《題孟東野集》曾經言及自己閱讀孟詩之經驗：「昔人評東野之詩為『寒』，余以為寒耳。偶友人餉以全集讀之，則生澀仄僻，其用筆步步不欲從平坦處行，中有雋語，足以驚神。近世鍾、譚似乎托足於此。然此等或自名一家則可，倘欲倚此而廢初盛諸公，則悖矣。」[十三]其說甚確，引錄以饗讀者，並作為本章之結束。

十三　同上頁六四九。

第三章　論島瘦

壹、前言

賈島以詩思苦澀、善於推敲、精擅五律，成為苦吟詩人之另一典型。就體派角度來看，賈島自始被視為韓孟集團一員；自創作風格考察，則賈島與韓孟實有區別。賈島詩既無韓詩之奇崛豪宕，亦乏孟詩之峭刻矯激，而另有其獨特風貌與造境。歷代評論，愛憎不一，持負面批評者，相對較多。如謂賈島詩「僻澀」、「狹仄」、「變格入僻」、「僻苦」、「枯索」等等，不一而足。尤其東坡「郊寒島瘦」之評，傳神而苛謔，幾將賈島詩打入萬劫不復之境地。

然而晚唐時期，其實也有不少詩人熱誠推戴，仿效其體式、追隨其詩風。此由嚴羽在《滄浪詩話》列有「賈浪仙體」，不難察證。清據李嘉言《賈島年譜》附錄，列舉推戴賈島、受賈島影響之晚唐詩家至二十餘人。足見賈島在中晚唐詩壇，絕非泛泛之輩。前賢對賈島詩風之論述，較多外緣之倚附，較缺內涵關聯之闡發。本篇擬先探討賈島之生活履歷、再分析賈島寒狹詩風之形成因素，兼及姚賈之詩歌唱和，以見其往來之密切；最後就賈島在中晚唐詩壇地位，略作討論與說明。

貳、賈島之履歷與創作

一、曾為僧徒之生活經歷

賈島（七七九－一八四三）生於唐代宗大曆十四年，卒於唐武宗會昌三年。一生經歷德宗、順宗、憲宗、穆宗、敬宗、文宗、武宗諸朝，正值藩鎮、朋黨、宦官交相為禍、朝政由盛轉衰之時期。據《新唐書》卷一七六《韓愈傳》附傳謂：賈島早年為僧，法號無本。有關賈島僧徒生涯之記錄，雖有宋・孫光憲《北夢瑣言》、宋・計有功《唐詩紀事》、五代・何光遠《鑑誡錄》等少量資料，但可靠者並不多，很難據以察考詳情。例如宋・計有功《唐詩紀事》卷四十載：

> 賈島嘗為僧，洛陽令不許僧午後出寺，賈有詩云：「不如牛與羊，猶得日暮歸。」。韓愈惜其才，俾反俗應舉，貽其詩云：「孟郊死葬北邙山，日月星辰頓覺閑。天恐文章中斷絕，再生賈島在人間。」[一]

宋・祝充《音注韓文公文集》卷五〈送無本師歸范陽〉下即引蘇軾語，謂韓愈貽詩為：「世俗無知者所託，非退之語。」至於「洛陽令禁僧外出」一事，清・鄭珍《巢經巢文集》卷五〈跋韓愈送無

一　參見王仲鏞《唐詩紀事校箋》上冊（成都：巴蜀書社，一九八九年八月版）頁一〇九七。

本師歸范陽〉已辯其事之不足信。[二]雖然如此，僧徒經驗，對賈島之創作絕非毫無影響。今傳《長江集》可確定為賈島親作之三百九十餘首詩中，涉及僧道者即有九十餘首，數量幾佔全集四分之一。就其內容來看，有酬贈僧徒之作，如：〈贈智朗上人〉、〈酬栖上人〉、〈寄白閣默公〉、〈贈無懷禪師〉、〈聽樂山人彈易水〉之類；有送別方外之作，如：〈送神邈法師〉、〈送僧游衡岳〉、〈送天台僧〉、〈送僧歸天台〉等；有寺院題記之作如：〈題山寺井〉、〈題青龍寺鏡公房〉等。有哭輓高僧之作，如：〈哭柏巖禪師〉等。試看下列詩句：

涕辭孔顏廟，笑訪禪寂室。步隨青山影，坐學白骨塔。（〈送智朗上人〉）

十里尋幽寺，寒流數派分。僧同雪夜坐，雁向草堂聞。（〈就可公宿〉）

獨行潭底影，數息樹邊身。終有　霞約，天台作近鄰。（〈送無可上人〉）

若無僧徒經驗，豈能描模高僧行止，如是傳神？若非實為僧徒，緣何能於無可上人之生活修為，傳述得如此深入？又如〈題山寺井〉：「汲早僧出定，鑿新蟲自無。」幾乎便是賈島僧徒生活實錄；〈夜坐〉：「三更兩鬢幾枝雪，一念雙峰四祖心。」更不難看出賈島到老不脫僧禪氣味。即令一般酬酢、雜題之作，信手拈來如：

二　參見傅璇琮主編《唐才子傳校箋》第二冊（北京，中華書局，一九八九）頁三一九。

秋江待得月，夜語恨無僧。（〈送崔定〉）
古寺期秋宿，平林散早春。（〈長孫霞李溟自紫閣白閣二峰見訪〉）
留得林僧宿，中宵坐默然。（〈旅遊〉）
聲齊雛鳥語，畫卷老僧真。（〈過唐校書書齋〉）
值鶴因臨水，迎僧忽背雲。（〈秋暮〉）

皆不乏僧寺字樣，僧徒生涯之痕跡，幾乎處處可見。前賢盛稱賈島「衲氣終身不除」（陸時雍《詩鏡總論》）、「衲子本色」（王夫之《薑齋詩話》），揆之賈詩，實有見地。僧徒生涯使賈島整體生活態度呈現消極避世之傾向，所謂「年長惟添懶，經旬祇掩關。」（〈張郎中過都原居〉）、「不得市井味，思嚮吾巖阿。」（〈遣興〉）、「有山來枕上，無事到心中。」（〈南齋〉）、「身愛無一事，心期往四明」（〈宿姚合宅寄張司業籍〉）；這種遠離塵俗、對世事淡漠，企盼無思無為，以求解脫，皆與佛教之薰染有關。

二、屢試則蹶之舉場挫折

若從賈島之生平來看，韓愈為其誼兼師友、多方提攜之恩人。早在憲宗元和五年（八一〇年），賈島即曾攜詩至長安打算進謁韓愈，可惜未能如願。次年春天再赴洛陽，始與韓愈相識。「愈憐之，因教其為文，遂去浮屠，舉進士。」（《新唐書》卷一七六《韓愈傳》附傳）且於當年秋天隨韓愈赴長安，寓居於青龍寺，自此展開求舉生涯。

然而賈島之考運似乎不佳，由「應憐獨向名場苦，曾十餘年浪過春。」（〈贈翰林〉）、「自嗟憐十上，誰肯待三徵。」（〈即事〉）等詩語，可見賈島連續應試十餘年，皆未能及第，備嚐場屋之苦。元和十四、十五年間，賈島還曾贈詩獻文給元稹，有干求之意，卻未得到元稹之回應。賈島在〈重酬姚少府〉一詩提及此事：「百篇見刪罷，一命嗟未及。」所謂「一命」，指最低階之命官。賈島獻詩獻文，連最低階之命官都不能得到推薦，因此有「一命嗟未及」之嘆。[三]當然也就一直未放棄舉試之希望。有關賈島應舉，五代．王定保《唐摭言》卷十二，有以下記載：

賈島不善程試，每自疊一幅，巡鋪告人曰：「原夫之輩，乞一聯！乞一聯！」[四]

五代．何光遠《鑑誡錄》卷八〈賈忤旨〉也有相關記錄：

島初赴名場日，常輕於先輩，以八百舉子所業，悉不如己。自是往往獨語，傍若無人。[五]

同條又云：

三　詳見李嘉言《賈島年譜》（台北，大西洋圖書公司，一九七〇年）頁十五，穆宗長慶元年條。

四　轉引自周勛初主編《唐人軼事彙編》上冊，卷二十，（上海古籍出版社，一九九五年十二月第一版）頁一一一二。

五　轉引自周勛初主編《唐人軼事彙編》上冊，卷二十，（上海古籍出版社，一九九五年十二月第一版）頁一一一一至一一一二。

賈又吟〈病蟬〉之句以刺公卿，公卿惡之，與禮闈議之，奏島與平曾風狂，撓擾貢院，是時逐出關外，號為舉場十惡。[六]

賈島「乞詩聯」之舉，實在令人失笑。如果其說屬實，那麼賈島之所以久困舉場、不能及第，也許有主觀條件未能具足之因素在。而賈島赴名場日傲視先輩舉子，傍若無人之行為，更不難理解為求仕心切，以致言行違常。至於賈島「撓擾貢院」，或是因為中唐科舉風氣不佳，賈島既於舉試寄望甚殷，不免心生不平，作詩嘲諷。《唐摭言》所提及之〈病蟬〉，全詩如下：

病蟬飛不得，向我掌中行。折翼猶能薄，酸吟尚極清。露華凝在腹，塵點誤侵睛。黃雀并鳶烏，俱懷害爾情。（卷六）

質實言之，此詩只是托物為喻，暗抒己憤而已；形容刻畫，非常細膩，因而成為賈島名作。此詩前半寫病蟬誤飛掌中，病蟬雖已折翼，猶能薄宵而飛；嘶吟之聲雖極悽酸，仍然清越。後半寄託寓意，「露華凝腹」喻再飛之難；「塵點侵睛」喻境況不明，艱虞難料。結謂黃雀、鳶烏，皆懷殘害之心，蟬之處境危矣。誠如方回所言：「蟬有何病？殆偶見之，托物寄情，喻寒士之不遇也。」（《瀛奎律髓》卷二七），不料，賈島竟因作此詩被逐出關，當非始料所及。《唐詩紀事》卷六五平曾條載：「曾，長

六　同上。

慶二年同賈閬仙輩貶，謂之舉場十惡。」則賈島被列為「舉場十惡」時，已四十四歲。據孫光憲《北夢瑣言》載：「制貶平曾賈島，以其僻澀之才無所採用。」（《北夢瑣言》卷六）則賈島被逐出關外之原因，似乎也不僅是「撓擾貢院」而已。賈島屢試屢敗，心中當然不悅，於長慶二年作〈下第〉詩，抒發感慨：

> 下第只空囊，如何住帝鄉？杏園啼百舌，誰醉在花旁？淚落故山遠，病來春草長。知音逢豈易？孤棹負三湘。（卷三）

按此詩前半四句自敘落第，已不宜再居長安。意想新科進士游宴杏園，吟詩作賦，如百鳥啼舌，誰竟是酣醉花畔之人？後半四句謂已羈旅期間，貧病失意，故山已遠，而春草正長。有感於知音難逢，因有棹舟南遊之想。由於賈島終其一生，皆未得第，所以詩歌創作不但是仕途失意之慰藉，更成為安身立命之惟一道途。賈島之所以癡狂於詩歌寫作至「雖行坐寢食，吟味不輟。」之地步，實有其受挫之心理背景在。

三、貧病困頓之現實磨難

孟郊與賈島在生活形態上，頗有相似之處。兩人均曾困於舉場、有志難申。孟郊雖能進士及第，卻終其一生，無法擺脫貧困；賈島則無孟郊幸運，臨終之前始獲拔擢。孟郊晚年辟為節度參謀試大理評事，卻在赴任途中，溘然長逝。賈島也是晚年出任長江縣主簿，三年秩滿，方欲升遷普州司倉參軍，未及受任而卒。面對貧窮之衝擊，孟郊反覆吟詠寒苦，以獲致心理紓解；賈島則因受到較多佛教薰染，相對更能承受貧窮。雖然如此，貧病困頓不但是賈島詩中主要題材，也是決定賈島詩風之重要因素。茲先以〈朝飢〉詩為例，一探賈島之飢貧狀況：

> 市中有樵山，北舍朝無煙。井底有甘泉，釜中乃空燃。我要見白日，雪來塞青天。坐聞西床琴，凍折兩三絃。飢莫詣他門，古人有拙言。（卷一）

詩從市集薪柴堆積如山，自家卻須中斷煙火敘起，可見賈島無錢購買柴火。次聯謂井底雖有甘泉，鍋釜僅能空燃，可知賈島根本無米可炊。三聯謂欲見白日，奈何陰霾塞天，竟降大雪，可知賈島欲借冬陽祛寒亦不可得。最妙在第四聯，謂西床上之古琴，竟因天冷而凍折兩三琴絃，則此時天氣之酷冷，可想而知。末聯抒感，謂已恪守古訓，絕不因飢寒而求告於富家之門，則賈島兀傲之氣並未因飢寒而少減。這一首詩措詞平易，窮態畢露。歐陽修在《六一詩話》歎道：

> 賈云：「鬢邊雖有絲，不堪織寒衣。」就令織得，能得幾何？又其朝飢詩云：「坐聞西牀琴，凍折兩三絃。」人謂其不止忍饑而已，其寒亦何可忍也。[七]

七 轉引自清．何文煥《歷代詩話》上冊，（臺灣，木鐸出版社，民國七十一年二月）頁二六六至二六七。

賈島雖然忍飢耐寒，雅不願乞憐於人。但是從〈臥疾走筆酬韓愈書問〉：「身上衣蒙與，甌中物亦分。」（《唐賈浪仙長江集》卷一）兩語來看，賈島對於來自韓愈之接濟，則能坦然接受。再從〈原居即事言懷贈孫員外〉：「逕通原上草，地接水中蓮。采菌依餘　，拾薪逢刈田。」（《唐賈浪仙長江集》卷八）四句，也可概見賈島貧居鄉野，采菌拾薪以維生活之窘況。貧病經常是相連的，在一場病痛之後，賈島寫下〈病起〉詩：

嵩邱歸未得，空自責遲迴。身事豈能遂，蘭花又已開。病令新作少，雨阻故人來。燈下南華卷，祛愁當酒杯。（卷六）

在這一首詩中，吾人又可從另一角度略窺賈島貧居生活。前半四句敘述因病而遲遲不得歸返嵩山，但能自責而已；蓋身事長久不遂，莫可奈何，轉眼又是蘭花開放之春日矣。此隱含對於嵩山之眷念。後半四句自謂病後詩作減少，又適逢天雨，阻礙朋友來訪，無以驅遣寂寥，惟有閒讀《莊子》，取代飲酒，祛除愁悶。賈島面對「身事豈能遂」之生活困境，並非以激切之態度肆應，而是將心念轉至「蘭花又已開」，此種美好事物上；「雨阻故人來」，無以祛除寂寥，賈島權且以《莊子》取代酒杯，類似這種對於貧病困頓逆來順受、淡漠以待之態度，在賈島全集中，並不罕見。當然，這並不表示賈島於生活中貧病困頓全無激憤之感，如其晚年所作〈詠懷〉，所抒之悲哀，便極為深沉。詩云：

縱把書看未省勤，一生生計只長貧。可能在世無成事，不覺離家作老人。中岳深林秋獨往，南

原多草夜無鄰。經年抱疾誰來問？野鳥相顧啄木頻。（卷十）

按此詩起首便以反諷致嘆，謂己縱然日日讀書，亦未省知勤勉之道；或因此故，終生困於長貧。頷聯自嘆今生已無成事之望，而離家日久，不覺已成老人。頸聯謂己雖不足成事，秋日喜往中嶽遊賞。而貧居南郊，地多野草，靜夜之中，卻無鄰人往來。結聯謂己抱病經年，乏人聞問，惟有野鳥頻頻飛來，輕啄樹木。由此詩來看，賈島在晚年，心中雖已憤激至極，卻仍是淡淡著筆。在簡淨之體制中，蓄積極強之感染力，其藝術效果並不稍減。

明．王世貞《藝苑卮言》卷八嘗慨歎：「貧老愁病，流竄滯留，人所不謂佳者也，然而入詩則佳。富貴榮顯，人所謂佳者也，然而入詩則不佳。」[八]因此提出「文章九命」之說，分別是：「貧困」、「嫌忌」、「玷缺」、「偃蹇」、「流竄」、「刑辱」、「夭折」、「無終」、「無後」，九大不幸，皆一一列舉歷代詩人文學家為證。賈島列名「貧困」、「偃蹇」、「流貶」三項；如據姚合〈哭賈島〉：「有名傳後世，無子過今生。」兩句，則似應再添「無後」一項。賈島在世之生活困頓若此，卻仍吟哦不輟。誠如王建〈寄賈島〉中所說：「盡日吟詩坐忍飢，萬人中覓似君稀。」（《全唐詩》卷三百），堪稱詩壇異數。

[八] 轉引自丁福保《歷代詩話續編》中冊（台北木鐸出版社，一九八八年七月）頁一〇八一－一〇八九。

參、賈島之寒狹詩風

最早描述賈島作風的是孟郊與韓愈。孟郊在〈戲贈無本〉其一讚歎：「詩骨聳東野，詩濤湧退之。…可惜李杜死，不見此狂癡。」（《孟東野詩集卷六》）。〈戲贈無本〉其二又謂：「文章杳無底，斸絕誰能根。燕僧擺造化，萬有隨手奔。」旨在稱頌賈島狂癡於詩歌寫作，詩才之高，可擺弄造化、驅遣萬有。至於韓愈在〈送無本師歸范陽〉稱頌賈島：「無本於為文，身大不及膽。吾嘗示之難，勇往無不敢。」（錢仲聯《韓昌黎詩繫年集釋》卷七）。則在讚歎賈島詩膽之高，任何詩題，皆敢於嘗試。續稱賈島：「狂詞肆滂葩，低昂見舒慘，姦窮變怪得，往往造平淡。」（同上引）意謂賈島措詞狂發，滂沛繽紛，低昂之間，能見陰陽慘舒。既得種種變怪詩境，則必返歸平淡。

由於孟郊、韓愈是賈島之前輩詩友，措詞之間，多少有夸飾之嫌；加上兩人所評，均為賈島僧徒時期之作，與還俗後詩風表現，未盡相合。雖然如此，韓愈所稱：「姦窮變怪得，往往造平淡。」卻很有見地，值得注意。此與唐·蘇絳〈唐故司倉參軍賈公墓誌銘〉所說：「孤絕之句，記在人口。…所著文編，不以新句綺靡為意，淡然躡陶謝之蹤。」[九]可謂不謀而合。但是，賈島這種「平淡」之詩境，係透過「苦吟」之寫作態度或手段達成。如被王世貞譽為「置之盛唐，不可復別」（《藝苑卮言》卷四）、被沈德潛讚歎為「卑靡時乃有此格！」（《說詩晬語》）之名句：「秋風生渭水，落葉滿長安。」

[九] 參見《全唐文》卷七六三（上海古籍出版社版）頁三五一八。

（卷五〈憶江上吳處士〉）、以及被眾多詩評家討論不休之：「獨行潭底影，數息樹邊身。」（卷三〈送無可上人〉）、「鳥宿池邊樹，僧敲月下門。」（卷四〈題李凝幽居〉）、「積雨荒鄰圃，秋池照遠山。」（卷四《僻居無可上人相訪》）、「連沙秋草薄，帶雪暮山開。」（卷六《思游邊友人》）、「禪定石床暖，月移山樹秋。」（卷四《贈無懷禪師》）、「雪來松更綠，霜降月彌輝。」（卷六《謝令狐綯相公賜衣九事》）之類名句，無不是透過苦吟錘鍊而得。

賈島在〈戲贈友人〉一詩自承：「一日不作詩，心源如廢井。」（《唐賈浪仙長江集》卷二）此相當程度證實了賈島為詩之狂癡。在〈送無可上人〉：「獨行潭底影，數息樹邊身。」下賈島自注：「二句三年得，一吟雙淚流。知音如不賞，歸臥故山秋。」則其琢鍊字句之慎重，實在令人歎為觀止。此外，許多詩句中，賈島反覆以「吟苦」、「吟苦」形容自己作詩之辛苦：

> 溝西吟苦客，中夕話兼思。（卷四〈雨夜同厲元懷皇甫荀〉）
> 默默空朝夕，苦吟誰喜聞？（卷四〈秋暮〉）
> 吟苦相思處，天寒水急流。（卷五〈懷博陵故人〉）

因此《新唐書》謂：「當其苦吟，雖值公卿貴人，皆不之覺也。」應有相當程度之真實性。而《雲仙雜記》卷四引《金門節歲》所載：「賈島常以歲除取一年所得詩，祭以酒脯，曰：『勞吾精神，以是補之』」[十]、《唐摭言》卷十一所載賈島跨驢張蓋，橫截天衢，唐突大京兆劉棲楚。[十一]雖因多少為「小說家言」，嚴謹詩論者均不採信；證諸賈島死後，許多悼詩也以「苦吟」相稱[十二]，則這類記載，已間接透示出賈島創作過程中苦思、冥搜之真相。

其實「苦吟」之創作歷程，並非全不可取。唐·皎然《詩式》即謂：「取境之時，須至難、至險，始見奇句，成篇之後，觀其氣象，有似等閒，不思而得，此高手也。」宋·葛立方《韻語陽秋》也認為：「大抵欲造平淡，當自組麗中來，落其華芬，然後可以造平淡之境。」[十三]陳延傑《賈島詩註·序》說得更好：

> 島之五律，其原亦出自少陵，以細小處見奇，實能造幽微之境，而於事理物態體認最深，非苦思冥搜不易臻此。[十四]

像賈島這般苦思、冥搜，其實有其深沉之動機。蓋從賈島自身之景況言，長期貧病飢寒，已不再

十　轉引自周勛初主編《唐人軼事彙編》上冊，卷二十，（上海古籍出版社，一九九五年十二月第一版）頁一一一四

十一　轉引自周勛初主編《唐人軼事彙編》上冊，卷二十，（上海古籍出版社，一九九五年十二月第一版）頁一一一二）今人對此事，有頗疑之者，有以為不無可能者。

十二　張蠙〈傷賈島〉：「生為明代苦吟身。」（《全唐詩》卷七〇二）、可止〈哭賈島〉：「人哭苦吟魂。」（《全唐詩》卷八二五）之類。

十三　見宋·葛立方《韻語陽秋》卷一，轉引自清·何文煥《歷代詩話》下冊，（臺灣：木鐸出版社，民國七十一年二月）頁四八三。

十四　參陳延傑《賈島詩註》（上海：商務印書館，民國二六年五月初版）。

有奮世之志；舉場連連挫折之後，亦無功名可言。作詩卻是唯一能充分展現自我價值之活動；更何況當時，在孟郊、韓愈、張籍延譽下，賈島已小有名氣；如此堅持下去，欲垂名後世，非不可能。因此，「苦吟為詩」已是賈島生命中不可放棄之要務！

從《唐賈浪仙長江集》來看，賈島作詩仍是尋常詩材，常使用的格律為普通的五律，其所以能營造獨樹一格之詩境，關鍵就在苦吟琢鍊之態度。賈島不放棄任何新的表現方式，清．李重華在《貞一齋詩說》〈譚詩雜錄〉中將賈島、孟郊並稱為「卓犖偏才，具以苦心孤詣得之。」[十五]胡壽芝《東目館詩見》卷一亦指稱：「賈長江刻意無凡語，五律尤妙。」[十六]試看幾首賈島詩作：

半夜長安雨，鐙前越客吟。孤舟行一月，萬水與千岑。島嶼夏雲起，汀洲芳草深。何當折秋葉，拂石剡溪陰。（卷三〈憶吳處士〉）

野步隨吾意，那知是與非。稔年時雨足，閏月莫蟬稀。獨樹依岡老，遙峰出草微。園林自有主，宿鳥且同歸。（卷五〈偶作〉）

石溪同夜泛，復此北齋期。鳥絕吏歸後，蛩鳴客臥時。鎖城涼雨細，開印曙鐘遲。憶此漳川岸，如今是別離。（卷六〈宿姚少府北齋〉）

眾岫聳寒色，精廬向此分。流星透疏木，走月逆行雲。絕頂人來少，高松鶴不。一僧年八十，

十五　見丁福保《歷代詩話續編》中冊（台北木鐸出版社，一九八八年七月）頁九三六。

十六　轉引自陳伯海主編《唐論評類編》（山東教育出版社，一九九三年一月）頁一三三八－一三四二。

世事未曾聞。（卷八〈宿山寺〉）

上舉數首，皆無艱深典故堆砌，亦無生造之句，自有一種美感。賈島在詩句的鑄煉推敲，可謂已達到相當妥貼之地步。清．賀裳《載酒園詩話．又編》也曾摘句讚歎不置：

> 浪仙五字詩實為清絕，如「空巢霜葉落，疏牖水螢穿。」即孟襄陽「鳥過煙樹宿，螢傍水軒飛。」不能遠過。又如：「雁驚起衰草，猿渴下寒條。」、「夕陽飄白露，樹影掃清苔。」、「柴門掩寒雨，蟲響出秋蔬。」、「地侵山影掃，葉帶露痕書。」、「移居見山燒，買樹帶巢鳥。」，皆于深思靜會中得之。賈有精思而無快筆，往往意工于詞。又平生好用倒句，如「細響吟干葦」、「枝重集猿楓」，雖紆曲而猶能達其意。至「舟繫岸邊蘆」，蘆豈繫舟，必是繫舟蘆岸。[十七]

賀裳所舉，僅是賈島五律中少數名句，其實信手拈來，都可以找到如：「今朝灞滻鴈，何夕瀟湘月」（卷一〈冬日長安與中見終南雪〉）、「寫留行道影，焚卻坐禪身。」（卷三〈哭柏巖禪師〉）、「聲齊雛鳥語，畫卷老僧真。」（卷四〈過唐校書書齋〉）、「草色分危磴，杉陰近古潭。」（卷五〈送雍陶入蜀〉）、「叩齒坐明月，搘頤望白雲。」（卷六〈過楊道士居〉）、「羽族棲煙竹，寒流帶月鐘。」（卷七〈慈恩寺上座院〉）、「移居見山燒，買樹帶巢鳥。」（卷七〈酬胡遇〉）、「寒山晴後綠，秋月夜來孤。」（卷八

十七　轉引自陳伯海編《唐詩論評類編》（山東教育出版社，一九九三年一月）頁一三三八－一三四二。

〈宿孤館〉）、「峰懸驛路殘雲斷，海侵城根老樹秋。」（卷九〈寄韓潮州愈〉）、「一點新螢報秋信，不知何處是菩提。」（卷十〈夏夜登南樓〉）。這些精美詩句，或平字見奇，陳字見新；或點鐵成金，反常合道，或經種種修辭手段等，達到穎異不凡之效果。

但是，正因為賈島過於苦吟琢鍊，使其在觀物角度、題材選擇、意象塑造等方面，出現固定之趨向。據林明德先生〈雪來松更綠—試論賈島的詩歌〉之統計，賈島詩意象以「風」、「雲」、「雨」、「雪」、「秋」、「月」、「夜」、「山」、「鳥」、「松」最為顯著[十八]，另據馬承五〈中唐苦吟詩人綜論〉謂賈島描寫有關「草」、「萍」、「葉」、「苔」、「蟲」、「螢」、「蛩」、「蟬」之細微事物亦佔有比例，如其寫蟬蟲類約四十五次、蘚苔類約二十二次、葉類約三十九次、鐘磬類約四十七次之多[十九]。茲以蟬為例，信手捻來，即可找出數句，如：「相思蟬幾處，偶作蝶成群。」（卷三〈寄賀蘭朋吉〉）、「行李經雷電，蟬前漱島泉。」（卷四〈送丹師歸閩中〉）、「稔年時雨足，閏月莫蟬稀。」（卷五〈偶作〉）、「明年還調集，蟬可在家聞。」（卷五〈送鄭少府〉）、「避暑蟬移樹，登高鴈過城。」（卷六〈再投李益常侍〉）、「集蟬苔樹僻，留客雨堂空。」（卷七〈皇甫主簿期遊山不及赴〉）、「早蟬孤抱芳槐葉，噪向殘陽意度秋。」（卷九〈早蟬〉）可謂不勝枚舉。對於這種狹窄之觀物角度以及瑣細題

十八 見林明德〈雪來松更綠—試論賈島的詩歌〉古典文學研究會主編《古典文學》第一集，（學生書局，民國六十八年）頁二六六。

十九 見馬承五〈中唐苦吟詩人綜論〉，《文學遺產》（京），一九八八年第二期。

材之偏愛，宋．方岳《深雪偶談》曾自地理環境說明成因：

賈閬仙，燕人。生寒苦地，故立心亦然。誠不欲以才氣力勢，掩奪情性，特於事物理態，毫忽體認。深者寂入仙源，峻者迥出靈岳。古今人口數聯，固於劫灰之上，冷然獨存矣。至以其全集，經歲逾紀咀繹，如芊眠佳氣，瘦隱秀脈，徐露其妙，令人首肯，無一可以厭斁。三折肱為良醫，豈不信然？[二十]

其實不止是「生寒苦地」而已，賈島在舉場之挫折、貧病生活之磨難以及僧徒經歷所生之出世思想，在在使其襟懷日益由壯偉趨於委頓、視野由開闊轉為狹窄。賈島雖以嗜詩如命、苦吟琢鍊之寫作態度著稱於後世，但因微細之觀物角度與瑣屑題材之偏愛，使其詩情傾向於恬淡自安，所呈現之人生意趣遂有一定限制。雖然如此，賈島以省淨之詩歌體式與精微之意象構造，幽渺之情韻與深細之意境仍極具特色，在中晚唐詩壇據有一席之地。

[二十] 見宋．方岳《深雪偶談》（廣文書局版《古今詩話叢編》第四冊，六十年九月）頁三至五，又（新文豐圖書公司版《叢書集成新編》第七十九冊，民國七十四年）。

肆、姚賈之詩歌唱和

大約在憲宗元和十二、三年，賈島遊荊州、鳳翔等地，始與姚合結識。姚賈交往近三十年，詩歌唱和未曾稍歇。元和十二、三年間，賈島有即〈寄武功姚主簿〉對姚合表示懸念，略謂：「居枕江沱北，情懸渭曲西。數宵曾夢見，幾處得書披。」此時邊區不靖，但仍將前往尋訪，故謂：「隴色澄秋月，邊聲入戰鼙。會須過縣去，況是屢招攜。」其後，賈島果然取道前往武功相聚。姚合有詩〈喜賈島雨中訪宿〉迎之曰：

雨裏難逢客，閒吟不復眠。蟲聲秋併起，林色夜相連。
愛酒此生裏，趨朝未老前。終須攜手去，滄海棹魚船。二十一

此為五言律詩，首聯寫賈島來訪，閒吟共話，竟夜不眠。次聯寫秋夜景象之幽。三聯寫共論人生大計。尾聯寫終將隱遁滄海。

元和十五年，姚合罷武功縣主簿，暫居長安，窮窘不堪，有詩〈寄賈島〉云：

漫向城中住，兒童不識錢。甕頭寒絕酒，灶額曉無煙。
狂發吟如哭，愁來坐似禪。新詩有幾首，旋被世人傳。二十二

二十一《全唐詩》卷五〇一，頁五七〇二。

此寫住在長安，家中童稚不知錢為何物，自己則充分感受無錢之窘迫。天寒而甕中無酒，日曉而竈頭無煙。狂吟如哭，愁坐似禪二語寫苦境極出色。此種生活中，惟有新詩幾首，旋為世人傳誦，差堪告慰。賈島有〈酬姚少府〉詩云：

梅樹與山木，俱應搖落初。柴門掩寒雨，蟲響出秋蔬。
枯槁彰清鏡，孱愚友道書，刊文非不朽，君子自相於。[二十三]

此詩前半寫秋意。謂海樹山木，皆應秋搖落；柴門因寒雨而掩，秋蟲自園蔬傳來鳴聲。後半寫君子自有相於之樂。謂形容枯槁，攬鏡更感鏡清；生性孱愚，益需與道書相友。刊定詩文，非求不朽；君子蓋用以廣情故，心相於也。

穆宗長慶元年，姚合遷富平縣府，富平去長安不遠，諸友時相訪宿。賈島〈宿姚少府北齋〉云：

石溪同夜泛，復此北齋期。鳥絕吏歸後，蛩鳴客臥時。
鎖城涼雨細，開印曙鐘遲。憶此漳川岸，如今是別離。[二十四]

此詩首聯寫石溪夜泛，復有此北齋訪宿之期。次聯寫吏歸鳥絕，夜臥蛩鳴。三聯謂清涼細雨，城

[二十二]《全唐詩》卷四九七，頁五六三四。
[二十三]《全唐詩》卷五七二，頁六六三三。
[二十四]《全唐詩》卷五七三，頁六六六一。

門已鎖；曙鐘鳴遲，開印辦公。尾聯謂今早臨別，益感漳川之可憶。

長慶二年夏，姚合寄詩賈島，未獲報，復寄〈寄賈島浪仙〉一詩云：

悄悄掩門扉，窮窘自維縶。世途已昧履，生計復乖緝。疏我非常性，端峭爾孤立，往還縱云久，貧蹇豈自習？所居率荒野，寧似在京邑。院落夕彌空，蟲聲雁相及。衣巾半僧施，蔬藥常自拾。凜凜寢席單，翳翳灶煙溼。頹籬里人度，敗壁鄰燈入。曉思已暫舒，暮愁還更集。風淒林葉萎，苔糝行徑澀。海嶠誓同歸，橡栗充朝給。[二十五]

賈島有〈重酬姚少府〉和之：

隙月斜枕旁，諷詠夏貽什。如今何時節，蟲虺亦已蟄。答遲禮涉傲，抱疾思加澀。僕本胡為者？銜肩貢客集。茫然九州內，譬如一錐立。欺暗少此懷，自明曾瀝泣。量無趫勇士，誠欲戈矛戢。原閣期躋攀，潭舫偶俱入。深齋竹木合，畢夕風雨急。俸利沐均分，價稱煩噓翕。百篇見刪罷，一命嗟未及。滄浪愚將還，知音激所習。[二十六]

前詩姚合自述窮窘之況。前半自思世途已誤正履，生計復乖緝理，吾之疏略，既非常性；汝之端

[二十五]《全唐詩》卷四九七，頁五六四五。
[二十六]《全唐詩》卷五七一，頁六六二四。

峭，遂爾孤立；往還云久，吾儕之貧蹇，豈自習哉？言下不勝怨歎。

下半言出宰窮縣之苦況。謂荒郊野縣，不似京邑之富。院落至夜彌空，唯有蟲聲雁鳥之相及。衣巾半為寺僧所與，蔬蘗亦仰賴自拾。夜寒衾單，灶冷煙濕；籬頹里人可越，壁敗鄰燈可照；曉思暫舒，入暮則愁緒雲集。因有同歸海嶠以橡栗為食之志。言下有不如歸隱之感。

賈島之和詩，先致歉意。謂已諷詠今夏來詩，如今已蟲虺蟄伏，甚以遲覆為歉，蓋抱疾思澀故也。中段述其求官之苦況。謂吾何人？乃與各地貢士，銜肩駢集京師，茫茫九州，竟如一錐之立。吾無暗欺之懷，多次自明心跡，泣訴姚君之前。吾自量非驍勇之士，但盼天下早戢戈矛。後段回憶兩人相與遨遊之樂。謂往日曾相偕攀躋陵原，登覽樓閣；泛舟江潭，同船並入；林中深齋，共聚并息；且曾蒙受姚君分其半俸，所作詩文，勞其揄揚稱美。然思及獻詩元稹，曾被責以百篇見刪，至今一官未及。正擬還歸滄海，獲此知音，但期好友，激勵所習。

敬宗寶曆元年拜監查御史，後又以殿中侍御史分巡東都。姚合〈寄賈島〉云：

寂寞荒原下，南山只隔籬。家貧惟我並，詩好復誰知？
草色無窮處，蟲聲少盡時。朝昏鼓不到，閒臥益相宜。二十七

又有〈聞蟬寄賈島〉云：

二十七《全唐詩》卷四九七，頁五六四一。

秋來吟更苦，半咽半隨風。蟬客心應亂，愁人耳願聾。
雨晴煙樹裏，日晚古城中。遠思應難盡，誰當與我同？[二十八]

前詩寫己分巡東都，猶念貧居荒原之賈島。後詩聞蟬心感，更起憶念友人之感。兩詩都是借景抒情，兩人友誼之深厚，昭然可見。賈島有〈丹陽精舍南臺對月寄姚合〉答之云：

月向南臺見，秋霖洗滌除。出逢危葉落，靜看眾峰出。
冷露常時有，禪窗此夜虛。相思聊悵望，潤氣遍衣初。[二十九]

也是借景喻情，表達悵望相思之意。當年某日詩客燕集，姚合在酒盡夜闌之時，念及賈島，復有〈洛下夜會寄賈島〉贈之：

洛下攻詩客，相逢只是吟。夜觴歡稍靜，寒屋坐多深。
烏府偶為吏，滄江長在心，憶君難就寢，燭滅復星沉。[三十]

如此之寄詩往還，終未能一解懸念。文宗大和元年賈島赴洛陽與姚合相聚，然後轉至黎陽。賈島

二十八 《全唐詩》卷五〇二，頁五七〇七。
二十九 《全唐詩》卷五七二，頁六六三五。
三十 《全唐詩》卷四九七，頁五六四一。

有〈黎陽寄姚合〉詩云：

魏都城裏曾遊熟，才子齋中止泊多。去日楊柳垂紫陌，歸時白草夾黃河，
新詩不覺千迴詠，古鏡曾經幾度磨。惆愴心思滑臺北，滿杯濃酒與愁和。[三十一]

由詩中所述賈島春日往訪，盤桓至入秋始返長安。對姚合齋中才子詩客之多，留下深刻印象。不禁對其新詩，千迴詠誦，杯酒愁懷，相和不分。

文宗大和三年由洛陽赴長安，出任戶部員外郎。秋後，出為金州刺史有〈別賈島〉一詩云：

懶作住山人，官家月賃身。書多筆漸重，睡少枕長新。
野客狂無過，詩仙瘦始真。秋風千里去，誰與我相親？[三十二]

此詩姚合以「懶作山人」謙稱遷官，以「月賃身」喻行止之不由自主。中二句寫官書繁冗，以致詩少；事煩睡少，以致枕新。「野客」喻己，「詩仙」喻賈島。末聯抒落寞無親之感。賈島得詩，曾在大和四年至金州探視。喻鳧有〈送賈島往金州謁姚員外〉詩可證。同時僧無可亦赴金州，回京轉致姚合之問訊，賈島有感於友情之深摯，因又有〈酬姚合〉一詩贈之：

[三十一]《全唐詩》卷五七四，頁六六八四。
[三十二]《全唐詩》卷四九六，頁五六三二。

黍穗豆苗侵古道，晴原午後早秋時。故人相憶僧來說，楊柳無風蟬滿枝。[三十三]

此詩妙在以楊柳蟬噪，喻己心意。文宗大和六年，姚合出任杭州刺史，賈島仍居長安，有〈送姚杭州〉詩：

白雲峰下城，日夕白雲生。人老江波釣，田侵海樹耕。
吳山鍾入越，蓮葉吹搖旌。詩異石門思，濤來向越迎。[三十四]

此詩全就越州景物，穿差綴輯。姚合在杭一年，杭人尊為詩宗。賈島又有〈喜姚郎中自杭州迴〉：

路多楓樹林，累日泊清陰。來去泛流水，翛然適此心。
一披江上作，三起月中吟。東省期司諫，雲門悔不尋。[三十五]

文宗大和七年由杭州回京，受命為諫議大夫。此後三年兩人皆居長安。開成二年姚合居京師，而賈島坐飛謗責授長江縣主簿。開成末武宗會昌初，賈島轉任普州司倉。姚合有〈寄賈島時任普州司倉〉一詩：

三十三《全唐詩》卷五七四，頁六六八二。
三十四《全唐詩》卷五七三，頁六六五五。
三十五《全唐詩》卷五七二，頁六六四九。

長沙事可悲，普掾罪誰知。千載人空盡，一家冤不移。
吟寒英齒落，才峭自名垂。地遠山重疊，難傳相憶詞。[三十六]

武宗會昌三年，賈島卒。姚合業已致仕，有〈哭賈島二首〉悼之謂：「名雖千古在，身已一生休。」「有名傳後世，無子過今生。」「從今詩酒卷，人覓寫應爭。」姚賈交往近三十年，詩歌唱和，不曾稍歇。就其詩體而言，以五律、五古居多。姚合早年宦途蹇塞，晚年貴為少監，而賈島始終匍匐下僚，然而兩人之友誼不曾少損，終始如一。患難之交，堪稱典型。

伍、晚唐人之追仿與取法

賈島死後，晚唐詩壇不少詩人對賈島的詩作，懷有極大興趣，並給與熱誠推戴。除哭輓、悼念之外，行經賈島舊居、遺跡、廳堂、陵墓，或讀其遺集都有題詩。屬於「經舊居抒感」者如：劉滄〈經無可舊居兼傷賈島〉、齊己〈經賈島舊居〉等詩。屬於「題賈島遺跡」者如：薛能〈嘉陵驛見賈島舊題〉、張喬〈題賈島吟詩臺〉、歸仁〈題賈島吟詩臺〉等詩。屬於「過賈島舊廳堂者」如：李頻〈過長江傷賈島〉、崔塗〈過長江賈島主簿舊廳〉等詩。「過其陵墓」者，如：鄭谷〈長江縣經賈島墓〉、

[三十六]《全唐詩》卷四九七，頁五六四〇。

崔塗〈過長江賈島主簿舊廳〉、杜荀鶴〈經賈島墓〉、李洞〈賈島墓〉、安錡〈題賈島墓〉等詩。屬於「哭輓」、屬於「悼念」者如：李郢〈傷賈島無可〉、李克恭〈弔賈島〉、張蠙〈傷賈島〉、曹松〈弔賈島二首〉、可止〈哭賈島〉等詩。「詠賈島事蹟」者，如：李洞〈賦得送賈島謫長江〉等詩。屬於「閱讀賈島詩作書感」者，如：李洞〈題晰上人賈島詩卷〉、貫休〈讀劉得仁賈島集二首〉、貫休〈讀賈區賈島集〉、齊己〈讀賈島集〉等詩。以下列舉數例，試加評析，略考賈島在晚唐諸家心目中之分量。按唐・薛能〈嘉陵驛見賈島舊題〉云：

> 賈子命堪悲，唐人獨解詩，左遷今已矣，清絕更無之。畢竟吾猶許，商量眾莫疑。嘉陵四十字，一一是天資。[三十七]

薛能為會昌六年進士，曾任刑部郎中、權知京兆尹、工部尚書、忠武軍節度使。薛能僻於為詩，日賦一章。其詩多題詠酬寄之作，又好詆訶前輩詩人。此詩為薛能經嘉陵驛時，見到賈島題詠而作。對賈島之遭時不遇，深致憐憫。對其嘉陵驛之題詩，譽為天資。

又如：唐・劉滄〈經無可舊居兼傷賈島〉云：

> 塵室寒窗我獨看，別來人事幾凋殘。晝空齋寺一僧去，雪滿巴山孤客寒。

[三十七]《全唐詩》卷五六〇，頁六四九九。

落葉隨巢禽自出，蒼苔封砌竹成竿。碧雲迢遞長江遠，向夕苦吟歸思難。[三十八]

劉滄之生卒年不詳，大中八年進士。曾任華原縣尉、龍門縣令。善作七律，詩語清麗。年輩與李頻相同，句法與趙嘏、許渾頗似。其懷古之作，「序感懷之意，得諷興之體。」（范晞文《對床夜語》）。而此詩正使用劉滄最為擅長的七律，憑弔賈島從弟無可之舊居，兼傷賈島。詩中寫人事凋殘，僧去齋空。落葉蒼苔，蕭瑟之景象。末聯寄其懷想之意，情思綿邈，頗能動人。這種兼及無可與賈島的弔詩還有唐・李郢〈傷賈島無可〉：

卻到京師事事傷，惠休歸寂賈生亡。何人收得文章篋，獨我來經蘚苔房。一命未霑為逐客，萬緣初盡別空王。蕭蕭竹鳴斜陽在，葉覆閒階雪擁牆。[三十九]

李郢生卒年不詳，字楚望，長安人。大中十年登進士第，歷湖州、淮州、睦州、信州從事，入為侍御史。後為越州從事，卒於任所。郢與賈島、杜牧、李商隱、清塞等人均有交往。工詩，擅長七律，詩調美麗。辛文房稱其詩：「清麗，極能寫景壯懷，每使人不能釋卷。」這一首詩憑弔舊賈氏舊居，對於無可及賈島的辭世，十分感傷。頷聯頸聯屬對精巧，「逐客」「空王」之比，既合賈島行實，又切佛徒之身份，尤為警策動人。末聯以景喻情，餘韻裊裊。又唐・李頻〈過長江傷賈島〉：

三十八　《全唐詩》卷五八六，頁六七九八。

三十九　《全唐詩》卷五九〇，頁六八五三。

忽從一宦遠流離，無罪無人子細知。到得長江聞杜宇，想君魂魄也相隨。[四十]

李頻，（？—八七六），字德新，睦州壽昌（今浙江壽昌）人。少師里人方干為詩，後受到姚合獎挹，以女妻之。大中八年擢進士第，授校書郎、曾官南陵主簿、武功令，頗有政聲。後遷都官員外郎、建州刺史。李頻於詩，尤長於律絕。用心苦吟，工於雕琢，自言：「只將五字句，用破一生心。」（《對牀夜語》）（孫光憲《北夢瑣言》），可知李頻也有類似賈島之作風。范晞文以為「可與十才子並驅」（《對牀夜語》）嚴羽稱：「李頻不全是晚唐，間有似隨州處。」（《滄浪詩話．詩評》）。在〈過長江傷賈島〉中，李頻認為賈島坐飛謗貶長江主簿，實為無辜，可惜無人能知。後半兩句以杜鵑啼叫悲切，賈島英魂亦應相隨，為賈島叫屈。又唐．張喬〈題賈島吟詩臺〉：

吟魂不復遊，臺亦似荒丘。一徑草中出，長江天外流。暝煙寒鳥集，殘月夜蟲愁。願得生禾黍，鋤平恨即休。[四十一]

張喬為「咸通十哲」之一，長隱於九華山，其詩頗有高致，唐末鄭谷、杜荀鶴等大詩人，都對張喬極為推崇。辛文房稱其：「以苦學，詩句清雅，迥少其倫。」（《唐才子傳》卷十）。〈題賈島吟詩臺〉以五言律，題詠賈島之吟詩臺。首聯寫臺之荒落，生出感觸。中二聯寫吟臺所見景象，末聯抒恨。

四十 《全唐詩》卷五八七，頁六八一二。
四十一 《全唐詩》卷六三九，頁七三三三。

全詩情景交融，幽思深遠。又唐．李克恭〈弔賈島〉：

一一玄微縹緲成，盡吟方便爽神情。宣宗謫去為閒事，韓愈知來已振名。海底也應搜得淨，月輪常被玩教傾。如何未隔四十載，不遇論量向此生。四十二

李克恭，一作李允恭，生卒年里不詳。僖宗乾符中舉子。《全唐詩》卷六六七僅收此一詩。此為七言律詩，首聯頌揚賈島詩作。頷聯略敘行實。頸聯喻其詩藝高妙。末聯以時隔未及四十載，未遇賈島論量詩藝為歎。又唐．鄭谷〈長江縣經賈島墓〉：

水繞荒墳縣路斜，耕人訝我久咨嗟。重來兼恐無尋處，落日風吹鼓子花。四十三

鄭谷為晚唐著名詩人，字守愚，袁州宜春（今屬江西）人。廣明元年，黃巢入長安，谷避亂入蜀。光啟三年登進士第，曾任右拾遺、都官郎中，後世稱之為鄭都官，為「咸通十哲」之一。鄭谷擅長五、七言近體，多詠物酬贈之作。賈島於唐武宗會昌三年癸亥七月二十八日在普州病故，據唐蘇絳〈唐故司倉參軍賈公墓誌銘〉所載：「擇葬安岳縣移風鄉南岡安泉山盧陵谷。」（《全唐文》卷七六三）又鄭谷〈哭進士李洞二首〉序：「李生酷愛賈浪仙詩，長江在東蜀境內，浪仙塚於此處。」可知賈島葬在今

四十二　《全唐詩》卷六六七，頁七六三七。
四十三　《全唐詩》卷六七六，頁七七五五。

四川安岳縣的安泉山。〈長江縣經賈島墓〉一首以七絕谷憑弔賈島墓之感受。但見水繞荒墳，所在偏僻，深恐再訪將無尋處，不勝慨歎。又唐・崔塗〈過長江賈島主簿舊廳〉：

雕琢文章字字精，我經此處倍傷情。身從謫宦方霑祿，才被槌埋更有聲。過縣已無曾識吏，到廳空見舊題名。長江一曲年年水，應為先生萬古清。[四十四]

崔塗字禮山，睦州桐廬（今浙江桐廬）人。生於宣宗大中四年，卒年不詳。光啟四年進士及第。遭逢亂世，飄泊失意，故其詩多寫羈旅之情。擅即景抒懷，律詩最為警策。由其〈苦吟〉詩云：「朝吟復暮吟，只此望知音。舉世輕孤立，何人念苦心。」可知與賈島持相同之作詩態度。辛文房稱其詩：「深造理窟，端能竦動人意，寫景狀懷，往往宜陶肺腑。」（《唐才子傳》卷九）〈過長江賈島主簿舊廳〉以七律抒寫過訪賈島遺跡之感受，首聯頌賈島詩文之精雕細琢，字字精審，崇仰已久，故來舊廳，倍感情傷。頷聯就其才名不彰，謫宦普州，始霑仕祿。頸聯謂縣衙已無熟知賈島之舊吏，廳堂但見曩昔之題名。末聯以景喻情，謂年年一曲長江水，應為先生萬古長清。又唐・杜荀鶴〈經賈島墓〉：

謫宦自麻衣，銜冤至死時。山根三尺墓，人口數聯詩。仙桂終無分，皇天似有私。暗松風雨夜，

四十四 《全唐詩》卷六七九，頁七七八一。

空使老猿悲。[四十五]

杜荀鶴，字彥之，杜牧微子。因長隱九華山，自號九華山人。昭宗大順二年登進士第，已四十六歲。荀鶴為唐末重要詩人，擅近體，苦心為詩，自言：「此心閒未得，到處被詩磨。」（〈泗上客愁〉）。唐．顧雲《杜荀鶴文集序》謂其詩：「或情發乎中，則極思冥收，神遊希夷，形死枯木；五聲勞於呼吸，萬象探於抉剔，信詩家之雄傑者也。」有詩《唐風集》三卷，及《杜荀鶴文集》三卷。此以五律抒寫行經賈島墓之感觸。起聯寫賈島謫宦長江，銜冤至死，仍為布衣。次聯寫賈島雖已長眠黃土，其詩則騰誦於人口。三聯為賈島抱屈，謂其折桂無望，實為皇天有私。末聯仍以景語申悲。又唐．張蠙〈傷賈島〉：

生為明代苦吟身，死作長江一逐臣。可是當時少知己，不知知己是何人？[四十六]

張蠙，（生卒年不詳），字象文，族望清河（今河北清河），家居江南。幼穎慧能詩。張蠙出身寒素，累舉不第。與許棠、張喬、周繇交，時號「九華四俊」。乾寧二年始登進士第，釋褐為校書郎，調櫟陽尉，遷犀浦令。後避亂入蜀，王建建前蜀，蠙仕蜀為膳部員外郎，終金堂令。此詩前半謂賈島生而苦吟，死為逐臣，抱憾終身；後半謂賈島當時豈無知己？只是不知知己何人！言下不勝惋歎。

四十五　《全唐詩》卷六九一，頁七九三四。
四十六　《全唐詩》卷七〇二，頁八〇八四。

如從晚唐人對於賈島詩之推崇與題詩數量來看，賈島在晚唐詩壇實享有極尊榮之地位。唐・張為《詩人主客圖》僅將賈島置之於「清奇雅正主李益」之下，作為李益一派的「升堂者」[四十七]。宋・方岳《深雪偶談》又提出：喻鳧、顧非熊，繼此張喬、張蠙、李頻、劉得仁，「皆於紙上北面」，宋・計有功《唐詩紀事》載僧尚顏〈言興〉詩：「矻矻被吟牽，因詩賈閬仙。」故知唐僧尚顏，也以賈島為師[四十八]。

辛文房《唐才子傳》卷六至卷十所載詩人數目更多，分別在卷六有：清塞（即周賀）、無可、姚合、張祜、劉得仁。卷七：喻鳧、雍陶、馬戴、顧非熊、方干、李頻。卷八：于鄴（于武陵）、司空圖。卷九：許棠、鄭谷、李洞。卷十：張喬、張蠙、曹松、裴說、唐求、李中，合計二十二人。於是清・李懷民《重訂中晚唐詩主客圖》立賈島為：「五律清真僻苦主」，並將受到賈島影響之詩家重新系列如次：

> 五律清真僻苦主賈島：上入室李洞；入室周賀、喻鳧、曹松，升堂馬戴、裴說、許棠、唐求；及門張祜、鄭谷、方干、于鄴、林寬。[四十九]

四十七 見丁福保《歷代詩話續編》上冊（臺灣，木鐸出版社，民國七十七年七月）頁九〇。

四十八 見王仲鏞《唐詩紀事校箋》下冊，卷七十七（成都，巴蜀書社，一九八九年）頁二〇〇八。

四十九 見李嘉言《賈島年譜・附錄五》（台北，大西洋圖書公司，民國五十九年一月）頁七十七，又見中央研究院歷史語言研究所（借國立央圖書館藏清嘉慶（壬申）十七年本）複印本。

李嘉言在《賈島年譜》附錄中，又綜錄諸說，去除雍陶、無可，增列尚顏，將推戴賈島及受賈島影響之晚唐詩家，定為二十二人[五十]。此一系譜，對賈島之影響，提供極為明晰之線索。有關晚唐諸家學習、追仿賈島之情況。在本書第六、七兩章有詳細之論述，讀者可以詳參。

陸、結語

前賢論及賈島時，常舉孟郊作對照，有謂「郊寒島瘦」者、有謂「孟拙賈苦」者、有視孟賈為「草間吟蟲」者，有謂讀孟、賈詩如「嚼木瓜、食寒虀」者；其實吾人如持「賞奇花、品異酒」之態度面對賈島詩，反能別有會心。前賢苛刻之評價，不必視為當然。賈島與姚合近三十年的交往，以五律為主，交互影響，對彼此詩風之形成，肯定是一大助緣。

平心而論，賈島詩固有限制與缺失，其實不乏獨到之特色。歐陽修嘗言：「唐之晚年，詩人無復李、杜豪放之格，然亦務以精意相高。」（《六一詩話》），賈島基於特殊之材性氣質，在中晚唐間，苦心孤詣，力求表現，的確開拓出與眾不同之風貌。這種風貌，雖可形容為「蹇澀」、「枯索」、「寒苦」，然皆不能概括完全；謂之「賈島體」、「賈島格」，又不能得其實際。賈島詩既經苦思冥搜、琢鍊推敲而得，兼有寒苦、古雅、平淡、深細、奇警等詩境，故本文權以「寒狹」概括其詩風。賈島

五十　見李嘉言《賈島年譜・附錄五》（台北，大西洋圖書公司，民國五十九年一月）頁六十五。

以佛理為思想基礎，以恬淡自安為基本心態面對人生挫折；運用平常題材、普通詩律，傾畢生之力於近體詩，因此五律成就尤高。

唐朝之五言律詩，自高宗神龍起，陳、杜、沈、宋開創於先，李、杜、王、孟、岑、高承繼於後，至杜甫已至巔峰。杜甫之後，有尚有錢、劉、韋、郎諸家。發展至中晚唐，固然「法脈漸荒，境界漸狹」、詩人「僅 知煉句之工拙，遂忘構局之精深。」（清・顧安《唐律消夏錄》），蒼莽之氣比較缺乏，難與前人爭衡。然就五律之抒情寫景言，賈島詩運思之精、鏤景之細，所得之成就，實不在其他詩人之下。宋・吳可《藏海詩話》即稱：「唐末人詩，雖格調不高而有衰陋之氣，然造語成就，今人詩多造語不成。」[五十一]清・姚鼐《五七言近體詩抄序目》亦謂：「晚唐之才固愈衰，然五律有望見前人妙境者，轉賢於長慶諸公，此不可以時代限也。」[五十二]明・高棅《唐詩品彙》在元和以下，即收錄賈島、姚合、許渾、李商、李頻、馬戴諸家作品；認為：「之數子者，意義格律，猶有取焉。」[五十三]因此，僅就五律發展來看，賈島其實擁有不可忽視之份量。

明・楊慎《升菴詩話》卷十一曾就晚唐詩人之相涉關係，區分晚唐詩人為兩派：「一派學張籍，則朱慶餘、陳標、任蕃、章孝標、司空圖、項斯其人也；一派學賈島，則李洞、姚合、方干、喻鳧、

[五十一] 轉引自陳伯海編《唐詩論評類編》（山東教育出版社，一九九三年一月）頁二四八。
[五十二] 轉引自陳伯海編《唐詩論評類編》（山東教育出版社，一九九三年一月）頁二五六。
[五十三] 轉引自陳伯海編《唐詩論評類編》（山東教育出版社，一九九三年一月）頁四三六。

周賀、九僧其人也。」[五十四]此種區分雖有過度簡化之虞，如從以上之考察，吾人不難斷定中晚唐詩人之中，確有一個奉賈島為精神領袖之苦吟詩人群體，他們從賈島詩尋求精神寄託與心靈共鳴，他們以清冷之意境、淡漠之詩情、佛禪之意蘊，真實呈現下層文人之哀喜，藉此排解處身唐末、仕途坎坷的辛酸。賈島在中晚唐文學擁有一定之歷史地位，殆為不爭之事實。

[五十四]見丁福保《歷代詩話續編》中冊（臺灣，木鐸出版社，民國七十七年七月）頁八五一。

第四章　析武功體

壹、前言

姚合與賈島齊名，從詩史發展角度來看，是姚賈詩派的指標人物；就其刻苦為詩、詩格清雅而言，其實也是中晚唐苦吟詩人群體另一典型。

姚合早年，為求仕進，遊謁公卿之門，往來於文士間，寫過不少投贈、應酬之作。其後接受魏博節度使之徵辟，擔任幕友，也曾寫反映戎旅之題材。然而真正使姚合贏得後世之名者，卻是在武功縣主簿三年以及稍後任富平縣、萬年縣尉時所作、以反映「官況蕭條」及「隱逸情懷」為主調的幾組詩篇，其中又以〈武功縣中作〉三十首[一]最為後世所崇重。

貳、武功體之名義

「武功體」之名稱，始自歐陽修、宋祁《新唐書》卷一二四《姚崇傳》：「合，元和中進士及第，調武功尉，善詩，世號姚武功者。」宋・晁公武《郡齋讀書志》卷十九：「又唐姚合也，崇曾孫，以

一　姚合〈武功縣中作〉三十首，見劉衍《姚合詩集校考》卷五，（長沙，岳麓書社，一九九七年五月）頁五十九至六十八。

詩聞，世號姚武功云。」元・方回《瀛奎律髓》亦多以「武功」代其人。然而真正確立「武功體」一名者，殆為紀昀。按紀昀《四庫全書總目提要》卷一五一《姚少監集》十卷提要云：

合：登元和十一年進士第，調武功主簿，又為富平、萬年二縣尉，寶應中歷監察殿中御史、戶部員外郎，出為金、杭二州刺史，後為戶、刑二部郎中，諫議大夫，陝虢觀察使，開成末，終於秘書少監。然詩家皆謂之「姚武功」，其詩派亦稱「武功體」，以其早作〈武功縣詩〉三十首，為世傳誦，故相習而不能改也。合選《極玄集》，去取至為精審，自稱為詩家射鵰手，論者以為不誣。其自作則刻意苦吟，冥搜物象，務求古人體貌所未到。二

紀昀《四庫全書總目提要》卷一八六《極玄集》提要又云：

合為詩刻意苦吟，工于點綴小景，搜求新意。而刻劃太甚，流于纖仄者，亦復不少。宋末江湖詩派，皆從是導源者也。三

這兩條資料，似已為「武功體」之立名由來、姚合之創作態度、詩歌風格與後續影響，作成簡要說明。姚合晚年，仕履騰達，對於晚唐後輩詩人不吝提攜與啟導，發揮極大影響力，使他有機會扮演

二　清・紀昀等《四庫全書總目題要》卷一五一，《姚少監集》提要，（北京，中華書局），頁一二六九。

三　清・紀昀等《四庫全書總目題要》卷一五一，《姚少監集》提要，（北京，中華書局），頁一六八九。

「詩家射鵰手」之角色。「其自作則刻意苦吟，冥搜物象，務求古人體貌所未到。」甚至「刻劃太甚，流于纖仄者，亦復不少。」也正是姚合可以名列苦吟詩人之旁證。清・李懷民《重定中晚唐詩主客圖》，對於中晚唐詩歌體派之鑑識極為精微，在此書上卷，僅收錄〈武功縣中作〉三十首，並作按語謂：

武功詩集，古今體存遺甚多，其五言律，樸茂新奇，酷似王仲初。仲初故與水部合體，而姚君與水部為友，其得於漸磨者深矣。佳篇美不勝收，然無逾〈縣居詩〉者，且君以「武功」得名，未必不由此詩也。[四]

姚合之五律是否「酷似王建」，是否可列入「張籍一派」，牽涉到李懷民對中晚唐詩歌體派之認知，在此先按下不論；李懷民在討論姚詩時，也僅僅以此對象，可見在後世眾多詩論家心目中，〈武功縣中作三十首〉也是姚合之最佳代表作，並可據此衡斷一生之詩歌成就。

參、姚合之生涯與創作

姚合，郡望吳興（今浙江湖州市），陝州硤石（今河南陝縣南）人。生於唐德宗建中二年（七八

四　見清・李懷民《重訂中晚唐詩主客圖》卷上，中央研究院歷史語言研究所，借國立央圖書館藏清嘉慶（壬申）十七年刊本影印。

一年），至於卒年，則史無確載。姚合為開元之治名相姚崇之曾侄孫，早年隨父宦遊，其父姚閈，官臨河令，卒於任守。

姚合少居河朔間，其〈客遊旅懷〉有謂：「舊業嵩陽下，三年未得還」，可知曾習業餘於嵩陽；其後「一辭山舍廢躬耕，無視悠悠往帝城」（〈留別從兄〉）在元和八年（八一三年）冬，入京應舉，不幸落第。

直至元和十一年（八一六年）中書舍人李逢吉知貢舉，姚合登進士第。其〈及第夜中書事〉自謂：「夜睡常驚起，春光屬野夫。……喜過還疑夢，狂來不似儒」，其欣喜之情，不言可喻；在〈杏園宴上謝座主〉云：「得陪桃李植芳叢，別感生成太昊功。今日無言春雨後，似含冷涕謝東風」，對於座主李逢吉拔擢之恩，已至不知如何言謝之地步，故唯能似「桃李含春雨」，以謝「東風」之德。

杏園宴後，姚合逕往關東，道經陝府，與在陝府任職之內兄郭冏相見，盤桓逾月，然後返鄉觀親。直到元和十四年，任魏博節度使田弘正幕從事，在此期間，寫下不少反映幕府戎旅之作。例如元和十四年正月，田弘正擊破李師道於陽轂，李師道且被部將所殺。姚合聞訊，作〈聞魏州破賊〉一詩以頌之：

生靈蘇息到元和，上將功成自執戈。煙霧掃開尊北岳，蛟龍斬斷淨黃河。

旗迴海眼軍容壯，兵合天心殺氣多。從此四方無一事，朝朝雨露是恩波。[五]

此詩寫出田弘正親執戰戈，掃清戰塵；軍容壯盛，兵合天心，因能成此大功：自此四方無事，百姓普霑恩波，姚合在詩中，流露極為興奮之情。其後在〈送李廓侍御赴西川行營〉、〈送刑部郎中赴太原〉、〈送田使君赴蔡州〉、〈送李侍御過夏州〉等詩對於赴邊之官員、勇於任事之將領，總是不吝揄揚，頗多溢美。在〈窮邊詞〉中，則對於貪圖享樂的邊將，則不惜微言寓諷。再如其〈劍氣詞〉、〈塞下曲〉、〈軍城夜會〉、〈送少府田中丞入西蕃〉這些詩中，都呈現濟世之心態，詩語通俗、意境顯豁。

元和十五（八二〇年）年十月田弘正由魏州移鎮鎮州，姚合亦罷魏博幕職，調補武功縣（在今陝西武功縣西北武功鎮）主簿，為時三載；姚合約在長慶二年，作〈武功縣作〉三十首。武功縣雖富山水，然地處窮僻。荒僻之地，固然有助養生；但是官卑俸薄，貧寒孤寂；又眼見故友，清雲直上，不免心生寥落，這與前時身居幕職之境遇，差異甚大。因此，〈武功縣作〉三十首之作，實有矛盾複雜之心緒存焉。

穆宗長慶三年（八二三年）春初，忽得罷任，如久閉樊籠、一朝獲得解脫。姚合離開武功，復入長安閒居，曾有〈罷武功縣將入城〉二首記之。其二云：

[五] 姚合〈罷武功縣將入城〉，見劉衍《姚合詩集校考》（長沙，岳麓書社，一九九七年五月）頁一四三。

青衫脫下便狂歌，種薤栽莎斸古坡。野客相逢添酒病，春山暫上著詩魔。亦知官罷貧還甚，且喜閒來睡得多。欲與九衢親故別，明朝拄杖始經過。六

雖知無官之後，貧苦益甚，有道無官一身輕，自此可以狂歌高臥，其閒適之意，還是充溢詩行之間。穆宗長慶三、四年間，姚合先後擔任萬年、富平縣尉。萬年縣距長安不遠，姚合之詩友，紛紛來訪，如賈島、朱慶餘、顧非熊、無可即曾會宿其宅。賈島與姚合之間更有多首詩作酬贈。

大約敬宗寶曆元年（八二五年），因病罷富平尉，再返長安閒居，此時有詩寄李廓，更屢與張籍遊賞，詩歌酬贈不絕。在擔任縣尉這段時間，姚合的生活景況並不佳，甚至到了衣食難以自給之地步。此由〈寄賈島浪仙〉一詩，可見一斑：

悄悄掩門扉，窮窘自維縶。世途已昧履，生計復乖緝。疏我非常性，端峭爾孤立。往還縱云久，貧蹇豈自習。所居率荒野，寧似在京邑？院落夕彌空，蟲聲雁相及。衣巾半僧施，蔬藥常自拾。凜凜寢席單，翳翳灶煙溼。頹籬里人度，敗壁鄰燈入。曉思已暫舒，暮秋還更集。風淒林葉萎，苔糝行徑澀。海嶠誓同歸，橡栗充朝給。七

在長安閒居時，姚合自云：「帶病吟雖苦，休官夢已清。」（〈閒居〉）病體稍為痊癒，心境較佳，

六　姚合〈罷武功縣將入城二首〉，見劉衍《姚合詩集校考》（長沙，岳麓書社，一九九七年五月）頁六十九。

七　姚合〈寄賈島浪仙〉，見劉衍《姚合詩集校考》（長沙，岳麓書社，一九九七年五月）頁四十五。

作了不少看山覽景、悠遊閒適之作。

敬宗寶曆二年（八二六年），姚合以祖蔭授監察御史。[八]大和二年（八二八）春，姚合以監察御使，分司東都。早春，白居易有詩贈之。是年十一月，姚合返長安任殿中侍御使。十二月，馬戴、賈島皆在長安，夜集姚合宅，時無可期而未至，三人皆曾於詩中吟詠此事。

文宗大和二年（八二八年），入京為殿中侍御史，充右巡使。文宗大和六年（八三二年）秋，由戶部員外郎授金州（今陜西安康縣）刺史。赴任前曾造訪無可，無可有詩酬之。姚合赴任時，方干賦詩送行，馬戴、項斯亦有詩寄贈。姚合則有詩留別。金州即今陜西安康，地通湖湘、巴峽，頗多山水形勝。所以姚合飲酒賦詩，甚為愜意。其〈金州書事寄山中舊交〉最能表達此時生活與心境：

> 安康雖好郡，刺史是憨翁。買酒終朝飲，吟詩一室空。自知為政拙，眾亦覺心公。親事星河在，憂人骨肉同。簿書嵐色裏，鼓角水聲中。井邑神州接，帆檣海路通。野亭晴帶霧，竹寺夏多風。溉稻長洲白，燒林遠岫紅。舊山期已失，芳草思何窮。林下無相笑，男兒五馬雄。[九]

由詩中可以看見姚合雖然吟詩縱飲，仍然心繫百姓；自知為政疏拙，猶能一秉至公，視民如親身骨肉。文宗大和七年（八三五年），無可在金州陪刺史姚合遊南池，兩人皆有詩作。其後無可離金州，

[八] 見《冊府元龜》卷一三一「帝王部」「延賞」二。詳參《唐五代文學編年史：中唐卷》（瀋陽，遼海出版社，一九九八年十二月）頁八七七八。

[九] 姚合〈金州書事寄山中舊交〉，見劉衍《姚合詩集校考》（長沙，岳麓書社，一九九七年五月）頁三十六。

復有留別姚合詩。賈島也曾於六月往金州見姚合，喻鳧賦詩送行。文宗大和八年（八三四年）二月，雍陶登第還成都省親，賈島、姚合都有詩送行。由此可以看出，姚合在金州刺史任內，詩友往來，十分頻繁。

文宗大和八年（八三四年）十二月，出為杭州刺史，劉得仁、顧非熊、賈島都有詩送行。經洛陽，白居易曾話及杭州舊事，並賦詩送行，託其代為問候舊日杭州妓人。抵杭州後，與前任杭州刺史裴宏泰往還，有詩相贈。姚合自入仕以來，行蹤始終侷限在河朔之間，而杭州卻是江南大郡、風雅之地，姚合從無機緣履及，所以出為杭州刺史，也使姚合在詩歌創作上，邁入另一階段。姚合在曾作〈杭州官舍偶書〉一首書感：

> 錢塘刺史謾題詩，貧褊無恩懦少威。春盡酒杯花影在，潮迴畫檻水聲微。閒吟山際邀僧上，暮入林中看鶴歸。無術理人人自理，朝朝漸覺簿書稀。[十]

雖然姚合自謙「無恩」、「無術」，「褊懦少威」，然而卻詩名益著，眾所仰望。不僅年輕詩人，紛來請益，僧徒道侶，亦樂與為伴。姚合自云：「詩成客見書牆和，藥成僧來就鼎分。」（〈酬薛奉禮見贈之作〉）杭州刺史任內，儼然已成詩宗。周賀〈贈姚合郎中〉謂：「兩衙向後常無事，門館多逢請益人。」方干〈上杭州姚郎中〉：「身貴久離行藥伴，才高獨作後人師。」皆非虛語。

十　見劉衍《姚合詩集校考》卷八，（長沙，岳麓書社，一九九七年五月）頁三十六。

直到文宗開成元年（八三六）初秋，姚合罷杭州任，入朝為諫議大夫。時鄭巢有詩送行，姚合亦有〈別杭州〉及〈寄杭州刺史崔員外〉之作。時賈島有詩喜姚合返京，劉得仁亦有詩呈之。次年（八三七年），姚合選唐二十一位詩人、詩作百首，成《極玄集》一書。此書與高仲武之《中興間氣集》同為大曆詩人之詩選，但是，姚合更具姚賈詩派本身品鑒眼光與審美趣味。

文宗開成四年（八三九年），姚合約六十歲，由給事中出為陝虢觀察使。無可有送行詩。抵任後，劉禹錫有詩寄之。李頻約於此時謁見姚合，有詩上之，合頗嘉賞，並以女妻之。（詳見李頻〈陝府上姚中丞〉）

武宗會昌（八四一—八四六）中，入為秘書少監。會昌四年（八四四年）姚合在長安，時有詩述其與李德裕相辭後歸居之情形，可知其時仍然健在。其卒年不詳，約當武宗會昌末（八四六年）宣宗大中初（八四七—八五〇）。諡懿，世稱「姚武功」或「姚秘監」，有《姚少監詩集》十卷傳世，今人劉衍《姚合詩集校考》一書，最便披覽。

其詩以五律為主要形式，寫作題材以各個生活階段的詩友酬和以及閒適情懷為主，多摹寫自然景物、寺觀亭台及蕭條官況，風格清峭幽冷，頗有一種孤吟不平之氣。姚氏世代為官，姚合幼年生活優渥，晚年飛黃騰達。應舉京城前，隱於嵩陽，也曾度過衣食不足之生活；進士登第、初任縣吏以及休官期間，亦曾飽嘗貧病困頓之苦。然而不論姚合之具體生活景況如何，貫串其一生者，殆為閒適情懷；〈武功縣作三十首〉固然是「武功體」之代表作，然而《姚少監集》中大量閒適之作，所呈現出來的詩歌風格，與這三十首並無二致，此亦古今論者以「武功體」概括姚合詩之主因。

肆、〈武功縣作〉三十首分章析論

姚合詩集現存宋本、明本姚少監集，都是十卷本。此外，還有宋人針對〈武功縣中詩〉三十首所作的刻石文字資料，汲古閣主人毛晉還曾擁有這個石印本。按毛晉云：

余向藏宋治平王頤石刻〈武功縣中詩〉三十首，銓次不同。「縣去京城遠」一，「方拙天然性」二，「微官如馬足」三，「縣僻仍寥落」四，「簿書多不會」五，「曉鐘驚睡覺」六，「自下青山路」七，「性疏常愛臥」八，「日出方能起」九，「客至皆相笑」十，「一日看除目」十一，「作吏荒城裏」十二，「誰念東山客」十三，「鄰里皆相愛」十四，「窮達天應與」十五，「閑門風雨裏」十六，「朝夕眉不展」十七，「簿籍誰能問」十八，「腥羶都不食」十九，「宦名渾不記」二十，「假日都無事」二十一，「一官無限日」二十二，「朝朝門不閉」二十三，「欲依循循術」二十四，「漫作容身計」二十五，「文印三年坐」二十六，「長憶青山下」二十七，「自知狂僻性」二十八，「作吏渾無思」二十九，「門外青山路」三十。其字距差池，

夾注行間。石本今已失去，每詠表聖「亡書久似憶良朋」，為之泫然。[十一]

如果將北京圖書館影印《宋蜀刻本唐人集叢刊》《姚少監集》加以比對，可以發現宋代單行的石刻，比蜀刻本之編次少異。唐代詩人之連章組詩，例如杜甫之作，多半有結構之關聯，然而姚合〈武功縣中詩〉三十首，並未對先後秩序作刻意安排，三十首之主題，基本上各自獨立，並無先後倫次。

姚合在所有詩體之中，獨好五律。為什麼五律是姚合之最愛？理由非僅聞一多在《唐詩雜論・賈島》中所說，是「五律與五言八韻的試帖最近，做五律即等于做功課」[十二]，實則更有姚合生命情調與創作之需求在。誠如周衡所說：

> 五律就其審美特質而言，它由極其精致而獨特的聲律和句法、語義等法則建構而成，其外在的對稱、平衡之美和內在的句聯之間聲律的搖曳動態之美相映成趣，從而形成一种外示法度而內藏靈動的美學效果。五律的美學特征與姚賈詩人群體幽居的生存狀態、苦吟的創作姿態在肌理上有相近之處。[十三]

姚合的〈武功縣中作〉三十首，缺乏一個有機的秩序，表面看來，像是隨興之作；如果深入考察，

十一 見汲古閣本《六唐人集》之《姚少監集》毛晉跋語。轉引自萬曼《唐籍敘錄》〈姚少監集敘錄〉（臺北：明文書局，民國七十一（一九八三）年二月）頁二六三。

十二 參見聞一多《唐詩雜論・賈島》（上海古籍出版社，一九九八年一二月）頁三十三。

十三 參見周衡〈論姚合《極玄集》〉《蘇大學學報》（社會科學版）第六卷第三期，二〇〇四年五月。

也不難發現：一種閒適心態與隱逸情懷，始終貫串其間；因此，除了聲律、句法、語義以及句聯之美，姚合在這組詩中，更呈現了「獨特的內心世界與行為態度」，這些方面，也正是本文所要論析的核心問題。以下擬先逐首分析，再作深入分析。

姚合在〈武功縣中作〉之首篇，總述生活環境與生活態度。其詩云：

> 縣去帝城遠，為官與隱齊。馬隨山鹿放，雞雜野禽棲。
> 繞舍唯藤架，侵階是藥畦。更師嵇叔夜，不擬作書題。（其一）

首聯謂轄縣距離帝京甚遠，所以為官如同隱逸。姚合自入仕以來，一直在節度使幕府但任僚佐，經歷戎馬，如今調任僻縣，誠有投閒置散之感，故有此言。接著在頷聯、頸聯以具體事物為例，描述生活環境之荒落，最能反映「官況蕭條」，也是深受後人稱賞之名句。尾聯則借用嵇康之典故，顯示風骨。對於此詩，前賢有許多批評。例如元・方回《瀛奎律髓》卷之六謂：「三、四好，五、六似張司業而太易。太易則淺。三十詩中選此十二首。四靈所學也，此可學也，學賈島不可矣。」[十四] 清人在賀裳《載酒園詩話》亦謂：「凡摹擬最忌入俗。姚合形容山邑荒僻，官況蕭條，曰：『馬隨山鹿放，雞雜野禽棲。』真刻畫而不傷雅。至『縣苦槐根出』猶可，下云：『官清馬骨高』，『官清』字太著

[十四] 元・方回《瀛奎律髓》，李慶甲集評點校《瀛奎律髓彙評》上冊（上海古籍出版社，一九八六年四月）頁二四四。

痕跡，『馬骨高』尤入俗渾。梅聖俞乃言勝前二語，真是顛倒。」[十五]又第二首云：

方拙天然性，為官是事疏。唯尋向山路，不寄入城書。
因病多收藥，緣溪學釣魚。養身成好事，此外盡清虛。（其二）

此詩起聯提及自己生性方拙，雖然做官，卻不知世事。頷聯承上，謂己但思登山攬秀，不想投書入城，以求晉升。頸聯提及由於生病，蒐集許多藥草，因為鄰溪，也學著釣魚。就本詩來看，姚合之身體可能欠佳。於是「養身」成為他的最愛，此外一切，盡屬空虛。李懷民謂：「方拙二字是骨」固然說得不錯，其實身體狀況欠佳，恐怕才是缺乏幹勁之主因。又第三首云：

微官如馬足，只是在泥塵。到處貧隨我，中年老趁人。
簿書銷眼力，盃酒耗心神。早作歸休計，深居養此身。（其三）

此詩巧用譬喻，暗示擔任武功縣主簿之卑微。起聯「馬足」、「在塵」，確是妙喻。姚合覺得：這種小官，好比「馬足」，永遠墮入泥塵。而且不論身居何處，皆無法跳脫貧賤；然而人至中年，就已被歲月追趕，此所以為苦。頸聯抱怨公文繁瑣，大傷眼力；暇時銜杯，更損耗精神。從結聯來看，

十五　清．賀裳《載酒園詩話》卷一，詳見郭紹虞編《清詩話續編》，（木鐸出版社，民國七十二（一九八三）年十二月）上冊。又陳伯海編《唐詩論評類編》（山東教育出版社，一九九三年出版）頁一二八八。

似有歸田打算。姚合方入官場，即有頹廢心態，或許非關有無用世之志。此詩末句再提「養身」，則其身體狀況之不佳，又得旁證。又第四首云：

簿書多不會，薄俸亦難銷。醉臥慵開眼，閑行懶繫腰。
移花兼蝶至，買石得雲饒。且自心中樂，從他笑寂寥。（其四）

此詩寫其厭棄官場拘執，嚮往自由閒散。首聯以詼詭語氣謂己懶於理會簿書，微薄俸祿，亦不知如何花用。頸聯提及經常醉臥，既已醉酒，索性懶於開眼；出外散步，亦不繫腰帶。頸聯提及移植花草，蝴蝶也攜返家中；買石建造假山，好似雲彩亦為之豐饒。姚合似乎認為：隨興自在，便是至樂；只要內心悅樂，何須顧及旁人觀感？李慶甲集評點校《瀛奎律髓彙評》引無名氏（甲）評此詩謂：「姚監詩亦無大氣局，比之浪仙亦淺，但稍覺開明耳。」[十六]話雖不錯，其實在這首詩中，姚合還是在表達決心而已，他決定不計毀譽，蒔花造園，以具體行動，追求悅樂。又第五首云：

曉鐘驚睡覺，事事便相關。小市柴薪貴，貧家砧杵閑。
讀書多旋忘，賒酒數空還。長羨劉伶輩，高眠出世間。（其五）

此詩寫縣居生活中買柴、賒酒等瑣事。首聯寫曉鐘使人驚醒，一覺醒來，萬事便難離身。頷聯敘

十六　元・方回《瀛奎律髓》，李慶甲集評點校《瀛奎律髓彙評》上冊（上海古籍出版社，一九八六年四月）頁一二四五。

述在市集購買薪柴，發現價錢變貴；而家境貧困，也無冬衣可做，所以擣衣砧板，落得清閒。頸聯提及自己讀書，馬上就忘；酒館賒欠，大都空手而返。尾聯竟羨慕起劉伶，認為劉伶兀傲高臥，真能超脫世間。此詩專寫買柴、賒酒之類小事件，唐人罕見入詩。又第六首云：

性疏常愛臥，親故笑悠悠。縱出多攜枕，因衙始裹頭。
上山方覺老，過寺暫忘愁。三考千餘日，低腰不擬休。（其六）

此詩起聯坦承生性疏懶愛臥，親故皆悠悠訕笑。頷聯謂己縱然出門，也自攜枕頭；平日蓬頭散髮，唯在靠近衙署，始裹起頭巾。頸聯寫登山始覺年老；訪佛寺暫得解憂。中間兩聯，正是為疏懶、愛臥舉證。尾聯提及自己居官未滿三載，考評尚未完成，未來千餘日，仍須折腰食祿，無法歸田。又第七首云：

客至皆相笑，詩書滿臥床。愛閑求病假，因醉棄官方。
鬢髮寒唯短，衣衫瘦漸長。自嫌多檢束，不似舊來狂。（其七）

此詩敘述友人往來之樂。起聯寫賓客來訪，皆相視而笑，蓋以臥鋪矮桌，皆堆滿詩書。頷聯坦承自己愛閒，而請病假；因醉，而違反官箴。李懷民認為頸聯：「『長』字最工妙，中有理致。」又說：

「瘦宜寬不宜長，然長字實妙。」[十七]姚合在此聯的確運用修辭手段，使「短」與「長」字，皆延伸出「落髮」與「變寬」之意，增添更多「蘊含」。尾聯所謂「自嫌多檢束」應是反語；既已隨興請假、違反官箴，若非「疏狂」，則是什麼？又第八首云：

一日看除目，終年損道心。山宜衝雪上，詩好帶風吟。
野客嫌知印，家人笑買琴。只應隨分過，已是錯彌深。（其八）

此詩悟及自己不應隨分度日。起聯敘已曾見到任免書（除目），使其終年減損上進之心。頷聯提及雪天，仍想入山；好詩寫成，便欲倚風吟嘯。頸聯謂村友嫌己愛掌官印，買琴回家，也遭家人取笑。尾聯突然領悟到：「隨分度日，即為大錯」！此詩除了起首兩句與通篇題旨，略有不貫之外，大體在抒寫自己不願隨分過日，期望生活充滿變化。又第九首云：

鄰里皆相愛，門開數見過。秋涼送客遠，夜靜詠詩多。
就架題書目，尋欄記藥窠。到官無別事，種得滿庭莎。（其九）

此詩敘到官無事之閒適。起聯謂鄰人皆能相愛，數度過訪。頷聯敘秋夜送客，至遠處方止；靜夜之中，詩詠特多。頸聯謂已經常就架題簽書目，巡行藥畦，順手記錄藥草。尾聯慼嘆到官之後，別無

十七 見清．李懷民《重訂中晚唐詩主客圖》卷上。

他事，倒種得滿院莎草。又第十首云：

> 窮達天應與，人間事莫論。微官從（一作長）似客，遠縣豈勝村？竟日多無食，連宵不閉門。齋心調筆硯，唯寫五千言。（其十）

此詩抒發官卑之幽憤。起聯謂已不想預知窮達，蓋窮達有賴上天賜與；況人事紛繁，豈能準確逆料？所以無需預為置論。頷聯承上，慨嘆官階卑微，反似外客；居此遠縣，豈勝鄉村？頸聯謂己常竟日不食，連宵亦不閉戶。尾聯謂己在此荒落之地，猶能齋心調硯，抄寫《老子》，以銷幽憤。又第十一首云：

> 縣僻仍牢落，遊人到便迴。路當邊地去，村入郭門來。酒戶愁偏長，詩情病不開。可曾衙小吏？恐為踏青苔。（其十一）

此詩開篇寫武功縣過於偏僻，朋友來訪，皆難久留，令人心生牢落。對此，李懷民評曰：「妙，宋人云：『未嘗一飯能留客，便說破矣』」。頸聯寫縣中道路，直通邊地；城外村落，徑抵郭門。頸聯寫己雖赴酒館，亦不開懷；又因生病，詩興大阻。尾聯謂己雅不願差遣衙吏，蓋畏其踏損家中青苔！此「衙」字轉品，已兼有衍生「使役」、「差遣」之意，故李懷民謂「衙」為「活字。」又「踏青苔」句，取意獨特，李懷民評曰：「高絕。即倪雲林：『不使踐壞青苔』意。」所言甚確。又第十二首云：

自下青山路，三年著綠衣。官卑食肉僭，才短事人非。
野客教長醉，高僧勸早歸。不知何計是？免與本心違。（其十二）

此詩再申官卑之感。起聯先寫自己步下青山、出宰僻縣，三年之間，只能穿著青衫。頷聯續以詣謔口氣自嘲官小。謂己身為卑官，如果吃肉，真有僭越之感。頸聯又自嘲無承奉之能，往往多尤。頸聯敘及友人勸醉以解悶；而山中高僧，則勉早歸以銷憂。結聯謂己進退失據，不知如何行止，始不違本心？又第十三首云：

日出方能起，庭前看種莎。吏來山鳥散，酒熟野人過。
歧路荒城少，煙霞遠岫多。同官更相引，下馬上西坡。（其十三）

此詩再寫日常生活之愜意。起聯寫日出之後，方才起身；既已起身，就在庭前，看人種莎。頷聯為傳世名句，寫官吏一來，群鳥即散；而釀酒已熟，則村友即訪。頸聯寫轄縣荒僻，既無歧路，而遠方山谷，則有美好煙霞。結聯敘同官相約下馬，共登西山，恣意觀賞。又第十四首云：

作吏荒城裏，窮愁欲不勝。病多唯識藥，年老漸親僧。
夢覺空堂月，詩成滿硯冰。故人多得路，寂寞不相稱。（其十四）

此詩再申作吏荒城之窮愁。前半四句敘己作吏荒城，生出無限窮愁。蓋以多病，而多識藥名，又因年老，而逐漸親近僧侶。頷聯二句李懷民評為：「名句」，又謂：「此字與仲初近，與樂天殊。」[十八]頸聯寫夜夢驚醒，空堂明月高掛；寒夜沈吟，新詩既成，硯水已凝結為冰，則其苦思冥搜可知矣。結聯慨嘆舊識皆已得路，唯己仍然寂寥，實不相稱。又第十五首云：

誰念東山客？栖栖守印床。何年得事盡？終日逐人忙。醉臥唯知叫，閑書不著行。人間尚檢束，與此豈相當？（其十五）

此詩再嘆作吏之寥落。起聯設問自答，嘆無人惦記。終日隨人忙碌，亦不知何時能盡？頸聯寫醉臥在床，唯知瘋言酒語；閒時作書，亦不能彰著詩句。尾聯嘆時人多尚檢束，而我之言行，豈能相當？姚合在本詩中，可謂牢騷滿腹。又第十六首云：

朝朝眉不展，多病怕逢迎。引水遠通澗，疊山高過城。秋燈照樹色，寒雨落池聲。好是吟詩夜，披衣坐到明。（其十六）

此詩抒寫消愁之道。首聯謂己朝朝愁眉不展，多病更畏迎逢。頷聯敘己自遙遠山澗引導溪水，進入自家林園；又疊起假山，高過城門。夜中獨賞，但見秋燈照耀庭樹，寒雨落入池中，聲色何其美好。尾聯補述感受，謂己最愛如此秋夜，常披衣吟諷，獨坐天明。又第十七首云：

十八　見清・李懷民《重訂中晚唐詩主客圖》卷上。

簿籍誰能問？寒風趁早眠。每句常乞假，隔月探支錢。

還往嫌詩癖，親情怪酒顛。謀身須上計，終久是歸田。（其十七）

此詩坦承疏於吏事，長久之計，仍以歸田為是。起聯抱怨簿籍繁瑣，乏人聞問。寒風已起，不如趁早入眠。頷聯謂己每旬皆曾告假，隔月必問支薪，此為姚合生活窮困之自白。頸聯自承同儕嫌己詩癖，親友怪己酒癲。尾聯坦言：謀身需有良計，仍以歸田為上！又第十八首云：

閉門風雨裏，落葉與階齊。野客嫌杯小，山翁喜枕低。

聽琴知道性，尋藥得詩題。誰更能騎馬，閑行祗杖藜。（其十八）

此詩述居家雜事。起聯述閉門在家，一夜風雨，落葉滿階。次聯敘村友嫌我杯小，山翁卻喜我枕低。頸聯述己聽見琴聲，便知道性；搜尋藥草，更覓得詩題，尾聯謂對此良辰美景，誰還騎馬？必也杖藜閒行，以為清賞。元‧方回《瀛奎律髓》卷之六評曰：「前四句閒適之味可掬。」[十九]所言不虛。此詩以俚俗之語，寫生活情趣，對於姚合生活內容，實有傳神描寫。又第十九首云：

腥羶都不食，稍稍覺神清。夜犬因風吠，鄰雞帶雨鳴。

守官長臥病，學道別稱名。少有洞中路，誰能引我行？（其十九）

[十九] 元‧方回《瀛奎律髓》，李慶甲集評點校《瀛奎律髓彙評》上冊（上海古籍出版社，一九八六年四月）頁二四六。

此詩寫居家閒情。起聯謂已數日不食腥羶，精神稍覺清朗。頷聯為名句，謂夜間風大，引發狗吠；鄰雞警覺，隨風而啼。頸聯謂己居官，卻常臥病；別學仙道，反得令名。尾聯戲謂誰有成仙捷徑？願能引導我行？元・方回《瀛奎律髓》卷之六：「第三句好，第四句似乎因而成對。」[二十]李懷民則曰：「對不過。」所言甚是，因為「犬吠」、「雞鳴」時機不同，此或為姚合營構聯語，思慮不週。又第二十首云：

> 宦名渾不計，酒熟且開封。晴月消燈色，寒天挫筆峰。
> 驚禽時並起，閑客數相逢。舊國蕭條思，青山隔幾重？（其二十）

此詩抒發故國鄉情。起聯謂官祿聲名，渾不計較，但願酒熟，開封暢飲！頷聯謂月夜稍減燈景，寒天略挫詩興。頸聯分寫禽鳥與閒客：謂禽鳥因驚並起，蓋閒客數度來訪。尾聯憶念故國，心生寥落，蓋與故鄉，已不知間隔幾重青山？又第二十一首云：

> 假日多無事，誰知我獨忙？移山入縣宅，種竹上城牆。
> 驚蝶遺花蕊，遊蜂帶蜜香。唯愁明早出，端坐吏人旁。（其二十一）

此詩寫假日逸趣。首聯謂休假之日，人多無事，誰知我獨繁忙！頷聯細寫繁忙之事。謂己搬移山

[二十] 元・方回《瀛奎律髓》，李慶甲集評點校《瀛奎律髓彙評》上冊（上海古籍出版社，一九八六年四月）頁二四六。

石，進入縣宅：所種之竹，高過城牆。果真忙得妙，也寫得妙。因為「移山入縣宅」，不過是營造假山，卻予人夸飾之感，所以神妙；而「種竹上城牆」，不過表達「竹高」，「上」字已逾尋常字義，而予人新警之感。頸聯細寫園景。謂驚蝶棄花而飛，遊蜂攜蜜而行。尾聯寫此情難捨，唯愁明日出門，須身處衙署，端坐吏人之旁。對於尾聯，李懷民評曰：「諧妙，然需觀其內象方可學。」[二十一]又第二十二首云：

> 門外青山路，因循自不歸。養閒宜僻縣，說品喜官微。
> 淨愛山僧飯，閑披野客衣。唯看幽谷鳥，不解入城飛。（其二十二）

此詩寫閒行城郊之野趣。起聯先寫門外即是青山路，因循其間，每每流連忘返。頷聯抒感。謂養閒之人，宜處僻縣；悅品之士，必喜官微。李懷民曰：「諧處見傲。」頗能洞見幾微，因為，姚合此聯雖似諢語，實有傲倪之意。頸聯再申愛淨。謂己喜與山僧共飯，閒時身披野服，四處遊蕩。尾聯閒賞。謂己愛看幽谷之鳥，唯其不解入城而飛。末句似有無限寓意，李懷民曰：「妙在不解。」[二十二]又第二十三首云：

> 一官無限日，愁悶欲何如？掃舍驚巢燕，尋方落壁魚。

[二十一] 見清・李懷民《重訂中晚唐詩主客圖》卷上。
[二十二] 見清・李懷民《重訂中晚唐詩主客圖》卷上。

從僧乞淨水，憑客報閑書。白髮誰能鑷，年來四十餘。（其二十三）

此詩抒發愁緒。起聯再申愁懷，謂己官小，何時能免？似這般愁悶，該如何消解？頷聯寫己清掃房舍。驚擾燕巢，且瞥見蠹魚。李懷民評曰：「此為匠物。」頸聯敘己向山僧乞討淨水，更賁來客，代報友書。尾聯嘆老。謂髮白已難鑷除，蓋屈指一算，才四十餘歲。紀昀評謂：「三、四好，中四句調複。」所言甚是。又第二十四首云：

朝朝門不閉，長似在山時。賓客抽書讀，兒童斫竹騎。久貧還易老，多病懶能醫。道友應相怪，休官日已遲。（其二十四）

此詩再寫居官如隱。起聯謂己朝朝皆未閉門，正如當年山中。頷聯寫賓客來訪，抽書而讀；兒童在庭院，斫竹為馬，往來嬉戲。頸聯嘆老，謂窮賤既久，易於衰老！身雖多病，懶於醫治。尾聯再嘆道友必定責怪，蓋休官亦已太遲。頷聯頸聯，所寫過於平凡、瑣碎，此所以清‧紀昀評為：「小樣」。又第二十五首云：

戚戚常無思，循資格上官。閑人得事晚，常骨覓仙難。愁臥疑身病，貧居覺道寬。新詩久不寫，自算少人看。（其二十五）

此詩再抒居官閒愁。起首寫戚惶度日，難以深思；因循資歷，總能升官。「格」字甚妙，蓋獲得升官之格也。頷聯自嘲，謂己閒散，受教較晚；風骨平凡，學仙更難。況愁臥既久，自疑有病；貧居雖苦，道途更寬。尾聯自嘆詩少，謂己最近少作，蓋平心自料，亦乏人覽觀。對此，李懷民評曰：「古之詩人必到得少人看其詩始高，安得使時流人人悅之？」此言雖然有理，其實姚合不過是抒發幽憤而已。又第二十六首云：

> 漫作容身計，今知拙有餘。青衫迎驛使，白髮憶山居。
> 道友憐蔬食，吏人嫌草居。須為長久計，歸去自耕鋤。（其二十六）

此詩自笑愚拙。起聯慨嘆無需設想來日容身之處，只今自知為官之愚拙。頷聯舉例，謂己身穿青衫，迎迓驛使。鬢髮都白，不意惦起往昔山居情趣。頸聯以對照之語抒感，謂道友皆喜我蔬食，唯上官嫌我簡慢。二句似諷非諷，李懷民曰：「諧妙。」尾聯再嘆，謂長久之計，仍以辭官躬耕為上策。

又第二十七首云：

> 主印三年坐，山居百事休。焚香開勑庫，踏月上城樓。
> 飲酒多成病，吟詩長自愁。慇勤問漁者，暫借手中鉤。（其二十七）

此詩抒發居官三年之感受。起聯寫執印三年，官職在身，既已山居，百事皆止。常於焚香打開收藏勑書之書庫，踏月登樓，以疏散身心。飲酒過多，徒增病痛；吟誦詩篇，亦未能消解愁懷。尾聯借用屈原〈漁父〉之典故，所謂「暫借魚鉤」，不過是曲折表白「仕隱之躊躇」。其二十八首云：

長憶青山下，深居遂性情。疊階溪石淨，繞竹竈煙輕。
點筆圖雲勢，彈琴學鳥聲。今朝知縣印，夢裏百憂生（其二十八）

此詩回憶曩昔山居生活之適性。起聯寫往昔山居，隨性自在；深感今日為官，百憂迭生。頷聯寫居家環境，謂溪石乾淨，堆疊如階；竈頭清煙，繞竹飄揚，煞是美好。頸聯寫生活情趣，謂常圖繪雲勢，撫弄琴絃，模擬鳥聲。尾聯感嘆今日掌管縣印，無法自在。即令夢中，亦百憂叢生。又第二十九首云：

自知狂僻性，吏事固相疏。祇是看山立，無因出縣居。
印朱沾墨硯，戶籍雜經書。月俸尋常請，無妨乏斗儲。（其二十九）

此詩自悔性格不適官場。起聯謂己生性疏狂孤僻，本就疏於吏事。頷聯謂受制于縣務，不能出門，只能看山聳立。頸聯謂印朱沾到墨硯，戶籍也夾雜經書。尾聯月俸經常請領，即無存糧，亦非困乏。

又第三十首云：

作吏無能事，為文舊致功。詩標八病外，心落百憂中。
拜別登朝客，歸依鍊藥翁。不知往還內，誰與此心同。（其三十）

此詩自嘲無作吏之能。起聯謂己作吏，實非能事。唯於文章，仍有功力。頷聯自詡為詩，不犯「八病」，詩心充滿憂患。頸聯寫拜別上官來訪，仍是歸依鍊藥老翁。尾聯自嘲，謂不知來往朋輩之中，何人與我心境相同？

伍、〈武功縣中作〉三十首之內涵與寫作特色

一、縣居生活之寫真

從姚合〈武功縣中作〉三十首之整體內涵來看，其寫作重點在「縣居生活」與「為官境況」兩方面。關於縣居生活，姚合以「縣去帝城遠，為官與隱齊」兩句總述對於武功縣之感，以「馬隨山鹿放，雞雜野禽棲」、「繞舍唯藤架，侵階是藥畦」、「夜犬因風吠，鄰雞帶雨鳴」這些詩句，細膩描繪武功縣之荒僻。

姚合幽居在武功縣這個荒僻的環境裡，與縣民互動頻繁；從「鄰里皆相愛，門開數見過」、「吏來山鳥散，酒熟野人過」、「野客嫌杯小，山翁喜枕低」、「驚禽時並起，閑客數相逢」這些詩句，都不難檢證。此外，姚合也與僧侶極為親近，僅此三十首之中，即有三首提及尋僧訪寺之內容。

姚合〈武功縣中作〉對其生活描述之深細，甚至買柴、賒酒、抄書、掃舍這些細小事件，皆寫入

詩句。例如「小市柴薪貴，貧家砧杵閑」，述及買柴；「宦名渾不計，酒熟且開封」，述及好酒；「齋心調筆硯，唯寫五千言」，述及抄書；「掃舍驚巢燕，尋方落壁魚」，更述及打掃房舍。

姚合也在詩中描述郊外散心。煙霞美景，必往遊觀；月夜城樓，亦必玩賞。天朗氣清，固然出門；風雪天氣，亦不錯過。再由「到官無別事，種得滿庭莎」二語，可知蒔花種藥，為其經常進行之休閒活動。復由「引水遠通澗，疊山高過城」、「移山入縣宅，種竹上城牆」諸語，可知姚合為了營構園林，假日忙得不亦樂乎。

〈武功縣中作〉三十首更寫到姚合當時詩歌創作情形。例如「秋涼送客遠，夜靜詠詩多」，為送客後作詩；「夢覺空堂月，詩成滿硯冰」，為寒夜夢醒作詩；「好是吟詩夜，披衣坐到明」，為夜闌人靜時，獨坐吟詩；「聽琴知道性，尋藥得詩題」，為上山尋藥時作詩；對於姚合擔任主簿期間之詩歌創作，也作了翔實之記錄。

此外，姚合更在「鬢髮寒唯短，衣衫瘦漸長」，述及鬢短、身瘦；在「白髮誰能鑷，年來四十餘」述及髮白、在「愁臥疑身病，貧居覺道寬」、「因病多收藥，緣溪學釣魚」、「久貧還易老，多病懶能醫」等句中，多次提及貧病。總之姚合〈武功縣中作〉三十首對其縣居三年生活之描述，已至鉅細靡遺之地步。

對此清・翁方綱頗不以為然，認為姚合詩「恬淡近人，而太清弱，抑又太盡」（《石洲詩話》卷二）清・紀昀《瀛奎律髓批語》也抨擊：「武功詩欲求詭僻，固多瑣細之景，以避前人蹊徑。佳處雖有，而小樣處太多。」（卷十姚合〈游春〉批語）；然而，姚合這種寫作態度，卻與眾多中晚唐種多貧窮文士之生活形態極為接近，而成為晚唐苦吟詩人競相模仿之典範。

二、寥落官況之吐露

至於「官況寥落」方面，姚合在〈武功縣中作〉中坦承擔任主簿，態度閒散，任事不勤。例如他說：「簿書多不會，薄俸亦難銷」、「愛閑求病假，因醉棄官方」、「每旬常乞假，隔月探支錢」、「往還嫌詩癖，親情怪酒顛」，凡此均為最佳詩證。此外，他多次提到「醉臥慵開眼，閒行懶繫腰」、「性疏常愛臥，親故笑悠悠。縱出多攜枕，因衙始裹頭」，這種情況，對於一個地方官員而言，的確極不尋常。

姚合在〈武功縣中作〉中，自覺個性方拙，不適官場，例如他說：「漫作容身計，今知拙有餘」。又自承生性狂僻、任事無能，自謂：「自知狂僻性，吏事固相疏」、「唯尋向山路，不寄入城書」。身為官員，卻有如作客，自云：「微官長似客，遠縣豈勝村？」再從「今朝知縣印，夢裏百憂生」、「故人多得路，寂寞不相稱」這些詩句中，不難獲知，他位居主簿其實內心十分抑鬱。有謂：「官卑食肉僭，才短事人非」；因為「一官無限日，愁悶欲何如」所以，在此情境之下，不愁他事，「唯愁明早出，端坐吏人旁」。

姚合在前輩詩人中深受王維、劉長卿、大曆十才子、皎然詩風之啟導；在同輩詩人之中，又受到賈島奇僻、張籍雅淡詩風之影響，追求一種閒淡、清峭之詩風，而且具有隱逸傾向。在「青衫迎驛使，白髮憶山居」、「長羡劉伶輩，高眠出世間」、「齋心調筆硯，唯寫五千言」、「淨愛山僧飯，閑披野客衣」，這些詩聯中，可以看出姚合對於送往迎來的吏事，深感厭煩；明白表示一種「出離世間」的意向。甚至在「早作歸休記，深居養此身」、「野客教長醉，高僧勸早歸」、「謀身須上計，終久是歸田」、「道友應相怪，休官日已遲」、「須為長久計，歸去自耕鋤」、「慇勤問漁者，暫借手中鉤」這些詩聯中，吐露歸隱之意。

雖然如此，姚合對於自己的寫作才能，還是深具信心，自詡「作吏無能事，為文舊致功」。武功縣之官況寥落，使姚合萌生歸隱之想。只是「三考千餘日，低腰不擬休」，三年考評既然未到，也不能任由自己決定。只是「道友應相怪，休官日已遲」。就在此種種情況，姚合甚至產生「舊國蕭條思，青山隔幾重」之思鄉情懷。

三、精巧詩聯之製作

昔劉勰《文心雕龍》有云：「若乃山林皋壤，實文思之奧府。」又謂：「吟詠所發，志惟深遠。體物為妙，功在密副。」如就此一理論角度考察姚合詩，可以看出：姚合五律在摹景、寫意兩方面最具特色。姚合因方借巧，冥收物象，務求古人所未到。專在深細下工夫。其論詩之句如〈寄馬戴〉謂：「新詩此處得，清峭此應稀。」、〈和令狐六員外〉謂：「吟詩清美招閒客，對酒逍遙臥直廬。」詩中的「清」字、「峭」字皆有評價意識，自有其理論意義在。

如果從技巧的層面來看，姚合在〈武功縣中作〉三十首中，的確製作不少膾炙人口之名聯。例如：「馬隨山鹿放，雞雜野禽棲」、「移花兼蝶至，買石得雲饒」、「吏來山鳥散，酒熟野人過」、「夢覺空堂月，詩成滿硯冰」、「秋燈照樹色，寒雨落池聲」、「聽琴知道性，尋藥得詩題」、「移山入縣宅，種竹上城牆」、「淨愛山僧飯，閑披野客衣」、「掃舍驚巢燕，尋方落壁魚」、「疊階溪石淨，繞竹竈煙輕」等等，都有不少詩論家提出討論。

姚合詩少文飾、貴白描。自詡「詩標八病外，心落百憂中」，以描寫心中情、眼前景為主；所製聯語，皆以苦吟鍛鍊而來。例如：〈武功縣中作〉三十首中「到處貧隨我，中年老趁人」一聯，其妙處即在「趁」字。按：趁，追趕也。著一「趁」字，「久居貧賤，老而無成」之意全出。又如：「小市柴薪貴，貧家砧杵閑」，其妙在「貴」字、「閒」字，「無錢買薪，無衣可擣」之意全出。又如：「可曾衙小吏？恐為踏青苔。」李懷民極為讚賞「衙」字，認為這是：「活字」，又對於落句之「高絕」，擊節讚賞，認為「即倪雲林：『不使踐壞青苔』意」。又如：「聽琴知道性，尋藥得詩題」一聯，方回評為：「閒適之味可掬。」（《瀛奎律髓》卷之六）諸如此類，不勝枚舉。

清李懷民在《重訂中晚詩主客圖》中，對於〈武功縣中作〉三十首之名句，有不少讚語，抄錄數條，以為例證：

「官卑食肉僭，才短事人非。」李懷民曰：「諧中見傲。」

「病多唯識藥，年老漸親僧。」李懷民曰：「名句。」

「夢覺空堂月，詩成滿硯冰。」李懷民曰：「苦搜可想。」

「醉臥唯知叫，閑書不著行。」李懷民曰：「此等過真樸，須善學。」

「野客嫌杯小，山翁喜枕低。」李懷民曰：「愈質愈妙，然須善學。」）

「移山入縣宅，種竹上城牆。」李懷民曰：「忙得妙。」

「養閒宜僻縣，說品喜官微。」李懷民曰：「諧處見傲。」

「掃舍驚巢燕，尋方落壁魚。」李懷民曰：「此為匠物。」[二十三]

姚合在這些聯語中，完全使用淺顯字句，或從兩聯之對照，或以語序之倒裝，或自上下聯對等關係，摹寫出新穎之物象，或產生新警之語意。的確是「刻意苦吟，冥搜物象，務求古人體貌所未到。」當然，也不乏失敗之例子，例如：「夜犬因風吠，鄰雞帶雨鳴」即因上下聯在邏輯上無法並立，被李懷民批評為：「對不過。」再如：「點筆圖雲勢，彈琴學鳥聲」一聯，因與情理不甚切和，而被李懷民評為：「句不佳。」

[二十三] 以上批語，參見清．李懷民《重訂中晚唐詩主客圖》卷上。

陸、〈武功縣中作〉三十首評議

姚合創作〈武功縣中作〉三十首時大約四十歲上下，與此性質相近的詩組尚有〈閒居遣懷〉十首、〈游春〉十二首，這些表現「多歷下邑、官況蕭條、山縣荒涼、風景凋蔽」生活與感想之作，後世論者概以「武功體」稱之。

姚合罷武功縣主簿之後，在富平、萬年縣但任縣尉，而兩地地皆在京兆府；隨後雖也曾在金州、洛陽、杭州任職，可是大部分時間都在長安。隨著宦途發展，閱歷增加，姚合在生活形態、人格精神以及苦吟之創作態度卻無太大變化，整體詩風一如往常。今傳《姚合詩集》卷五至卷七，大約百首作品，仍以摹寫自然景物、寺觀亭台及吏事官況作為主要題材，即使酬和、題贈之作，亦復如此。

雖然後世許多詩論家對「武功體」詩提出若干疵議，例如元．方回《瀛奎律髓》卷一〇姚合〈游春〉批語有云：「予謂詩家有大判斷、小結裹。姚合之詩專在小結裹⋯又所用料不過花、竹、鶴、僧、琴、藥、茶、酒，于此凡物，一步不可離，而氣象小矣。是故學詩者必以老杜為祖，乃無偏僻之病云。」[二十四]但是方回還是在《瀛奎律髓》這部大型的律詩選集之中，收錄了姚合五律三十九首，七律三首。就數量而言，不能算少。

[二十四]元．方回《瀛奎律髓》卷一〇姚合〈游春〉批語，參見李慶甲集評校點《瀛奎律髓彙評》，（上海古籍出版社，一九八六年四月）頁三四〇。

明・胡震亨《唐音癸籤》卷七亦謂：「姚祕監詩洗濯既淨，挺拔欲高。得趣於浪仙之僻，而運以爽亮；取材於籍、建之淺，而媚以蒨芬：殆兼同時數子，巧撮其長者。但體似尖小，味亦微醴，故品局中騶爾。」[二十五]胡震亨點出姚合「洗濯既淨，挺拔欲高」之創作企圖，也連結了姚合與賈島、張籍、王建詩風之影響關係，巧撮其長，兼有三家之美。在認可姚合之餘，也不忘提示缺失，論見十分持平。

這些批評不無道理，但是姚合在〈武功縣中作〉中，所呈現之隱逸趣尚、閒適之境、蕭散達觀諸特質，還是構成極為獨特之詩歌風貌。〈武功縣中作〉中，那種寓雕琢於閒淡之作法，還是對於眾多期艱辛求仕之文士產生極大吸引；而所謂「武功體」詩也成為寫作典範，在晚唐苦吟詩人間流傳，而且在一定程度上影響到他們的創作取向。

自穆宗長慶至文宗開成間，是姚合詩歌成就最受時人肯定之時段，詩壇地位尊崇，齊己在〈還黃平素秀才卷〉謂：「冷澹聞姚監，精奇見浪仙。」已將姚合賈島並列齊名；姚合杭州刺史任內，在詩壇尤為活躍，一些後輩詩人，如韓湘、劉得仁、周賀、方干、李頻、鄭巢，皆曾得其提攜。眾多生活理念類似、創作觀念相同之仰慕追隨者，圍繞週邊，儼然形成一個文學群體。

更值得注意的是姚合在文宗開成二年（八三七）秋初，在朝任諫議大夫時，曾選取王維、祖詠、李端、耿湋、盧綸、司空曙、錢起、郎士元、韓翃、暢當、皇甫曾、李嘉祐、皇甫冉、朱放、嚴維、

[二十五] 見明・胡震亨《唐音癸籤》卷七（世界書局，一九八五年十一月）頁六〇至六十一。

劉長卿、靈一、法振、皎然、清江、戴叔倫等二十一位詩人詩作百首，成為《極玄集》。姚合在前序中謂：「此皆詩家射鵰之手也。合於眾作中更選其極玄者，庶免後來之非。」另據《新唐書》卷六〇《藝文志》四，載有姚合《詩例》一卷。《極玄集》及《詩例》之編撰，既揭示自身詩學淵源，對於後進詩人而言，也有「垂範後昆」之意。晚唐詩人鄭谷在〈故少師從翁隱岩別墅亂後榛蕪感舊愴懷遂有追憶〉云：「近將姚監比，僻與段卿親。」自注：「姚秘監合主張風雅後，孤卿一人而已」提及位居秘書少監時期的姚合有「主張風雅」之地位，此亦姚合在晚唐詩壇位望尊崇之見證。

柒、結語

姚合以〈武功縣中作〉三十首贏得千秋之名，並且在晚唐詩壇居有一席之地。其獨善其身、流連風物之「閒適情懷」以及清峭卻不流於僻澀之詩歌風格，實為受到後代詩論者尊崇之主因。

身為縣級官員，姚合在〈武功縣中作〉中多次談到種藥、修道、養生這些直接與吏事相左的內容，將吏人之隱逸生活作了深細之描摹，其生活圖景，其實與一般處士並無差異；其閒適情懷，亦非聽訟之餘的生活調適，其實已至「玩忽職守」、「尸位素餐」之地步。姚合在〈寄永樂長官殷堯藩〉有云：「故人為吏隱，高臥簿書間。遶院唯栽藥，逢僧只說山。此宵歡不接，窮歲信空還。何計相尋去，嚴風雪滿關。」由姚合對殷堯藩之忻慕，及其他同官友人隱逸生活之欣賞，即可獲悉姚合十分認同自大曆以來、流行於官員間的「隱於吏中」或者「以吏為隱」之生活理想。

關於此一議題，日本學者赤井益九、大陸學者蔣寅皆曾針對「吏隱」做過精彩研究。[二十六]唐代詩人「詩意地棲居在衙衛、郡齋」，以吏事、宦情為題旨，亦復不少。文士從政之心態與困境，侯迺慧教授於多年前所作有關「郡齋詩」之研究，曾提及文士從政卻寫些閒暇主題，原因有很多種：或有可能是民風純樸或太平盛世，以致鮮少訟獄；或有可能是官員本身性格；更有可能是官員對政途失意所做之「委婉美化的抗拒」。[二十七]

從姚合〈杭州官舍偶書〉：「無數理人人自理，朝朝漸覺簿書稀」係以樸民自化解釋其閒適；從姚合〈武功縣中作〉其二云：「自知狂僻性，吏事固相疏」則是自供生性狂僻。姚合在〈武功縣中作〉雖曾說過「宦名渾不計」，但是也曾抱怨：「一官無限日，愁悶欲何如？」；身為主簿，卻「簿書多不會」、「簿籍誰能問」；「作吏無能事」之言，竟也能說出口，所以，姚合在詩中呈現的其實是十分複雜之情懷。〈武功縣中作〉三十首除了對吏隱主題之深化，其實也對晚唐文士從政心態與困境，作了極其深刻之展示。

二十六　詳見蔣寅〈『武功體』與『吏隱』主題的發展〉，文載於《揚州大學學報》（哲社版第四卷第三期），二〇〇五年六月。

二十七　詳見侯迺慧〈唐代郡齋詩所呈現的文士從政心態與困境轉化〉，文載於《國立政治大學學報》七十四期，頁一至三十七，民國八十六年四月出版。

第五章　賈島系苦吟詩人群象

——以寒苦、奇僻為表現主軸

壹、事島如佛——李洞

李洞（?—八九七?），字才江，諸王之孫，載籍對李洞之記述不多[一]，關於李洞籍貫，辛文房《唐才子傳》卷九謂為：「雍州人。」恐誤。吳在慶據李洞相關詩歌及史料，推斷圭峰及李洞舊居皆在鄠縣境，則李洞似應為京兆鄠縣人[二]。李洞雖是王孫後裔，然已家道中落。此由李洞詩：「遠宦有何興，貧兄無計留。」[三]、「南歸來取別，窮巷坐青苔。」[四]、「積雪峰西遇獎稱，半家寒骨起溝塍。」[五]可

一　李洞，新舊《唐書》亦無傳。元・辛文房《唐才子傳》卷九雖有小傳，然舛誤甚多。傅璇琮主編《唐才子傳校箋》第四冊有周祖譔、吳在慶之詳考，學界對於李洞之生平，始有較清楚之認識。

二　李洞有〈圭峰溪居寄懷韋曲曹秀才〉、〈登圭峰舊隱寄薦福棲白上人〉、〈懷圭峰影林泉〉、多首詩提及故鄉圭峰，尤其〈懷圭峰影林泉〉詩謂：「吾家舊物賈生傳，入內遙分錫杖泉。鶴去帝移宮女散，更堪嗚咽過樓前。」可見圭峰是李洞故居。〈鄠郊山舍題趙處士林亭〉。附注：「圭峰在終南山」，李洞應為京兆鄠縣人。詳考見傅璇琮主編《唐才子傳校箋》第四冊，（北京：中華書局，二〇〇〇年二月第二次印刷），頁二一一至二二〇。

三　見李洞《送舍弟之山南》，《全唐詩》卷七二二，頁八二八五。

四　見李洞《早春友人訪別南歸》，《全唐詩》卷七二一，頁八二七六。

五　見李洞《感恩書事寄上集義司徒相公》，《全唐詩》卷七二二，頁八二九三。

以略知貧寒之狀。

李洞雖然家境不佳，卻仍苦吟不輟，以至廢寢忘食。其〈送醉畫王處士〉有謂：「同餐夏果山何處，共釣秋濤石在無。闕下相逢怪予老，篇章役思繞寰區。」[六]齊己《覽清尚卷》亦稱：「李洞僻相似，得詩先示師。鬼神迷去處，風日背吟時。格已搜清竭，名還著紫卑。從容味高作，翻為古人疑。」[七]可見李洞是中晚唐間深具苦吟色彩之詩人。

李洞早年生活與遊蹤，已不得其詳，然由其詩作，仍可略窺一二。李洞在〈上昭國水部從叔郎中〉一詩云：

極南極北游，東汎復西流。行匝中華地，魂銷四海秋。題詩在瓊府，附舶出青州。不遇一公子，彈琴弔古丘。[八]

可知他早年遨遊南北，東汎西流；行匝中華，壯遊天下。曾南至瓊府（今海南島之瓊州）東極青州（今山東半島之青州）。直到乙酉年，即唐懿宗咸通六年（八六五），李洞自蜀入京應試，不幸啟程過晚，延誤考期。僖宗咸通九年（八六八），高駢以安南都護拔安南，斬蠻帥段酋遷，朝廷以都護

六　見《全唐詩》卷七二二，頁八二九五。
七　見《全唐詩》卷八四〇，頁九四八八。
八　見《全唐詩》卷七二二，頁八二八四。

府為靜海軍，授高駢節度使職，加檢校尚書右僕射，李洞曾作詩贈之[九]。僖宗中和四年至光啟二年間（八八四—八八六），李洞入梓州，遊於東川節度使高仁厚之幕。

李洞舉業惟艱，至昭宗時多次應舉落第。大順二年（西元八九一年），禮部侍郎裴贄二度知貢舉，洞獻詩云：「公道此時如不得，昭陵慟哭一生休。」結果仍然落榜。《唐才子傳》稱李洞落第之後，「失意流落，往來寓蜀而卒。」考李洞在大順二年之後，尚有多首詩篇流傳。《新唐書・昭宗紀》乾寧三年（八九六）正月記：「癸丑，王建陷龍州，刺使田昉死之。」則李洞〈送龍州田使君舊詩家〉應在此年之前。

其後李洞又有〈亂後龍州送鄭郎中兼寄鄭侍御〉[十]、〈龍州韋郎中先夢六赤後因打葉子以詩上〉等詩，後者詩題之「龍州韋郎中」，即韋貽範。據史料所載，王建乾寧三年（八九六）正月陷龍州，韋貽範似即接田昉者；至昭宗光化元年（八九八）左右，韋貽範以前龍州刺史知中書制誥。由此時間關係來看，則李洞之卒，似在昭宗乾寧四年（八九七）後不久[十一]。

李洞工詩，酷慕賈島，曾鑄賈島銅像，事奉如神。常持數珠念賈島佛，一日千遍。五代・王定保

[九] 李洞《上靈州令狐相公》一詩，《文苑英華》卷二六二作《贈高僕射自安西赴闕》，據陶敏所考，「高僕射」即高駢。參見傅璇琮主編《唐才子傳校箋》第五冊，（北京：中華書局，二〇〇〇年二月第二次印刷），頁四六十三。又氏所著《全唐詩人名考證》，（西安：山西人民出版社，一九九六年八月），頁九五九。

[十] 見《全唐詩》卷七二二，頁八二八二。

[十一] 詳參考吳在慶《李洞卒年》一文，載氏所著《唐五代文史叢考》，（江西：江西人民出版社，一九九五年十月第一版），頁四十五。

《唐摭言》卷十記載：

> 李洞，唐諸王之孫也，嘗遊兩川，慕賈閬仙為詩，銅鑄為像，事之如神。時人但誚其僻澀，而不能貴之其奇峭。唯吳子華深知之。[十二]

此外，計有功《唐詩紀事》卷五八、孫光憲《北夢瑣言》卷七，皆有類似記錄。辛文房《唐才子傳》卷九又謂：「人有喜賈島詩者，洞必手錄島詩以贈，叮嚀再四曰：『此無異佛經，歸焚香拜之。』其仰慕一何如此之切也！」又謂洞：「嘗集賈島警句五十聯，及唐諸人警句五十聯，為《詩句圖》。自為之序。」

李洞之瓣香賈島，從以下詩篇，也可驗證。如其〈賦得送賈島謫長江〉云：

> 敲驢吟雪月，謫出國西門。行傍長江影，愁深汨水魂。筇攜過竹寺，琴典在花村。飢拾山松子，誰知賈傳孫？[十三]

按此為李洞於賈島之謫居長江，深有所感，乃模仿賈島筆調，賦詩一首。首聯賦賈島騎驢吟雪，西出國門，謫居長江縣。頷聯設想其赴任路途，謂其行傍長江，形單影孤；愁怨之深，有若屈原。頸

[十二] 引自陳伯海《唐詩論評匯編》頁一四〇〇至一四〇二。

[十三] 見《全唐詩》卷七二一，頁八二七三。

聯寫其手拄笻杖，往詣竹寺；身攜琴典，走訪花村。結聯謂其飢拾松子，一如山隱，誰知其為賈太傅裔孫？

按：賈島之謫長江，豈可與屈原賈誼相比？因為李洞愛好賈島詩，所以將他與屈賈同列，由此益知李洞之極讚。此詩不論體製、遣詞、格調，都有賈島之痕跡。又其〈賈島墓〉云：

一第人皆得，先生豈不銷。位卑終蜀士，詩絕占唐朝。旅葬新墳小，魂歸故國遙。我來因奠灑，立石用為標。[十四]

按此詩前半感歎一第人皆能得，先生豈不銷其遺恨？蓋名位雖卑、一生蜀士；然詩作之工，已冠絕唐朝矣。後半感歎其死葬異鄉，英魂難歸。乃造陵墓，祭奠灑掃，立石為標，以示尊崇矣。又其〈題晰上人賈島詩卷〉云：

賈生詩卷惠休裝，百葉蓮花萬里香。供得半年吟不足。長須字字頂司倉。[十五]

按此詩前半贊頌賈島之詩卷有惠休（按：即湯惠休）之莊嚴；如百葉蓮花，香傳萬里。下半謂此詩卷雖經半載清供，猶感不足禮敬，當須字字追頂，奉之如佛，誦之如經也。又其〈過賈浪仙舊地〉云：

[十四] 見《全唐詩》卷七二一，頁八二八七。
[十五] 見《全唐詩》卷七二一，頁八三〇一。

鶴外唐來有謫星，長江東注冷滄溟。淨搜松雪仙人島，吟歇林泉主簿廳。
片月已能臨榜黑，遙天何益抱墳青。年年誰不登高第？未勝騎驢入畫屏。[十六]

此詩首聯將賈島喻為謫仙，謂其乘鶴自天外來唐；自其謝世，長江依舊東流滄溟。頷聯寫賈島蒐盡松雪詩境於仙人之島，吟歇於林泉於主簿之廳。頸聯寫片月已臨榜而黑，遙天猶抱墳而青。結聯感慨年年皆有登第者，實不如賈島之騎驢成仙，盡入畫屏，為後世所崇重。

辛文房《唐才子傳》載：「洞詩逼真於島，新奇或過之。時人多誚其僻澀，不貴其卓峭。惟吳融賞異。」（《唐才子傳》卷九）。有關李洞詩逼似賈島之處，清．李懷民《重訂中晚唐詩主客圖》下卷，引錄數十例證，如：李洞〈贈唐山人〉頸聯：「千年繞松屋，半夜雨連溪。」李懷民評曰：「二語正得無本格力。」李洞〈郭補闕山居〉頷聯：「馬飢餐落葉，鶴病曬殘陽。」李懷民評曰：「清瘦，得無本之髓。」李洞〈鄠郊山舍題趙處士林亭〉頷聯：「四五百竿竹，二三千卷書。」李懷民評曰：「此從賈派變出，句法亦變，然止可偶為之。」李洞〈送安撫從兄夷偶中丞〉頷聯：「河橋吹角凍，嶽月捲旗圓。」李懷民評曰：「極追賈師，並用其韻。」李洞〈弔草堂禪師〉頷聯：「貯瓶經臘水，響塔隔山鐘。」李懷民評曰：「（上句）從『銅瓶結夜澌』來，勝『殘蹤傍野泉』。（下句）從『窗度雪樓鐘』來。勝『層塔當松吹』。」再如：

十六 見《全唐詩》卷七二一，頁八三〇四。

齒因吟後冷，心向鏡中圓。（〈送遠上人〉）
臥語身粘蘚，行禪頂拂松。（〈宿鳳翔天柱寺窮易元上人院〉）
樹沈孤島遠，風逆蹇驢遲。（〈下第送張霞歸覲江南〉）

皆為精心結撰，風格奇峭，一如賈島。古代論者，大多譏其僻澀，不貴其奇峭。雖然如此，李洞之詩作，富於琢鍊，頗多佳句。明．胡震亨《唐音癸籤》卷八稱其：「雖學賈島，要為自具生面，所恨刻求新異，艱僻良苦耳。〈終南〉一篇，中葉來長律僅覯。恐閬翁亦未辨也。」其說甚是。

貳、詩造玄微——清塞

周賀（生卒年不詳），字南卿，東洛（今河南洛陽）人。[十七]據周賀〈留別南徐故人〉一詩，知其曾經客居南徐（今江蘇鎮江市）三年。周賀早年隱於嵩陽少室山，其後在廬岳為僧，法號清塞。由其〈秋晚歸廬山留別道友〉云：「廬岳臨天好息機。」〈旅懷〉云：「雪通廬岳夢，樹匝草堂身。」可以為證。

[十七] 周賀之生平事蹟，見於《唐摭言》卷十、《唐詩紀事》卷七十六、《郡齋讀書志》卷四中、《唐才子傳》卷六。《新唐書．藝文志》集部著錄《周賀詩》一卷，《郡齋讀書志》、《直齋書錄解題》均有著錄。《全唐詩》卷五〇三編其詩為一卷。《全唐詩補編．續拾》卷二十八補四句。

敬宗大和八、九年（八三四—八三五）間，姚合出任杭州刺史，清塞曾攜卷投謁；姚合聞其哭僧詩，[十八]大加賞愛，命加冠巾，自此還俗為文士。其還俗之因緣，頗類賈島。據其〈秋宿洞庭〉：「一官曾白首」可證周賀晚年曾經出仕，只是仕履不詳。

姚合為其重要詩友，《全唐詩》卷五〇三收錄周賀投贈姚合詩五首，分別是：〈留辭杭州姚合郎中〉、〈寄姚合郎中〉、〈贈姚合郎中〉、〈上陝府姚中丞〉、〈晚秋江館書事寄寄姚郎中〉。另有〈送朱慶餘〉、〈同朱慶餘宿翊西上人房〉、〈贈朱慶餘校書〉等詩；方干也有〈滁上懷周賀〉酬寄，由此不難獲知周賀詩友往來情形。其〈贈姚合郎中〉有云：

> 望重來為守土臣，清高還似武功貧。道從會解唯求靜，詩造玄微不趁新。
> 玉帛已知難撓思，雲泉終是得閒身。兩衙向後長無事，門館多逢請益人。

此詩為初訪姚合所作，詩中對姚合德望高崇，已成重臣，猶能守貧，深致敬意。又謂其居暇會解道義、詩造玄微，萬分崇仰。再看〈上陝府姚中丞〉有云：「領郡只嫌生藥少，在官長恨與山疏。成家盡是經綸後，得句應多諫諍餘。」仍是干謁語氣。由於姚合對周賀詩才十分賞愛，使得與姚合會宿、題詠。此由〈留辭杭州姚合郎中〉：「會宿逢高士，辭歸值積霖。」〈寄姚合郎中〉：「分題得客少，

十八 按：此詩即〈哭閑霄上人〉。詩云：林逕西風急，松枝講鈔餘。凍髭亡夜剃，遺偈病時書。地燥焚身後，堂空著影初。弔來頻落淚，曾憶到吾廬。」《全唐詩》五〇三，頁五七二四。

著價買書高。」不難獲悉細節。

姚合之外，賈島也是周賀重要詩友。現存周賀詩作，有〈出關寄賈島〉、〈出關後寄賈島〉兩首投贈，都是描述離情。茲以〈出關後寄賈島〉為例：

故國知何處，西風已度關。歸人值落葉，遠路入寒山。多難喜相識，久貧寧自閒。唯將往來信，遙慰別離顏。[十九]

此詩不論詩體、語氣、格調，都神似賈島，置之賈島詩集，實難分辨。

周賀與賈島都曾有僧徒經歷，因此作風與賈島十分相似，喜歡選擇僧徒生活題材。雖然存詩不到百首，確有高達二十五首寄贈僧徒、或者留僧、宿寺之作。如〈贈胡僧〉：「瘦形無血色，草履著行穿。閒話似持咒，不眠同坐禪。背經來漢地，袒膊過冬天。情性人難會，遊方應信緣。」短短數語，即能掌握胡僧之狀貌、穿著、言語、行止，寫得生動傳神；〈休糧僧〉：「一齋難過日，況是更休糧？養力時行道，聞鐘不上堂。惟留煨藥火，豈寫化金方？舊有山廚在，從僧請作房。」寫僧徒絕食修行，非有僧徒經驗，不易寫出此類題材。再如：

行齋罷講仍香氣，布褐離床帶雨痕。夏滿尋醫還出寺，晴來曬疏暫開門。（〈贈神遘上人〉）

十九　見《全唐詩》卷五〇三，頁五七二五。

松吹入堂資講力，野蔬供飯爽禪身。他年更息登壇計，應與雲泉作四鄰。（〈贈僧〉）

齋床幾減供禽食，禪徑寒通照像燈。覓句當秋山落葉，臨書近臘硯生冰。（〈寄金陵僧〉）

草履初登南客船，銅瓶猶貯北山泉。衡陽舊寺秋歸後，院鎖寒潭幾樹蟬。（〈送僧〉）

這些詩句，所寫不外僧徒日常生活場景，卻正是周賀親身的經歷。〈送僧〉一首，以七絕成詩，用字雖簡，意韻卻長。

就詩歌體制來看，周賀詩五、七言各居其半，五律最為出色。其詩歌內容，仍以酬贈、言懷、鄉居、題詠、宿寺、尋僧題材為多。值得注意的是：周賀詩深受賈島影響。像〈與崔弇話別〉：「歸思緣平澤，幽齋夜話遲。人尋馮翊去，草向建康衰。雨雪生中路，干戈阻後期。幾年方見面，應是鑷蒼髭。」這樣的五律，不止句法酷似賈島，情韻也相去不遠。類似〈送耿山人歸湖南〉：「南行隨越僧，別業幾池菱。兩鬢已垂白，五湖歸挂罾。夜濤鳴柵鎖，寒葦露船燈。去此應無事，卻來知不能。」這樣的作品，就算放在《賈島長江集》之中，也傑作。再如：〈題何氏池亭〉：「信是虛閒地，亭高亦有苔。繞池逢石坐，穿竹引山回。果落纖萍散，龜行細草開。主人偏好事，終不厭頻來。」頷聯「繞池逢石坐，穿竹引山回。」之寫景清雅，頸聯「果落纖萍散，龜行細草開。」之琢句精深，簡直便是賈島詩之翻版。「沼遞早秋路，別離深夜村。伊流背遠客，岳響答清猿。」（〈出關寄賈島〉）、「屋雪凌高燭，山茶稱遠泉。夜清更徹寺，空闊雁銜煙。」（〈同朱慶餘宿翊西上人房〉）「越信楚城得，遠懷中夜興。樹停沙島鶴，茶會石橋僧。」（〈贈朱慶餘校書〉）「寒僧回絕塞，夕雪下窮冬。」（〈送省己上人歸太原〉）、「雪屋凌高燭，山茶稱遠泉。」（〈同朱慶餘宿翊西上人房〉）、「辭僧下水棚，因夢嶽鐘聲。」（〈送僧還南嶽〉）、「落木孤猿在，邱廷積霧深。」（〈山居秋思〉）、「樹寒稀宿鳥，山迴少來僧。」（〈冬日山居鄉〉）等句，在詩風的表現上，都神似賈島。

唐・張為《詩人主客圖》在「清奇雅正主」李益下「入室」者十人，其二為僧清塞；其九為僧無可，其「升堂」者七人，其四正是賈島。王定保《唐摭言》卷十稱其：「詩格清雅，與賈長江、無可上人齊名。」宋・計有功《唐詩紀事》也有類似記載。如從上述之分析來看，實不難獲得驗證。

參、五老榜上苦吟人—曹松

曹松，字夢徵，舒州（今安徽潛山）人，生平資料不多[二十]。懿宗咸通中，嘗遊湖南、廣州等地。僖宗乾符二、三年（西元八七五—八七六年）間，曾依建州刺史李頻。李頻卒後，遂流落江湖間，避亂洪州西山。唐昭宗光化四年（九〇一年），始於禮部侍郎杜德祥下，獲登進士第。當時新及第進士

二十　曹松事蹟，僅見於《唐詩紀事》卷六十五、《郡齋讀書志》卷一八、《唐才子傳》卷十零星記載。

陳光問年六十九，曹松年五十四，王希羽年七十三，劉象年七十，柯崇年六十四，鄭希顏年五十九。[二十一]由於曹松與王希羽、劉象、柯崇、鄭希顏五人皆年華老大，時號「五老榜」，昭宗特敕授校書郎。未幾卒。

曹松賦性疏野方直，不諳俗事，尤拙於仕宦。由其〈秋日送方干游上元〉、〈九江送方干歸鏡湖〉、〈贈鏡湖處士方干二首〉、〈寄方干〉、〈送進士喻坦之游太原〉、〈山中寒夜呈進士許棠〉、〈都門送許棠東歸〉、〈哭陳陶處士〉、〈廬山訪賈匡〉、〈薦福寺贈應制白公〉，裴說〈寄曹松〉諸詩，可以考知曹松與方干、喻坦之、許棠、陳陶、胡汾、賈匡、棲白、裴說等人，都有來往。

曹松學賈島為詩，而且富於「苦吟」精神。例如在〈崇義里言懷〉云：

> 馬蹄京洛岐，復此少閒時。老積滄洲夢，秋乖白閣期。平生五字句，一夕滿頭絲。把向侯門去，侯門未可知。[二十二]

〈言懷〉云：

> 冥心坐似癡，寢食亦如遺。為覓出人句，祇求當路知。豈能窮到老，未信達無時。此道須天付，

[二十一] 詳見宋．洪邁《容齋三筆》卷七《唐昭宗恤錄儒士》條所考。

[二十二] 見《全唐詩》卷七一六。

三光幸不私。[二十三]

〈金陵道中寄〉云：

忍苦待知音，無時省廢吟。始為分路客，莫問向隅心。嶠翠藏幽瀑，枝風下曉禽。憶君秋欲盡，馬上秣陵砧。[二十四]

由此三詩，不難獲悉曹松身處衰世，卻勉力寫詩，「為覓出人句，祇求當路知」。由其〈書懷〉：「默默守吾道，望榮來替愁。吟詩應無罪，當路卻如讎。」來看，也真是充滿辛酸！不過，如此苦學，也的確得到時人的呼應，例如齊己就曾在〈寄曹松〉詩中讚嘆：「舊製新題削復刊，功夫過甚琢琅玕。」（《白蓮集》卷七）。元・辛文房《唐才子傳》也盛稱曹松：「學賈島為詩，深入幽境，然無枯淡之癖。」

曹松深得賈島為詩訣竅，可由其煉字功夫，窺得端倪。像：「林殘數枝月，髮冷一梳風。」（〈晨起〉），其用字之凝鍊，頗涉艱澀；而僻冷之性、閒闃之境盡出，都是賈門功夫。再看「異夜天龍蟄，應聞說葉經。」（〈觀山寺僧穿井〉）兩句十分奇險，卻極平實，只有賈島之門，才擅長這種寫法。曹松五律之頷聯、頸聯，尤不乏精緻語，抄錄數條，以為例證：

二十三　同上。
二十四　同上。

空知百餘尺，未定幾多年。古甲磨雲拆，孤根捉地堅。（〈僧院松〉）
浪勢平花塢，帆陰上柳堤。凝風藏宿翼，疊鼓碎歸蹄。（〈滕王閣春日晚眺〉）
民田侵不盡，客路踏還平。作穴蛇分蟄，依岡鹿繞行。（〈古塚〉）
野火風吹闊，春冰鶴啄穿。渚檣齊驛樹，山鳥入公田。（〈鍾陵野步〉）
山寒初宿頂，泉落未知根。急雨洗荒壁，驚風開靜門。（〈訪山友〉）

這些詩句肯定經過千錘百鍊，故能於平字見奇、常字見新；雖寫尋常景致，卻清切可玩、美不勝收。其〈夏日東齋〉：「三庚到秋伏，偶來松檻立。熱少清風多，開門放山入。」寫三伏天獨立松檻，與自然契合無間之閒情；「開門放山入」句，正是王安石「兩山排闥送青來」之嚆矢。

後世論者對曹松詩頗多摘句評述，例如明．楊慎在《升菴詩話》卷十摘述：「華嶽影寒清露掌，海門風急白潮頭。」一聯，認為有「中唐之意」。而「白浪吹亡國，秋霜洗太虛。」、「吸回日月頓千頃，鋪盡星河剩一重。」、「城頭早角吹霜盡，郭裏殘潮蕩月回」等句，更獲得胡震亨之賞識，謂其：「致語似項斯，壯言似李洞。」，並云：「點綴未遠，賴此名場一叟。」（《唐音癸籤》）。

僖宗廣明元年（八八〇年）八月，黃巢入長安，僖宗奔蜀，至光啟元年（八八五年）使還京（詳見《資治通鑑》及新舊《唐書．僖宗紀》），誠如曹松〈言懷〉所慨嘆：「出山不得意，謁帝值戈鋋。豈料為文日，翻成用武年。」也許是受到時代氣氛的激發，曹松寫下他最一生最受注目的〈己亥歲〉兩首：

澤國江山人戰圖，生民何計樂樵蘇。憑君莫話封侯事，一將功成萬骨枯。

傳聞一戰百神愁，兩岸強兵過未休。誰道滄江總無事，近來長共血爭流。[二十五]

這是另一組具有「中唐之意」的傑作，尤其是第一首末句，最為膾炙人口。清・賀裳《載酒園詩話》又編譽為：「集中之最。」曹松學賈島，成為清・李懷民《重訂中晚唐詩主客圖》中「五律清真僻苦主」賈島「入室者」之一員。李懷民盛讚曹松：「刻苦深思，老志不衰，氣骨已不可及。其學賈島，亦專攻近體。雖生末世，詩格不以氣運而降。奉為入室，以喻昆陵伯仲焉。」如從曹松之整體成就來看，確如所言。

肆、體澀思苦——馬戴

馬戴，（生卒年不詳），[二十六]字虞臣，舊謂華州（今陝西華縣）人，[二十七]其實不確。因為馬戴詩屢言故鄉在「海上」，[二十八]又曾在兗州參加府試，作〈府試觀開元皇帝東封圖〉，故似為兗海人。[二十九]武

[二十五]《全唐詩》卷七一七，頁八二三八。

[二十六]聞一多《唐詩大系》定為七七五生，卒年不詳。梁超然定為咸通十年（八六九）左右。詳見傅璇琮主編《唐才子傳校箋》卷七，（中華書局，一九八七年五月出版），第三冊，頁三四〇。

[二十七]同上。馬戴舉進士屢不第，曾寓居華山，有不少詩涉及華山，或因此故，《唐才子傳》謂其華州人。

[二十八]如馬戴〈長安書懷〉云：「關中成久客，海上諸老親。」〈下第別令狐員外〉云：「便欲辭知己，貴更海上春。」〈寄賈

宗會昌四年（八四四年），與項斯、趙嘏同榜擢進士第，俱有詩名。

宣宗大中（八四七—八五九）初，任太原軍幕府掌書記，曾接濟晚唐詩人許棠，一時傳為佳話，《金華子雜編》、《唐摭言》都有紀載。但是馬戴在太原軍李司空幕下，卻以直言被斥，貶朗州龍陽（今湖南漢壽）尉。[三十]其後歷任舒州懷寧縣令、同州觀察使從事、官終國子博士。在中晚唐苦吟詩人中，際遇較佳，官望較高。

賈島、姚合與馬戴年輩相近而稍長，均為重要詩友。馬戴與賈島唱和之作，今存〈長安寓居寄贈賈島〉、〈寄賈島〉、〈懷故山寄賈島〉、〈旅次寄賈島兼簡無可上人〉、〈雒中寒夜姚侍御宅懷賈島〉、〈宿賈島原居〉（一作〈尋賈島原東居〉）等詩；而賈島也有〈馬戴居華山因寄〉、〈雨夜寄馬戴〉回贈。

其中〈長安寓居寄贈賈島〉有：「歲暮見華髮，平生志半空」、「枉道紫宸謁，妨栽丹桂叢」之句，應是馬戴赴舉試而滯居長安之感受，寫作時間較早；〈寄賈島〉又有「海上不同來，關中俱久住。尋思別山日，老盡經行樹。志業人未聞，時光鳥空度。風悲漢苑秋，雨滴秦城暮。」等語，可知作詩

島〉：「海上不同來，關中俱久住。」，《全唐詩》卷五五五。

二十九 參梁超然之考證。詳見傅璇琮主編《唐才子傳校箋》卷七，（中華書局，一九八七年五月出版），第三冊，頁三三六。另袁閭琨主編《全唐詩廣選新注集評》第八卷，作者小傳謂馬戴為海州東海人（今江蘇連雲港西南）。見該書，第八卷，（瀋陽，遼寧人民出版社，一九九四）頁五二五。

三十 在龍陽尉上，殷堯藩曾作〈有贈龍陽尉馬戴〉一詩相贈，可參。見《全唐詩》卷四九二，頁五五六四。

當時，功名仍未成就。至於其他作品，亦不乏會宿賦詠、別後寄贈之內容，可知馬戴與賈島友誼敦篤。

馬戴與姚合之交往詩，現存〈山中寄姚合員外〉、〈集宿姚殿中宅期僧無可不至〉、〈集宿姚侍御宅懷永樂宰殷侍御〉、〈寄金州姚使君員外〉五首。姚合在洛陽出任殿中侍御史，約當文宗大和元年（西元八二七年），次年返長安，仍在原職；所以馬戴所贈〈雒中寒夜姚侍御宅懷賈島〉、〈集宿姚侍御宅懷永樂宰殷侍御〉，應作於這兩年間。

文宗大和三年（西元八二九年）姚合在長安，遷戶部員外郎，所以馬戴〈山中寄姚合員外〉也作於此時。文宗大和四年（西元八三〇年）姚合在金州任刺史，〈寄金州姚使君員外〉也應作於此時。至於姚合致馬戴，想必很多，然而今傳《姚密監集》僅有〈送馬戴下第客遊〉、〈寄馬戴〉、〈喜馬戴冬夜見過期無可上人不至〉三首留存。如就相涉詩作考察，馬戴尚與許棠、顧非熊、殷堯藩、李廓、僧無可等人都有詩歌往來。

馬戴詩現存僅二卷，最擅長五律。唐．張為《詩人主客圖》曾標舉：「卻憶軒羲日，無人尚戰功。」等句，將其列為：「清奇雅正主」之升堂者。宋．嚴羽《滄浪詩話．詩評》盛讚：「馬戴在晚唐諸人之上。」元．辛文房《唐才子傳》卷七；「戴詩壯麗，居晚唐諸公之上。優遊不迫，沈著痛快，兩不相傷，佳作也。」雖然辛文房「優遊不迫，沈著痛快」之批評，未必符合實情，但可以看出宋、元論者對於馬戴詩，基本上是肯定的。

元・方回在《瀛奎律髓》選錄五首馬戴五律作品，[三十一]分別在卷四「風土類」選錄馬戴〈蠻家〉；卷二十九「旅況類」選錄馬戴〈落日悵望〉；卷三十「邊塞類」選錄馬戴〈塞下曲〉之二；卷三十五「庭宇類」選錄馬戴〈鸛雀樓晴望〉；卷三十八「遠外類」選錄馬戴〈送朴山人歸新羅〉。茲以〈蠻家〉為例：

領得賣珠錢，還歸銅柱邊。看兒調小象，打鼓放新船。醉後眠神樹，耕時語瘴煙。又逢衰蹇老，相問莫知年。[三十二]

此詩用字平淺，然而對於邊區蠻族之風土民情，寫得簡潔生動。方回評曰：「中四句雖粗，極其新謠。」其實本詩之語言風格，與張籍、王建同類作品同其俚俗真切，如此文字功夫，令人稱嘆。再如馬戴〈落日悵望〉：

孤雲與歸鳥，千里片時間。念我一何滯，辭家久未還。微陽下喬木，遠色隱秋山。臨水不敢照，恐驚平昔顏。[三十三]

[三十一] 參見李慶甲集評校點《瀛奎律髓彙評》，（上海古籍出版社，一九八六年四月）頁一六三、一二七七、一三一九、一四一五、一四四九。
[三十二] 見《全唐詩》卷五五五，頁六四二六。
[三十三] 見《全唐詩》卷五五五，頁六四二八。

頸聯「微陽下喬木，遠色隱秋山。」以上句對下句，歷來詩論家，視為「影對」之範例。紀昀也認為：「起得超脫，接得渾勁，五、六亦佳句。」並且進一步評曰：「晚唐詩人馬戴，骨格最高。不但世所稱『猿啼洞庭樹，人在木蘭舟』也，此詩亦略見一斑。」[三十四]紀昀提及的「猿啼洞庭樹，人在木蘭舟」見諸馬戴〈楚江懷古〉三首之一：

露氣寒光集，微陽下楚丘。猿啼洞庭樹，人在木蘭舟。廣澤生明月，蒼山夾亂流。雲中君不降，竟夕自悲秋。[三十五]

本詩自古即被視為馬戴之代表作。明．楊慎讀此詩大為讚賞，在《升菴詩話》卷七說：「前聯雖柳惲不過是也，晚唐有此，亦稀聲乎！嚴羽卿稱戴詩為晚唐第一，信非溢美！」[三十六]明．胡震亨在《唐音癸籤》中，也對此聯稱讚不已。

明、清論者對馬戴詩寫景成就，往往歸因於取法王維。甚至於認為：「晚唐之馬戴，初唐之摩詰也。」（清．葉矯然《龍性堂詩話》初集語），可是如果詳讀馬戴詩，不難發現：馬戴無論在胸襟氣度或詩歌境趣，都與王維有很大的差距。清人翁方綱、杜紫綸、陸鎣在論及馬戴五律時，都是與許渾並論；

[三十四] 參見紀昀《瀛奎律髓刊誤》卷二十九〈落日悵望〉李慶甲集評校點《瀛奎律髓彙評》，（上海古籍出版社，一九八六年四月）頁一二七七。

[三十五] 見《全唐詩》卷五五五，頁六四三一。

[三十六] 在明．楊慎《升菴詩話》卷十，見楊文生《楊慎詩話校箋》，（成都，四川人民出版社，一九九〇年七月）頁二六六。

但又都覺得馬戴無論神采聲律都超越許渾很多。[三十七]

馬戴在五律寫作，起結高妙、善於對偶，這種功夫得自賈島。像〈過野叟居〉：

野人閒種樹，樹老野人前。居止白雲內，漁樵滄海邊。
呼兒採山藥，放犢飲溪泉。自著養生論，無煩憂暮年。[三十八]

便是以起結高妙，被明代竟陵派之鍾惺歎為「絕響」。清・王堯衢在《古唐詩合解》卷八，曾將首詩的高妙處和盤托出：

起句高妙。因過野人居，見屋前喬木，知為野老手植。今見樹老，而野人之年可知。『閒』字內便伏養生意。……『自著』妙。『養生』非他人事，正是自家有病自家知。『無煩憂』，又妙。言愁慮可以不勞，養生家如此可以壽矣。[三十九]

吾人也許可以從王堯衢之分析，管窺馬戴詩律之精細。清・賀裳最喜摘句批評，在其《載酒園詩話》又編云：

[三十七] 如翁方綱《石洲詩話》卷二謂「馬戴五律，在許丁卯之上。」杜紫綸、杜詔穀《中晚唐詩叩彈集》謂：「晚唐五律擅長者，斷推馬虞臣，其神采聲律，迥非許用晦、李德新輩所能彷彿也。後來唯張喬、張蠙一兩人差堪步武。」

[三十八] 見《全唐詩》卷五五五，頁六四二七。

[三十九] 清・王堯衢在《古唐詩合解》卷八，詳見單小青、詹福瑞點校本《古唐詩合解箋注》，（保定，河北大學出版社，二〇〇〇年四月）頁三九八。

晚唐詩，今昔咸稱馬戴。按戴與賈島、姚合同時，其稱晚唐，錢、劉之稱中唐也。其詩為寫景為工，如：「返照開嵐翠」、「殘日半帆紅」、「宿鳥排花動」，皆佳句也。至如「虹霓侵棧道，風雨雜江聲。」、「猿啼洞庭樹，人在木蘭舟。」每讀此語，便真若身由楚、蜀。〈宿無可上人〉曰：「風傳林磬久，月掩草堂遲。」，此聯上句一意貫串，下句「月」字下又有一轉折。大率體澀而思苦，極致清幽，亦近於島者。[四十]

賀裳所舉「返照開嵐翠」見諸〈江行留別〉、「殘日半帆紅」見諸〈客行〉、「宿鳥排花動」見諸〈春日尋滻川王處士〉、「虹霓侵棧道，風雨雜江聲。」見諸〈送人遊蜀〉這些名句，的確都是經過千錘百鍊。

此外，類似〈早發翠微寺〉、〈送人遊蜀〉、〈灞上秋居〉、〈送皇甫協律淮南從事〉也都以造語工細、涵情入景聞名於世。如〈早發故國〉：「曙鐘寒出岳，殘月迥凝霜」寫景目前，卻意在言外。〈鸛雀樓晴望〉：「鳥道殘虹挂，龍潭返照移。」寫河中府鸛雀樓警，風調殊高。〈送朴山人歸新羅〉：「雲山過海半，鄉樹入舟中。波定遙天出，沙平遠岸窮。」為行人設想，海景取勝都是精雕細琢、擁有濃烈的姚、賈格調。

綜觀馬戴律詩，也許有盛唐王維的影響，在晚唐也算最優秀，但是不能與王維相提並論。這種情

[四十] 清・賀裳《載酒園詩話》又編，詳見郭紹虞編《清詩話續編》，（木鐸出版社，民國七二（一九八三）年十二月）上冊，頁三七九。

形，猶如錢起、劉長卿也有山水詩，畢竟還與王維有別一般。清・李懷民《重訂中晚唐詩主客圖》云：

> 虞臣詩，今昔咸推為晚唐之最。馬與賈、姚同時，其稱晚唐，猶錢、劉之稱中唐也。詩亦近體多於古體，短律富於長律。筆格視賈氏稍開展，而體澀思苦，致極幽清，誠亦賈門之高弟也。斷為升堂第一。[四十一]

對於馬戴詩歌成就講得更為精確，如果從中晚唐苦吟詩人的體派角度來看，李懷民「體澀思苦，致極幽清，誠亦賈門之高弟。」洵為定論。

伍、詩病難醫──裴說

裴說，（生卒年不詳），桂州（今廣西桂林）人，生平資料極少。[四十二]裴說少逢唐末亂世，奔走於江西、湖南等地。曾與貫休同居山中。[四十三]其後屢行舊卷，久不登第。至昭宣帝天祐三年（九〇六

[四十一] 參見陳伯海編《唐詩論評類編》（山東教育出版社，一九九三年一月）頁一三三一，又見中央研究院歷史語言研究所，借國立央圖書館藏清嘉慶（壬申）十七年刊本影印。

[四十二] 裴說之事蹟，見之於《詩話總龜》卷十三、《郡齋讀書志》卷十八、《直齋書錄解題》卷十九、《唐詩紀事》卷六五等書零星之記錄。

[四十三] 據其〈寄貫休〉詩：「憶昔與吾師，山中精論詩。⋯他年白蓮社，由許重相期。」（《全唐詩》卷七二〇）可知。

年），方以狀元及第。後累遷補闕，終禮部員外郎。裴說與弟裴諧皆有詩名，與當時著名詩人曹松、貫休、王貞白等人友善。有詩一卷傳世。《全唐詩》編其詩為一卷，見卷七二〇。《全唐詩補遺·補逸》卷一四又補其詩一首，《續補遺》卷九又補一首及斷句。《續拾》卷四一亦補其詩二首。

關於裴說的詩風表現，宋·計有功《唐詩紀事》卷六五謂裴說詩：「以苦吟難得為工。」[四十四]裴說為詩苦吟，在〈洛中作〉即有所表白：

> 莫怪苦吟遲，詩成鬢亦絲。鬢絲猶可染，詩病卻難醫。
> 山暝雲橫處，星沈月側時。冥搜不可得，一句至公知。[四十五]

按此詩以夸飾之筆描述苦吟之狀。略謂：莫怪得詩太遲，詩成鬢髮亦已成絲。鬢絲雖可染黑，詩病卻難醫；山暝雲橫之處，固不停輟；星沈月側之時，僶勉依舊。苦思冥搜，常不可得，苟得一句，亦必相贈，以使公知。此詩為係投贈曹松之作，故有如此坦率之語。此外《唐詩紀事》卷六五，還記錄裴說苦吟之斷句，如：「苦吟僧入定，得句將成功。」、「因攜一家住，贏得半年吟。」、「是事精皆易，唯詩會卻難。」宋·胡仔《苕溪漁隱叢話》也載錄裴說之斷句：「讀書貧裏樂，搜句靜中忙。」從這些詩句，可知裴說之「詩病」，的確難醫！《唐詩紀事》又曾載裴說與裴諧兄弟行吟湘江、經杜

四十四　見王仲鏞《唐詩紀事校箋》下冊，卷六五（成都，巴蜀書社，一九八九年）頁一七四八。

四十五　《全唐詩》卷七二〇收錄此詩，題名〈寄曹松〉。詳見《全唐詩》，頁八二六一。

甫墳，各成一詩：

裴說、裴諧俱有詩名，…同在湘江。說詩云：「吟餘潮入浦，坐久燒移山。」諧詩云：「風回山火斷，潮落岸冰高。」經杜甫墳，說云：「擬掘孤墳破，重教大雅生。」諧云：「名教埋不得，骨且朽何妨。」景同而意俱別，實為雙美。[四十六]

阮閱《詩話總龜》也有類似之記錄。藉由裴說、裴諧兄弟兩相對照，不難理解裴說傾向奇崛、裴諧則趨於坦易，彼此涇渭分明。胡震亨《唐音癸籤》曾批評裴說：「以苦吟為工，時出意外句，聳人觀。」[四十七]，這條資料，對於裴說之刻意好奇、「語不驚人死不休」，可謂提供極佳之詩證。其實裴說五律仍有極佳者，元・方回在《瀛奎律髓》即選錄五首裴說之五律：分別在卷十「春日類」選錄〈早春寄華下同人〉；卷十三「冬日類」選錄〈冬日後作〉、〈冬日〉；卷十一「夏日類」選錄〈夏日即事〉；卷四十七「僧梵類」選錄〈題岳州僧舍〉。其〈春早寄華下同人〉云：

正是花時節，思君寢復興。市沽終不醉，春夢亦無憑。
岳面懸青雨，河心走濁冰。東門一條路，離恨鎮相仍。[四十八]

[四十六] 見王仲鏞《唐詩紀事校箋》下冊，卷六十五（成都，巴蜀書社，一九八九年）頁一七四八。
[四十七] 見明・胡震亨《唐音癸籤》卷十（世界書局，一九八五年十一月）頁一八〇。
[四十八] 見《全唐詩》卷七二〇，頁八二六一。

按此詩首聯寫早春時節，思念舊遊，寢而復興。頷聯寫早春之感。無友相伴，雖飲無趣，雖夢無憑，可知憶念深矣。頸聯寫早春之景，但見岳面春雨，河冰未渙，往來河心，已成濁冰。尾聯東門路上，來去之間，離恨牽繫，鎮日不能自已。何義門謂：「雨未作，凍已釋，言不應阻滯也。落句以今日會難，追憾向時之別易也。」後半四句之批評，可謂更深一層。其中「岳面懸青雨，河心走濁冰。」這樣的偶句，若非千錘百鍊，實難寫成。又其〈冬日後作〉云：

寂寞掩荊扉，昏昏坐欲癡。事無前定處，愁有併來時。
日影纔添線，鬢根已半絲。明庭正公道，應許苦心詩。[四十九]

此詩前幅四句寫冬日獨坐，昏昏如癡。世事紛紛，難以前定；而愁懷初萌，則群憂並起。後幅四句謂日影才添一線，鬢根已然成絲，老去之速如此。惟望明廷，公道取才，認可苦心之作。本詩頷聯、頸聯並無奇辟字眼，卻凝煉新警，富涵人生意趣。又其〈冬日作〉云：

糲食擁敗絮，苦吟吟過冬。稍寒人卻健，太飽事多慵。
樹老生煙薄，牆陰貯雪重。安能只如此？公道會相容。[五十]

四十九 見《全唐詩》卷七二〇，頁八二六四。
五十 見《全唐詩》卷七二〇，頁八二六四。

此詩描寫冬日苦吟，冀得知音賞會。首聯謂己於冬日食粗糲、擁敗絮，卻仍苦吟不已。頸聯寫天候雖冷，而身體差健；飽食之餘，不免慵懶。頸聯寫冬日之景，冬日樹老，故煙氣微薄；缺乏日照，故牆陰積雪厚矣。尾聯感嘆遭遇，自謂如此努力，不應貧賤；蓋世間必有公道能容不懈之人。

裴說五律，善於製聯；中間兩句，頗多警策。時以情、景交替，作為主要手法，如：「造化猶難隱，生靈豈易謾。猿跳高岳靜，魚擺大江寬。」〈贈衡山令〉[五十一]「苦節長如病，為官豈肯肥。山多村地狹，水淺客舟稀。」〈南中縣令〉[五十二]、「路岐平即易，溝壑滿應難。兔穴歸時失，禽枝宿處乾。」〈對雪〉[五十三]有時又純以景物陪襯，托出意旨，例如：「鷺銜魚入寺，鴉接飯隨船。松檜君山迥，菰蒲夢澤連。」〈題岳州僧舍〉[五十四]、「鵲喜雖傳信，蛩吟不見詩。笋抽通舊竹，梅落立閒枝。」〈夏日即事〉[五十五]、「氣衝雲易黑，影落縣多陰。有雲草不死，無風松自吟。」〈華山上方〉[五十六]詩情畫境，皆與姚合相去不遠；鍊字技巧，則神似賈島。其〈棋〉一首，以意旨之出人意表，動人心目：

十九條平路，言平又嶮巇。人心無算處，國手有輸時。

[五十一] 見《全唐詩》卷七二〇，頁八二六一。
[五十二] 見《全唐詩》卷七二〇，頁八二六一。
[五十三] 見《全唐詩》卷七二〇，頁八二六三。
[五十四] 見《全唐詩》卷七二〇，頁八二六五。
[五十五] 見《全唐詩》卷七二〇，頁八二六二。
[五十六] 見《全唐詩》卷七二〇，頁八二六八。

勢迴流星遠，聲乾下雹遲。臨軒才一局，寒日又西垂。[五十七]

按此詩構思奇辟、下語亦新巧。起聯寫棋坪，謂十九行棋路，似若平坦，實甚崎嶇，變化莫測故也。頷聯謂人心惟微，難以算計；國手對弈，亦必有輸贏。頸聯以實喻虛，「勢迴」喻棋勢高下，如流星之修迴；「聲乾」，寫落子聲之清脆，如冰雹遲下。尾聯寫臨軒一局，不覺寒日西垂。辛文房《唐才子傳》所謂：「為詩足奇思，非意表琢煉不舉筆，有島、洞之風。」[五十八]大致指此。

裴說七言詩之成就，亦足稱道，〈聞砧〉（一作〈寄邊衣〉）尤稱精品：

深閨乍冷鑑開篋，玉箸微微濕紅頰。一陣霜風殺柳條，濃煙半夜成黃葉。
垂垂白練明如雪，獨下閒階轉淒切。祇知抱杵搗秋砧，不覺高樓已無月。
時聞寒雁聲相喚，紗窗只有燈相伴。幾展齊紈又懶裁，離腸恐逐金刀斷。
細想儀形執牙尺，回刀剪破澄江色。愁撚銀針信手縫，惆悵無人試寬窄。
時時舉袖勻紅淚，紅牋謾有千行字。書中不盡心中事，一片慇懃寄邊使。[五十九]

古來以征婦作為題材者甚多，此詩採七言古體，就女性角度抒發征婦之苦，十分感人。起首以景

[五十七] 見《全唐詩》卷七二〇，頁八二六二。
[五十八] 見傅璇琮主編《唐才子傳校箋》第四冊，（北京：中華書局，二〇〇〇年二月第二次印刷），頁四二五。
[五十九] 見《全唐詩》卷七二〇，頁八二六一。

托情，寫秋夜閨中，征婦滿懷離愁，對鏡流淚。「垂垂」四句，寫秋聲淒切，征婦抱杵搗練，不知夜深。「時聞」四句，寫寒雁南行，嗷嗷相喚，已唯孤燈相伴，故雖手持金刀，懶裁齊紈，蓋離思漶漫也。「細想」四句，謂良人既已遠征，只得細揣儀形，剪裁布料，捻起銀針，信手而縫；而縫成征衣，卻無人一試寬窄，實為大恨。「時時」四句，寫征婦時時舉袖，拭淚而書，縱有紅牋千行，亦寫不盡萬般心事，唯能殷殷寄望軍使，攜往塞垣，以解相思之苦。《唐才子傳》謂：「初年窘迫亂離，奔走道路，有詩曰：『避亂一身多』見者悲之。」〈聞砧〉一詩應即屬於「奔走亂離」之作。不僅如此，此詩一出，深受到時人注目，風行一時，還曾經被刻石立於京兆府。[六十]

綜觀裴說之作，自謂「詩病」難醫，以苦吟為工。由於執著於創新，固不免時出「意外句」。總體而論，律度謹嚴，詩格清奇，在晚唐詩人中，實為姚、賈一派之支與流裔。

陸、吟詩似有魔——許棠

許棠（生卒年不詳）字文化，宣州涇縣（今屬安徽）人[六十一]。久困於場屋，歷經二十餘舉，猶未

六十 宋・佚名《寶刻類編》卷八、宋・陳思《寶刻叢編》卷七皆有著錄。但今本《全唐詩》未見，此詩在後世傳本，以改題為〈聞砧〉。

六十一 生平資料不多，僅見於《唐摭言》卷四、卷八，《北夢瑣言》卷二、《唐語林》卷七、《唐詩紀事》卷七十、《唐才子傳》卷九等書零星之記載。許棠之里籍，另有宣城、宛陵兩說。此據五代・王定保《唐摭言》卷八「為鄉人輕視而得者」：

登第；在其詩中，屢有怨嘆。〈將歸江南留別友人〉云：「連春不得意，所業已疑非。舊國亂離後，新年惆悵歸。」[六十二]、〈東歸留辭沈侍郎〉云：「一第久乖期，深心已自疑。滄江歸恨遠，紫閣別愁遲。」[六十三]、〈投徐端公〉云：「無謀尋舊友，強喜亦如愁。丹桂阻丹懇，白衣成白頭。窮吳迷釣業，大漠事貧遊。霄漢期提引，龍鍾未擬休。」[六十四]、〈下第東歸留別鄭侍郎〉云：「無才副至公，豈是命難通。分合吟詩老，家宜逐浪空。」[六十五]、〈獻獨孤尚書〉更慨嘆：「虛抛南楚滯西秦，白首依前衣白身。退鷁已經三十載，登龍曾見一千人。魂離為役詩篇苦，淚竭緣嗟骨相貧。今日鞠躬高旆下，欲傾肝膽杳無因。」[六十六]都是痛苦告白，其求仕過程，十分艱辛；然而許棠毫無退卻之意，終於在懿宗咸通十二年（西元八七一年）、禮部侍郎高湜知貢舉時，榮登進士第。[六十七]時許棠年已五十矣。其後，劉鄴辟為淮南館驛官，授涇縣尉，虔州從事。乾符六年前後，轉江寧丞，不久歸返涇縣陵陽別業。其仕宦履歷資料，大致如此。

「許棠，宣州涇縣人。早修舉業，鄉人汪遵者，幼為小吏。」詳見姜漢椿《唐摭言校注》，（上海社會科學出版社，二〇〇三年一月出版）頁一六六。

[六十二]《全唐詩》卷六〇三，頁六九六三。

[六十三]《全唐詩》卷六〇三，頁六九六五。

[六十四]《全唐詩》卷六〇三，頁六九六八。

[六十五]《全唐詩》卷六〇三，頁六九七九。

[六十六]《全唐詩》卷六〇三，頁六九八五。

[六十七]此據宋·計有功《唐詩記事》卷七十所載：「登咸通十二載進士第。」參王仲鏞《唐詩記事校箋》下冊，（成都，巴蜀書社，一九八九年版）頁一八五八。

許棠為詩，沿承姚、賈之風。《唐才子傳》卷九謂許棠：「苦於詩文，性僻少合。」許棠在〈言懷〉一詩坦言：「萬事不關心，終朝但苦吟。」在〈冬杪歸陵陽別業五首〉第一首以：「鷗鳥猶相識，時來聆苦吟。」自我解嘲；其三以：「學劍雖無術，吟詩似有魔。」誇張表述自己對於詩歌創作之執著。

許棠遊食求仕期間，馬戴適巧在太原軍幕府任職，許棠曾往謁見，兩人一見如故，留連累月。其後許棠漸有詩名，與鄭谷、李頻、薛能、林寬等人往來唱和。並與張喬、俞坦之、劇燕、任濤、吳宰、張蠙、周繇、鄭谷、李栖遠、溫憲、李昌符等並稱「咸通十哲」。[六十八]

許棠詩善寫景，描述洞庭湖之作，尤為膾炙人口。許棠描述洞庭湖景之作，現存兩首，分別是：〈過洞庭湖〉、〈洞庭湖〉。前者為五律，後者為七律。〈過洞庭〉一詩，苦心孤詣，時人大為讚賞，譽之為「許洞庭」[六十九]，甚至摭其詩句，用以題扇。[七十]其〈過洞庭湖〉云：

驚波常不定，半日鬢堪斑。四顧疑無地，中流忽有山。

六十八 轉引自鼎文書局版《欽定古今圖書集成・理學彙編・文學典》第六十卷，文學名家—列傳四十八。按：「咸通十哲」，又名「芳林十哲」，周勛初先生有〈「芳林十哲」考〉，載《唐代文學研究》第二輯，（桂林，廣西師範大學出版社，一九九〇年出版）頁二一三至二二四。

六十九 參宋・孫光憲《北夢瑣言》卷二，「放孤寒三人及第」條，（台灣，源流出版社，一九八三年四月出版）頁九。

七十 見明・胡震亨《唐音癸籤》卷八：「許文化致語楚楚，〈洞庭〉一律，時人多取以題扇。」（台北・世界書局，一九八五年出版），頁六十五。

鳥高恆畏墜，帆遠卻如閒。漁父閒相引，時歌浩渺間。[七十一]

其頷聯「四顧疑無地，中流忽有山」，便是受到時人稱引之名聯。雖然恰切而精工，較之杜甫「吾楚東南坼，乾坤日夜浮。」一聯，卻高下立判；胡震亨即評為「愈切愈小」[七十二]。至於〈塞外書事〉一詩，則顯得較為雄闊，方回《瀛奎律髓》卷三十「邊塞類」即收錄此篇。詩云：

征路出窮邊，孤吟傍戍煙。河光深蕩塞，磧色迴連天。
殘日沉鵰外，驚蓬到馬前。空懷釣魚所，未定卜歸年。[七十三]

此詩首聯敘出塞，頷聯「深蕩塞」、「迴連天」，皆非選用罕僻字眼，然而塞垣之廣遠遼闊，若浮現眼前；頸聯「殘日」沉於「鵰外」，「驚蓬」飄轉「馬前」，具切塞外之景，頗見匠心。清・紀昀十分激賞，評為：「不類晚唐。」。又其〈早發洛中〉也以寫景有成，為方回所激賞。詩云：

半夜發清洛，不知過石橋。雲增中嶽大，樹隱上陽遙。
塹黑初沉月，河明欲認潮。孤村人尚夢，無處暫停橈。[七十四]

七十一 見《全唐詩》卷六〇三，頁六九六二。

七十二 同注十。

七十三 見《全唐詩》卷六〇三，頁六九六三。另參元・方回《瀛奎律髓》卷三十，李慶甲集評點校《瀛奎律髓彙評》（上海古籍出版社，一九八六年四月）第三冊，頁一三〇八。

詩寫早發，天光未明，宜其「不知過石橋」；又以「雲增」，故中嶽逐漸變「大」；又因「樹隱」，故覺得上陽路「遙」，如此之修辭，頗得姚、賈真傳。又「暫黑初沉月，河明欲認潮」一聯，也是夜航洛河，所能見及；然而，也唯有熟諳水行之夜客，方寫得出如此之旅況。

許棠的詩歌創作成就，獲得時流之讚譽，唐．林寬〈送許棠先輩歸宣州〉稱其「髮枯窮律韻，字字合塤篪。日月所到處，姓名無不知。」。貫休〈聞許棠及第因寄桂雍〉亦謂：「時清道合出塵埃，清苦為詩不仗謀。」兩人雖然抽美有加，然而許棠詩篇格局不夠開闊，也是事實。清．賀裳《載酒園詩話》又編就曾不客氣批評：

> 寫景詩雖不嫌雕刻，亦須以雅致為佳。如鄭巢「茶煙開瓦雪，鶴跡上潭冰。」，劉德仁「勁風吹雪聚，寒湫鹿舐冰」，「舐」字俗矣。及李才江「藥杵聲中搗殘夢，茶鐺影裏煮孤燈」，亦嫌意工語俗。許棠以〈洞庭〉詩得名，然讀其全集，數篇以外，皆枯寂無味，不惟不及李、劉，並非鄭匹也。[七十五]

尤其是許棠詩之體式僅有五律、七律，他體皆付諸闕如，的確有其侷限。然由於他在作風與技法，與賈島相似，所以李懷民在《重訂中晚唐詩主客圖》在稱讚許棠「沈著刻入，略與馬戴相等」之餘，

七十四 見《全唐詩》卷六〇三，頁六九六三。另參元．方回《瀛奎律髓》卷三十，李慶甲集評點校《瀛奎律髓彙評》（上海古籍出版社，一九八六年四月）第一冊，頁五一〇。

七十五 清．賀裳《載酒園詩話》又編，見郭紹虞《清詩話續編本》上冊，頁三八一。

次之「升堂」第三。僅就許棠之五律成就言，堪稱公允。

柒、味江山人——唐求

唐求（《唐詩紀事》一作唐球），（生卒年不詳），據宋・黃休復《茅亭客話》卷三稱：「唐末唐末蜀州青城縣味江山人唐求。」[七十六]則其里籍，應該是蜀州青城（今四川崇慶縣）。唐求生平資料極少[七十七]，據《唐詩紀事》卷五〇載：「求生於唐末，至性純　，篤好雅道，放曠疏逸，邦人謂之唐隱居。或云：『王建帥蜀，召為參謀，不就。』今以其故居為隱居寺。」[七十八]性放曠疏逸，隱居於味江山，出處悠然。每入市，騎一青牛，至暮醺酣而歸。世稱之「味江山人」。

唐求在世，頗有詩名，往來的詩友理應不少[七十九]，但因文獻不足，僅知與顧非熊同時，並有〈邛

七十六　見程毅中主編《宋人詩話外編》上冊（北京，國際文化出版公司，一九九六年三月）頁六十三。又阮閱《詩話總龜》前集卷四十六引《古今詩話》同。見周本淳點校《詩話總龜》前集，（北京，人民文學出版社，一九九八年）頁四三六至四三七。

七十七　唐求生平資料極少，事蹟僅見於《宋詩話集佚・古今詩話》、《詩話總龜》卷四十六、《竹莊詩話》卷二十一、《唐詩紀事》卷五〇、《唐才子傳校箋》卷十等書零星之記錄。《直齋書錄解題》著錄《唐求集》一卷，今已不存；《全唐詩》卷七二四編其詩為一卷。

七十八　參見宋・計有功《唐詩紀事》卷五十，在王仲鏞《唐詩紀事校箋》下冊（成都，巴蜀書社，一九八九年八月）頁一三七三。

七十九　例如《詩話總龜》前集卷一四引宋・孫光憲《北夢瑣言》云：「唐求、楊夔伯有詩名。」、《唐詩紀事》卷五十，也說：

州水亭夜讌送顧非熊之官〉傳世[八十]。如就詩作內容考察，唐求有不少詩篇題係贈方外，其中〈贈著上人〉、〈贈行如上人〉、〈和舒上人山居即事〉、〈山東蘭若遇靜公夜歸〉、〈秋寄□江舒公（題缺一字）〉、〈夜上隱居寺〉、〈送僧講罷歸山〉、〈贈王山人〉、〈贈王山人〉諸詩，寫得較為出色；至於〈贈道者〉、〈題青城山范賢觀〉、〈題劉鍊師歸山〉則為投贈道徒而作。其〈山居偶作〉云：

> 趨名逐利身，終日走風塵。還到水邊宅，卻為山下人。
> 僧教開竹戶，客許戴紗巾。且喜琴書在，蘇生未厭貧。[八十一]

由此不難看出唐求抱道守貧、出處悠然、不肯趨走名利之生活態度。所以計有功《唐詩紀事》卷五〇將唐求定位為：「方外之士也。」不是沒有道理，而其詩也確實透露不少超然物外之信息。例如：「業在有山處，道成無事中」、「戀山人事少，憐客道心多。」、「問寒僧接杖，辨語犬銜衣。」、「盡日都無事，安禪石窟中。」、「數里緣山不厭難，為尋真訣問黃冠。」、「休將如意辯真空，吹盡天花任曉風。」等等，其詩意，都是由隱逸者角度出發而生。

「球有詩名。」

八十 參見《全唐詩》卷七二四，頁八三〇九。另《唐詩紀事》卷五十著錄李洞〈贈唐山人〉詩一首，云：「垂鬚長似髮，七十色如鬒。醉眼青天小，吟情太華低。千年松繞屋，半夜雨連溪。邛蜀路無限，往來琴獨攜。」只是難以確定「唐山人」否就是唐求。若然，則唐求與李洞也有交往。

八十一 參見《全唐詩》卷七二四，頁八三〇九。

唐求好苦吟，每有所得，或成聯，或片語，不拘長短，即撚為丸，投入大瓢中，數日後，方補足成詩。這種寫詩方法與苦吟態度，與李賀、姚合、賈島都十分相似。其後臥病，投瓢於錦江，望而祝曰：「茲文苟不沉沒，得之者方知吾苦心耳。」瓢至錦江，有識者曰：「此唐山人詩瓢也。」[八十二]其詩遂為人所競傳，可見唐求在晚唐苦吟人中，十分特立獨行。

元．辛文房《唐才子傳》卷十謂唐求：「酷耽吟調，氣韻清新，每動奇趣，工而不僻，皆達者之詞。」所言大體不差，由其〈曉行〉，可證「氣韻清新」，由其〈題鄭處士隱居〉可證「工而不僻」。按：〈曉發〉：

旅館候天曙，整車趨遠程。幾處曉鐘斷，半橋殘月明。

沙上鳥猶在，渡頭人未行。去去古時道，馬嘶三兩聲。[八十三]

四聯皆用側寫，將早行的情景，寫得清新動人；其頷聯甚至可以和溫庭筠〈商山早行〉：「雞聲茅店月，人跡板橋霜」媲美；其頸聯又脫化自崔塗〈夕次洛陽（一作維揚）道中〉：「高樹鳥已息，古原人尚耕。」，不論寫景煉句，均臻絕詣，清人陸貽典、何義門都給予高度讚揚。[八十四]再看其〈題鄭

八十二 有關唐求「詩瓢」之記述，分見於《茅亭客話》、《古今詩話》、《唐詩紀事》、《唐才子傳》，所記內容大致相同。

八十三 參見《全唐詩》卷七二四，頁八三〇五。

八十四 此由元．方回《瀛奎律髓》卷十四「晨朝類」唐求〈曉發〉詩清人之集評可知。參見李慶甲集評點校《瀛奎律髓彙評》上冊，頁五〇八。

處士隱居〉：

> 不信最清曠，及來愁已空。數點石泉雨，一溪霜葉風。
> 業在有山處，道成無事中。酌盡一尊酒，病夫顏亦紅。[八十五]

首句以不信「清曠」反起，次句以「愁空」正承，開篇即搖曳有姿。頷聯寫幽居之景，清幽之極；頸聯寫幽人之趣，高逸難攀；末聯補寫飲酌之樂，意興之濃。

雖然從唐求〈舟行夜泊夔州〉、〈巫山下作〉、〈馬嵬感事〉等詩，知道唐求足跡絕非《詩話總龜》前集卷一四引宋・孫光憲《北夢瑣言》所云：「詩思不出二百里。」不過，唐求詩歌題材較為狹窄，卻也是事實。然而唐求詩「字字著意，稜露不凡」（胡壽芝《東目館詩見》卷一）也的確在苦吟詩人群體中，別具特色。李懷民在《重訂中晚唐詩主客圖》中說：

> 隱君負性高古，詩冷峻，得賈生骨。觀其不苟傳於後世，詩志可知。矣惜瓢中之詩，大半為屈正則所收，流傳人間者，如食罕味，忽忽欲盡耳。特附賈氏升堂之後，以褒其志。[八十六]

李懷民基於唐求之精神特性與詩歌成就，繫附在賈島一系「升堂者」之後，如就中晚唐苦吟詩人

[八十五] 參見《全唐詩》卷七二四，頁八三〇六。

[八十六] 參見陳伯海編《唐詩論評類編》（山東教育出版社，一九九三年一月）頁一四〇三，又見中央研究院歷史語言研究所，借國立中央圖書館藏清嘉慶（壬申）十七年刊本影印。

群之創作活動言，誠有其卓識。

捌、奇僻為詩——喻鳧

喻鳧（生卒年不詳），毗陵（今江蘇常州）人[八十七]。未第之前，漫遊遊各地，足跡及於塞垣[八十八]。文宗開成五年（西元八四〇年）登進士第，歷任長城令、德清令，官終烏程令，卒年約當四十開外[八十九]。

喻鳧以詩馳名於文宗開成（西元八三六—八四〇年）、武宗會昌（西元八三六—八四六年）間，與當時詩壇名家都有交往。開成五年喻鳧擢進士第，釋褐為校書郎時，姚合即有〈送喻鳧校書歸毘陵〉一詩相贈，略謂：「闕下科名出，鄉中賦籍除。……吾亦家吳者，無因到蔽廬。」[九十]其後，喻鳧造訪姚合宅，姚合更有「如熱得清涼」[九十一]之感，足見兩人結識甚早，而且絕非泛泛之交。

今本《賈長江集》雖未收存賈島致贈喻鳧之作，然而喻鳧卻有〈送賈島往金州謁姚員外〉[九十二]留

[八十七] 喻鳧生平資料不多，事蹟見《新唐書．藝文志》、《吳興志》卷十五、《唐詩紀事》卷五一，《唐才子傳校箋》卷七。

[八十八] 唐代士子，應試不第，多往投身邊塞，求取節度幕僚之職，作為晉身仕途之初階。陳尚君據《唐刺史考．靈州》、《唐刺史考．涇州》及喻鳧〈龍翔寺居夏日獻王尚書〉、〈秋日將歸長安留別王尚書〉等詩，考知喻鳧曾至涇州投謁涇元節度使王茂元。詳見傅璇琮主編《唐才子傳校箋》第五冊，頁三五〇。

[八十九] 按：此由《全唐詩》卷六五〇，方干〈哭喻鳧先輩〉謂：「日夜役神多損壽，先生下士未中年。」可以推知。

[九十] 見《全唐詩》卷四九六，頁五六二一。

[九十一] 此姚合〈喜喻鳧至〉一詩之句，詳見《全唐詩》卷五〇一，頁五七〇一。

[九十二] 按：姚合於敬宗寶曆中（西元八二五|八二七間）為監察御史，其後歷任戶部員外郎，出為金、杭二州刺史（見《唐

存，可以驗證喻鳧與賈島之往來關係。至於顧非熊，則有〈送喻鳧春歸江南〉傳世，詩中既有「去年登第客，今日及春歸」[九十三]之句，可見也是祝賀登第之作；其寫作時間，應與姚合〈送喻鳧校書歸毘陵〉相同。至於喻鳧與李商隱往來，最直接的憑據正是〈贈李商隱〉。其詩云：

羽翼恣搏扶，山河使筆驅。月疏吟夜桂，龍失詠春珠。草細盤金勒，花繁倒玉壺。徒嗟好章句，無力致前途。[九十四]

此詩開篇稱頌李商隱擁有高強之筆力，頗能「羽翼恣搏扶，山河使筆驅」，然而李商隱雖有如此才情，卻無法掙脫困境，飛黃騰達，因此也有「徒嗟好章句，無力致前途」之浩嘆。由詩中語氣來看，與李商隱應屬同輩關係。

至於方干與喻鳧之交往，堪稱最為密切，酬唱之作也流傳最多。方干在求官歷程中，連應十餘舉無法登第，徧嚐人情冷暖，卻曾獲得喻鳧之存問。方干在〈中路寄喻鳧先輩〉一詩，充滿感激地說：「求名如未遂，白首亦難歸。送我尊前酒，典君身上衣」，且稱喻鳧為「喻先輩」。在〈別喻鳧〉也說：「知心似古人，歲久分彌親。……自此星居後，音書豈厭頻。」彼此友誼，十分深厚。喻鳧死後，

才子傳》）。李嘉言《賈島年譜》將本詩繫於大和八年甲寅（西元八三四年）時賈島五十六歲。

九十三 見《全唐詩》卷五〇九，頁五七八一。

九十四 見《全唐詩》卷五四三，頁六二六八。

方干難抑哀傷，在〈哭喻鳧先輩〉一詩，更有：「孤壟陰風吹細草，空窗溼氣漬殘篇。人間別更無冤事，到此誰能與問天？」之哀辭，足見喻鳧諸詩友，也以方干相知最深。

喻鳧為詩，以苦吟推敲著稱。《全唐詩》卷五四三編其詩為一卷，多屬五言律詩。

喻鳧在〈獻知己〉自憐：「大谷非無暖，幽枝自未春。昏昏過朝夕，應念苦吟人。」[九十五]正是以「苦吟人」自居。在其儕輩中，最早論及喻鳧者，正是方干。方干在〈贈喻鳧〉中說：「纔吟五字句，又白幾莖髭。…沈思心更苦，恐作滿頭絲。」可見喻鳧在詩友之間，正顯現出典型「苦吟詩人」之形象。

前賢論及喻鳧時，大多認定喻鳧步武賈島，得其「奇僻」。宋・計有功在《唐詩紀事》卷五一引孫光憲《北夢瑣言》稱：「鳧體閬仙為詩」[九十六]，清・賀裳《載酒園詩話・又編》也說：「喻鳧效賈島為詩，人稱之『賈喻』。」[九十七]如就二者詩歌內容來考察，喻鳧多尋僧、訪寺、宿寺之作，取材方向與賈島極為相近；如就作詩態度而言，其苦吟推敲，執著於詩，更與賈島不相上下。試看〈寺居秋日對雨有懷〉一首，逼似賈詩，最有「島洞之風」。其詩云：

[九十五] 見《全唐詩》卷五四三，頁六二七六。

[九十六] 今本孫光憲《北夢瑣言》已無此條。引見王仲鏞《唐詩紀事校箋》卷五十一，（成都，巴蜀書社，一九八九年八月）頁一三九三。

[九十七] 清・賀裳《載酒園詩話》又編，詳見郭紹虞編《清詩話續編》，（木鐸出版社，民國七十二（一九八三）年十二月）上冊，頁三八〇。

翛翛復霅霅，黃葉此時飛。隱几客吟斷，鄰房僧話稀。
鴿寒棲樹定，螢溼在窗微。即事瀟湘渚，漁翁披草衣。[九十八]

按此詩自宋元以來，已有不少詩家論及。首聯選用象聲詞破題，寫秋聲翛翛，秋雨霅霅，黃葉紛飛，將秋日寺景，寫得十分真切。頷聯轉寫僧房中吟詩、清談之情景，「吟斷」、「話稀」，蓋為風雨聲所止也。頸聯「鴿寒棲樹」句，寫寒風吹拂，寺中之鴿，棲止不飛；「螢濕在窗」句，寫秋雨濕窗，飛螢稀微。頸聯兩句，雖未正面觸及風雨，卻皆見雨意。這是元．方回《瀛奎律髓》卷十七「晴雨類」所最激賞之句。[九十九]清．陸次雲輯《五朝詩善鳴集》也盛讚：「音響僻澀，真苦吟也，浪仙嫡派。」[一百]清．李懷民《重訂中晚唐詩主客圖》在「隱几」句下評曰：「匠出寥闃」又云：「絕似清塞『孤枕客眠久，兩廊僧話深。』而此尤多情感。」[一百零一]所言甚確。此詩尾聯宕開一意，揣想瀟湘漁父，此際亦必身著蓑衣，游行洲渚。末聯景真意切，清奇可玩。明．胡震亨《唐音癸籤》稱喻鳧詩：「五言閑遠朗秀，選句功深。」大體可由這首詩，獲得驗證。再如喻鳧〈懷鄉〉詩云：

[九十八] 見《全唐詩》卷五四三，頁六二七五。

[九十九] 方回評曰：「五六見雨意而工。」參見李慶甲集評校點《瀛奎律髓彙評》卷十七，（上海古籍出版社，一九八六年四月）頁六五五。

[一百] 轉引自陳伯海《唐詩彙評》下冊，（浙江教育出版社，一九九五年五月）頁二五〇五。

[一百零一] 參見陳伯海編《唐詩論評類編》（山東教育出版社，一九九三年一月），頁二五〇五。又見中央研究院歷史語言研究所，借國立中央圖書館藏清嘉慶（壬申）一七年刊本影印。

秋風江上家，釣艇泊蘆花。斷岸綠楊蔭，疏籬紅槿遮。
鼉鳴積雨窟，鶴步夕陽沙。抱疾僧窗夜，歸心過月斜。[一百零二]

此詩此詩之作法極為特殊，前六句全寫故鄉之景，末句結出客居思歸之心。思歸之際，正抱病在身；而懷鄉之處，適逢夜宿僧寺，其心之苦可知。頸聯「鼉鳴積雨窟，鶴步夕陽沙」，奧澀而奇崛，並非尋常景致，卻正是賈島之典型句法。再如〈得子侄書〉云：

遠書來阮巷，闕下見江東。不得經史力，枉抛耕稼功。
雁天霞腳雨，漁夜葦條風。無復琴杯興，開懷向爾同。[一百零三]

詩中頷聯「不得經史力，枉抛耕稼功」以反筆襯托懷抱，用意全學賈島。頸聯自宋代以來，好之甚眾。「雁天霞腳雨，漁夜葦條風。」二句，也以鐫刻精深取勝。清・潘德輿《養一齋詩話》卷十論及喻鳧詩，曾有如下之評語：

其（喻鳧）近體格頗不高，警句亦罕，唯「鐘沈殘月塢，鳥去夕陽樹」、「雁天霞腳雨，漁夜

[一百零二] 見《全唐詩》卷五四三，頁六二七二。
[一百零三] 見《全唐詩》卷五四三，頁六二七六。

葦條風。」、「風雪坐閒夜，鄉關來舊心」兩三聯可喜。[一百零四]其說雖嚴苛，卻不無道理。類似名句，賀裳《載酒園詩話・又編》也曾舉出一些，例如宋人所推崇之：「木落山城出，潮生海棹歸」、「硯和青海凍，簾對白雲垂」等句，唐人最推重之「滄州違釣約，紫閣負僧期」，今本《全唐詩》都未載錄，可見喻鳧詩散失情況，十分嚴重。

總之，喻鳧詩雖以研鍊詩句，知名於宋世，卻較缺渾灝之氣。辛文房《唐才子傳》卷七即曾指出：

「晚歲變雅，鳧亦風靡，專工小巧，高古之氣掃地，所畏者務陳言之是去耳。」《唐詩品》也說：坦之夙尚幽深，身多野寄，故其詩意清遠，興象殊越，雖在開成間而音調頗閒。惜非大家，故寥寥短韻，不足逞其長步。

張為《詩人主客圖》納入「清奇雅正主」李益「及門」八人之一，李懷民《重訂中晚唐詩主客圖》推為「入室」二人之一。揆諸喻鳧詩集，當以李懷民之說，較為貼近事實。

[一百零四] 見清・潘德輿《養一齋詩話》卷十，見郭紹虞編《清詩話續編》下冊（木鐸出版社，民國七十二年十二月）頁二一五七。

第六章　姚合系苦吟詩人群象

——以淡雅、深細為表現主軸

壹、鏡湖詩人——方干

方干（八〇九—八八六？），字雄飛，睦州桐廬（今屬浙江）人。[一]幼富詩才，受到睦州詩人徐凝之青睞，親自授以詩律。方干在青年時期，頗有事功理想，多次往來兩京，雖得公卿大夫延納，然而連應十餘舉，都無法登第。他在〈中路寄喻鳧先輩〉說：「求名如未遂，白首亦難歸。」[二]〈出山寄蘇從事〉也說：「寸心似火頻求薦，兩鬢如霜始息機。」[三]在〈新正〉也曾表露：「⋯每見新正雪，長思故國春。雲西斜去雁，江上未歸人。又一年為客，何媒得到秦？」[四]其求仕過程，十分坎坷，連曹松都替他抱不平[五]。然則，究竟是什麼因素使得方干連應十餘舉、銜冤抱恨而卒？

一　生平事蹟見諸孫郃〈方玄英先生傳〉、《唐摭言》卷四、卷十、《唐詩紀事》卷六十三、《嘉泰會稽志》卷十五、《唐才子傳校箋》卷七。吳在慶先生撰有〈方干之生平與詩歌系年〉文載於《固原師專學報》一九九九年第二期，頁八至十一。又吳在慶之專文，另刊於《集美大學學報》二卷一期，一九九九年三年版，頁一一一至一一五。

二　見《全唐詩》卷六四八，頁七四四〇。

三　見《全唐詩》卷六五一，頁七四七七。

四　見《全唐詩》卷六四九，頁七四五八。

五　曹松在〈贈鏡湖處士方干〉說：「包含教化剩搜羅，句出東甌奈峭何。世路不妨平處少，才人唯是屈聲多。」替方干抱原來方干相貌不全，有缺唇之憾。據五代後蜀・何光遠《鑑誡錄》卷八所載：「干為人缺唇，連應十餘舉。有司議干，才則才矣，不可與缺唇人科名，四夷所聞，為中原鮮士矣。干潛知所論，遂歸鏡湖。」可知方干以顏面之缺陷，無法立身廊廟。所以三十五歲左右，便已隱居鏡湖，蕭然於山水間，以詩自放。

方干雖不得志於仕途，足跡卻遍及商州、廣州、婺州、越州，並以傑出詩作，在廣明、中和年間，贏得「句滿天下口，名聒天下耳」（吳融〈贈方干處士〉）之盛名，江東人謂為「玄英先生。」[六]晚唐詩人李群玉、吳融、喻凫、鄭谷、羅鄴、崔道融、曹松諸人都是方干詩友；李頻、孫郃等人，更以方干為師。吳融在〈贈方干處士歌〉中如此描繪方干：

把筆盡為詩，何人敵夫子？句滿天下口，名聒天下耳。不識朝，不識市。
曠逍遙，閑徙倚。一杯酒，無萬事。一葉舟，無千里。衣裳白雲，坐臥流水。
霜落風高忽相憶，惠然見過留一夕。一夕聽吟十數篇，水榭林蘿為岑寂。
拂旦舍我亦不辭，攜筇徑去隨所適。隨所適，無處覓。雲半片，鶴一隻。[七]

本詩起首敘述方干把筆為詩，即騰誦人口，早已天下皆聞，卻「不識朝、不識市」，適性而逍遙。

不平。

六 黃永年、陳楓校點本《王荊公唐百家詩選》，（遼寧教育出版社，二〇〇〇年版）頁二七三。

七 見《全唐詩》卷六八七，頁七八九八。

次段寫秋夜風高，蒙其過訪，竟夜吟詩；水榭林籬，為之岑寂，其聲之清越若此。末段寫翌日辭別，攜笻而去，有如野鶴之無蹤。吳融這在首詩中以形象語為襯托，以親相過訪為例證，概述方干之人格行事。方干之「隱者形象」，被描繪得無比鮮明。再如鄭谷〈寄題方干處士〉亦云：

> 山雪照湖水，漾舟湖畔歸。松篁調遠籟，臺榭發清輝。野岫分閒徑，漁家並掩扉。暮年詩力在，新句更幽微。[八]

此詩寫景部分，以方干之「隱者住居」為主眼。當鄭谷題贈本詩時，方干已五十六歲。然而「暮年詩力在，新句更幽微」，可見方干勠力於詩，至老不輟。

懿宗咸通末，浙東觀察使王龜，讀方干詩，嘉許其才，原擬舉薦於朝廷，不料王龜病故，遂以布衣之身，甚志以終。唐昭宗光化三年，韋莊奏請追賜進士及第，并追贈其官。方干原有《玄英先生詩集》十卷，為楊弇及僧居遠所合編，前有中書舍人王贊之序，然原集已散佚。《全唐詩》卷六四八至六五三錄存遺詩六卷，前賢陸續增補，有三百七十餘首詩流傳至今。

方干為詩，以「苦吟」著稱，嘗自嘆：「志業不得力，到今猶苦吟。吟成五字句，用破一生心。」[九]、「蟾蜍影裏清吟苦，舴艋舟中白髮生。」[十]方干對於詩歌創作之盡心，可見一斑。姚合、賈島是方

八　見《全唐詩》卷六七四，頁七七一一。
九　此〈貽錢塘縣路明府〉語，見《全唐詩》卷六四八，頁七四四四

干之前輩，更是他學習的對象。方干與賈島來往時，賈島已屆晚年；《賈長江集》並無贈詩方干之紀錄，而方干之酬和，也僅存〈寄賈司倉島〉一首。此詩寫作時間，大約是會昌三年（八四三年），而賈島即在當年七月二十八日卒於官舍。就交往關係言，方干與姚合之往來，不僅時間較長，姚合對方干之影響，也遠比賈島為深。

早在文宗太和六年（八三二），方干二十二歲，就已作了〈送姚合員外赴金州詩〉投贈姚合，但直至三年後，姚合任杭州刺史，始有機會面謁。據孫郃〈方元英先生傳〉（《全唐文》卷八二〇）所載：「始謁錢塘守姚公合，公視其貌醜，初甚侮之。坐定覽卷，駭目、變容而嘆之。」自從此以門客相待，登山臨水，皆得同行。一直到姚合辭世，方干還作了〈哭秘書姚少監〉、〈過姚監故居〉等詩悼念姚合，方干與姚合之往來，不僅起始甚早、因緣特殊，而且情誼敦篤。

在所有詩體中，方干最擅律體，而且七律多於五律。其內容多投贈、應酬、流連光景之內容。王贊《王元英先生詩集序》謂其詩：「鋟肌滌骨，冰瑩霞絢。嘉肴自將，不吮余雋。麗不葩紛，苦不棘癯。當其得志，倏與神會，詞若未至，意已獨往。」（《全唐文》卷八六五）。似有過譽之嫌，不過「麗不葩紛，苦不棘癯」兩句，還是十分能夠傳述方干詩歌之主要風格。

宋・葛立方《韻語陽秋》極為讚賞方干詩之「清潤小巧」。而〈送從兄郜〉、〈送許溫（一作渾）〉

十 此〈贈錢塘湖上唐處士〉語，見《全唐詩》卷六五〇，頁七四七一。

正是「清潤小巧」最佳詩例。按〈送從兄郜〉云：

道路本無限，又應何處逢？流年莫虛擲，華髮不相容。
野渡波搖月，空城雨翳鐘。此心隨去馬，迢遞過千峰。[十一]

此詩用字平易，然而抒情景自然。頷聯敦勉韋郜珍惜流光，頸聯細寫送別之地：最堪玩賞。「野渡波搖月，空城雨翳鐘」兩句，正是葛立方最欣賞的名句。再如〈送許溫（一作渾）〉云：

壯歲分彌切，少年心正同。當聞千里去，難遣一尊空。
翳燭蒹葭雨，吹帆橘柚風。明年見親族，盡集在懷中。[十二]

同為送別題材，頷聯「當聞千里去，難遣一尊空」、頸聯「翳燭蒹葭雨，吹帆橘柚風」，也是情景宛然、清麗朗潤，展現一流鍊字功夫。〈旅次錢塘〉描寫越州風土，更有「清潤小巧」之特色：

此地似鄉國，堪為朝夕吟。雲藏吳相廟，樹引越山禽。
潮落海人散，鐘遲秋寺深。我來無舊識，誰見寂寥心。[十三]

十一　見《全唐詩》卷六四八，頁七四四三。
十二　見《全唐詩》卷六四八，頁七四四三。
十三　見《全唐詩》卷六四八，頁七四四二。

此詩首尾兩聯寫旅次寂寥，中間四句寫景。「雲藏吳相廟，樹引越山禽。」對偶精工、「潮落海人散，鐘遲秋寺深。」也字字無失。方干在此詩，淺詞用字，平易自然，即能將錢塘名勝、景觀，恰如其分地呈現眼前；所謂「麗不葩紛」，正指這一種詩句。元・方回在《瀛奎律髓》卷之四「風土類」選錄此詩，並讚嘆：「此吾家桐廬方干處士詩，中四句不書題目，一吟即知其為錢塘也。」[十四]再看另一首五律〈送人遊日本國〉：

蒼茫大荒外，風教即難知。連夜揚帆去，經年到岸遲。
波濤含左界，星斗定東維。或有歸風便，當為相見期。[十五]

日本遠在大荒之外，不知其風教究竟如何？言下對友人之遠行，隱懷憂慮；何況揚帆經年，始能抵達，途中自有不可預測之風險。頸聯二句，「波濤含左界，星斗定東維。」妙在替行人設想，而關切之意，隱含其中。末聯導入惜別，期待友人來年得以順風而歸。

方干之七律，清人雖有「淺弱」[十六]、「圓整而乏新意」[十七]之評，其實仍有很高成就。例如〈旅次

十四　參見李慶甲集評校點《瀛奎律髓彙評》卷之四，（上海古籍出版社，一九八六年四月）頁一六二。

十五　見《全唐詩》卷六五〇，頁七四七〇。

十六　此紀昀語。見清・紀昀《四庫全書總目提要》卷一五一《別集類》四有云：「其七言淺弱，較遜五言。〈郝氏林亭〉而外，佳句無多，則又風會之有以限之也。」

十七　此胡壽芝語。見清・胡壽芝《東目館詩見》卷一云：「方干自云苦吟，只五律整緊，七律圓婉而並乏新異。」

揚州寓居郝氏園林〉便是極佳詩例：

舉目縱然非我有，思量似在故山時。鶴盤遠勢投孤嶼，蟬曳殘聲過別枝。
涼月照窗攲枕倦，澄泉遶石泛觴遲。青雲未得平行去，夢到江南身旅羈。[十八]

此詩寫旅途中寓居友人園林之感受。起首謂郝氏園林，縱非己有，細加思量，仍似故山，此聯以率直取勝。中間四句細寫郝氏林景；一遠一近，字字警策。頷聯先寫寫鶴翔，以狀其意態清遠；次寫蟬之嘶鳴，蓋取其情味酸寒。頸聯「涼月照窗」，蓋為房中休憩所見；澄泉繞石，則虛寫曲水流觴之盛況。末聯嘆青雲未得，反形郝氏之騰達；身在郝氏園林，而謂「夢到江南」，蓋嘆其羈旅揚州，恍惚如夢也。此詩用字精錬，字斟句酌，方回謂此詩：「三四絕佳，玄英一集，此聯為冠。」[十九]紀昀雖然對於方干之七律頗有意見，卻對此詩相當讚賞。再如其〈山中言事〉：

攲枕亦吟行亦醉，臥吟行醉更何營？貧來猶有故琴在，老去不過新髮生。
山鳥踏枝紅果落，家童引釣白魚驚。潛夫自有孤雲侶，可要王侯知姓名？[二十]

此詩寫其隱逸生活情趣，臥吟行醉、孤雲為侶，無需王侯知其姓名，這樣的心境，與其熱衷求仕

十八　見《全唐詩》卷六五〇，頁七四六八。
十九　參見李慶甲集評校點《瀛奎律髓彙評》中冊，（上海古籍出版社，一九八六年四月）頁一二九一。
二十　見《全唐詩》卷六五〇，頁七四七〇。

時期大不相同，顯然是謝絕官場之後的轉變。全詩充滿閒適之趣。

再看〈題睦州郡中千峰榭〉：

豈知平地似天台，朱戶深沈別徑開。曳響露蟬穿樹去，斜行沙鳥向池來。窗中早月當琴榻，牆上秋山入酒杯。何事此中如世外，應緣羊祜是仙才。[二十一]

也是寫得氣格清迴，意度閒遠。類似「響露蟬穿樹去，斜行沙鳥向池來。窗中早月當琴榻，牆上秋山入酒杯。」這樣的句子，在方干詩集還非常多；例如：

百花香氣傍行人，花底垂鞭日易醺。野父不知寒食節，穿林轉壑自燒雲。[二十二]

飛流便向砌邊掛，片月影從窗外行。馴鹿不知誰結侶，野禽都是自呼名。[二十三]

未明先見海底日，良久遠雞方報晨。古樹含風長帶雨，寒巖四月始知春。[二十四]

東軒海日已先照，下界晨雞猶未啼。郭裏雲山全占寺，村前竹樹半藏溪。[二十五]

就這些詩例看來，顯然經過一番字句鍛鍊，讀來清真可喜。方干在詩學淵源上雖屬於姚賈一派，

二十一 見《全唐詩》卷六五〇，頁七四六三。
二十二 此〈東陽道中作〉語，見《全唐詩》卷六五三，頁七五〇四。
二十三 此〈題法華寺絕頂禪家壁〉語，見《全唐詩》卷六五二，頁七四九四。
二十四 此〈題龍泉寺絕頂〉語，見《全唐詩》卷六五二，頁七四八四。
二十五 此〈和于中丞登扶風亭〉語，見《全唐詩》卷六五〇，頁七四六四。

具體的詩歌創作表現，卻不同於賈島之「刻意求奇」，而是步武姚合之「刻意求味」。方干以敏銳之悟力，深入事物實境，以「苦吟」手段，極力追求自然情味，卻毫無刻露跡象，這是方干詩歌成就之所在。李懷民在《重訂中晚唐詩主客圖》謂：

雄飛受詩律於徐侍郎（凝），遂舉進士，其淵源蓋出徐氏也。今考侍郎集，絕句之外近體三篇而已，卒難定其何體。但讀方詩，生新刻苦，四游泳長江而出者，七言尤逼肖。即安知徐之不為賈氏流耶？今但編為閬仙及門云爾。[二十六]

李氏在此拐灣抹角，企圖就徐凝之詩風，驗證方干與賈島之關聯。而方干在詩歌寫作風格上，卻比較貼近姚合；姚賈既同以「苦吟」態度為詩，李氏將方干納入苦吟一派，並無不妥，若經由徐凝論其系譜，似乎比較缺乏說服力。

貳、矜負好奇——雍陶

雍陶，字國鈞，成都（今屬四川）人。約生於德宗貞元十二年（七九六年），卒年不詳。[二十七]少

[二十六] 參見陳伯海編《唐詩論評類編》（山東教育出版社，一九九三年一月）頁一三七二，又見中央研究院歷史語言研究所，借國立央圖書館藏清嘉慶（壬申）十七年刊本影印。

[二十七] 雍陶之生資料極稀少，僅見《雲谿友議》卷上《新唐書．藝文志》卷四、《唐詩紀事》卷五十六、《郡齋讀書志》卷十

時貧賤，家於荊楚（一說江南），長慶、寶曆、大和中，求名於兩京，旅況蕭索。曾遊於白居易之門，與賈島、殷堯藩、徐凝等詩人往來友善，試進士屢下第，約於文宗大和元年（八二七年），移家成都。大和三年（八二九年），南詔侵蜀，雍陶避地長安。次年作〈哀蜀人為南蠻所虜五章〉五章以詠歎之。[二十八]

其一〈初出成都聞哭聲〉云：

但見城池還漢將，豈知佳麗屬蠻兵。錦江南度遙聞哭，盡是離家別國聲。

其二〈過大渡河蠻使許之泣望鄉國〉云：

大渡河邊蠻亦愁，漢人將渡盡回頭。此中剩寄思鄉淚，南去應無水北流。

其三〈出青溪關有遲留之意〉云：

欲出鄉關行步遲，此生無復卻回時。千冤萬恨何人見，唯有空山鳥獸知。

其四〈別巂州一時慟哭雲日為之變色〉云：

八、《唐才子傳校箋》卷七零星記述。譚優學有〈雍陶行年考〉對於雍陶事蹟有比較完整之察考。參見譚優學著《唐詩人行年考續編》，（巴蜀書社，一九八七年八月）頁一六八至一八三。

[二十八] 見《全唐詩》卷五一八，頁五一八。

越巂城南無漢地，傷心從此便為蠻。冤聲一慟悲風起，雲暗青天日下山。

其五〈入蠻界不許有悲泣之聲〉云：

雲南路出陷河西，毒草長青瘴色低。漸近蠻城誰敢哭，一時收淚羨猿啼。

這些詩僅就題目，即可知悉內容。雍陶在此詳細記錄南詔入侵、大掠蜀中男女，百工數萬人及大量珍寶而去之種種。次年，雍陶又作〈蜀中戰後感事〉、〈答蜀中經蠻後友人馬艾見寄〉等詩抒發感想。南詔入侵事件在《資治通鑑・唐鑑》文宗大和四年也有記錄，然而雍陶這六、七首詩，以詩記實，可以作為極佳之旁證，因此擁有很高的史料價值。

大和八年（八三五年），雍陶接近四十歲時，終於進士及第。受到當時名輩所推重，紛紛作詩相贈。自此至宣宗大中六年（八五二）十七年間，雍陶之事蹟不詳。然而可由其詩作及載籍資料，略知雍陶曾以微祿，從事於湖湘有年；又曾赴太原參河東節度使幕；亦曾轉大同防禦使幕，往來塞上，在蔚州歷時十餘載。瓢（瓟）河畔之滯留[二十九]，度桑乾水之題詠[三十]，天涯地角山之再經[三十一]，遊騎秋原之

[二十九] 參見《全唐詩》卷五一八，頁五九二七，〈自蔚州南入真谷有似劍門因有歸思〉一詩。
[三十] 參見《全唐詩》卷五一八，頁五九二六，〈渡桑乾河〉一詩。
[三十一] 參見《全唐詩》卷五一八，頁五九二七，〈再經天涯地角山〉一詩。

閒獵，伴胡僧聽刁斗之宿野寺[三十二]，入直谷似劍門之大動鄉情[三十三]，無不一一形諸詩詠。

據《唐才子傳》卷七所載，雍陶在大中六年（八五二年）以五十七歲之齡，方從外府召為國子《毛詩》博士。[三十四]又據宋・計有功《唐詩紀事》卷五六載：「大中八年，自國子《毛詩》博士出刺簡州。」[三十五]此當為雍陶一生仕途之高峰。

陶性夸誕，高自位置，竊比柳吳興、謝宣城之為郡。致有「衿負好句，為客所窺」之譏。嘗因送客，見簡州城外有「情盡橋」，乃送別之處。陶送客至此，怪其名，遂改橋名「折柳橋」，并題詩云：「從來只有情難盡，何事呼為情盡橋？自此改名為折柳，任他離恨一條條。」[三十六]後辭官去居匡廬，寄跡山中，養痾傲世，不知卒於何年。

雍陶工詩善賦，亦晚唐苦吟詩人，賈島在〈送雍陶及第歸成都寧親〉稱其：「不唯詩著籍，兼又賦知名。議論于題稱，《春秋》對問精。」推許可謂甚高。但是作品但是作品大多散佚，詩作存世僅一卷。詩體多為律詩與絕句，內容多屬記遊、題詠、寄贈、送別之題材。略病淺狹，廣度深度具嫌不

[三十二] 參見《全唐詩》卷五一八，頁五九一三，〈塞上宿野寺〉一詩。

[三十三] 參見《全唐詩》卷五一八，頁五九二七，〈自蔚州南入真谷有似劍門因有歸思〉一詩。按「真谷」應作「直谷」。

[三十四] 辛文房《唐才子傳》卷七：「（宣宗）大中六年，授國子博士。」詳見傅璇琮主編《唐才子傳校箋》第三冊，（中華書局，一九九〇年九月），頁二四八。

[三十五] 宋・計有功《唐詩紀事》卷五六載：「大中八年，自國子《毛詩》博士出刺簡州。」見王仲鏞校箋《唐詩紀事校箋》下冊，（成都，巴蜀書社，一九八九年）頁一五三二。

[三十六] 參見王仲鏞校箋《唐詩紀事校箋》下冊，（成都，巴蜀書社，一九八九年）頁一五三一。

足，但是雍陶為詩，不故作艱深，而能妙契人情事理，故當時詩人如賈島、姚合、殷堯藩、無可、徐凝、章孝標等人，都樂與之遊。

其中賈島、姚合為其重要詩友，在雍陶詩集中，收錄了〈同賈島宿無可上人院〉一首，可知雍陶與無可之關係素厚。賈島《長江集》中則收錄〈喜雍陶至〉、〈送雍陶入蜀〉、〈過雍秀才居〉、〈送雍陶及第歸成都寧親〉等詩。姚合則有〈喜雍陶秋夜訪宿〉、〈送雍陶遊蜀〉、〈送雍陶及第歸覲〉等詩。劉得仁有〈對月寄雍陶〉、〈寄雍陶先輩〉、〈送雍陶〉、〈贈雍博士〉等詩。從這些詩中，可以略悉雍陶在「苦吟詩人」間之交遊網絡以及相涉關係。

雍陶五律之風格，與姚合極為接近。尤其〈和劉補闕秋園寓興〉[三十七]六首，情景具到，清雅可玩；無論就題材選擇、寫作手法、觀物角度觀之，無不與逼肖姚合，即使置諸姚合詩集，亦難分辨。此六首詩，也被方回全數選入《瀛奎律髓》卷十二「秋日類」中。方回評曰：「六首皆工而可觀，荊公所取者。劉補闕為諫官，而家園有山水之樂，唐人之仕於東、西都者皆然。」[三十八]其第一首云：

水木夕陰冷，池塘秋意多。庭風吹故葉，階露淨寒莎。
愁燕窺燈語，情人見月過。砧聲聽已別，蟲響復相和。（其一）

[三十七] 參見《全唐詩》卷五一八，頁五九一二至五九一三。
[三十八] 參見李慶甲集評、點校《瀛奎律髓彙評》上冊（上海古籍出版社，一九八六年四月）頁四二三。

按此詩之重心在寫劉補闕秋園景致，頷聯「故葉」「寒莎」寫日景，頸聯「燕窺」「月過」，寫夜景，並為秋日設色。清・何義門評語曰：「風致絕似姚合。」[三十九]所言甚確。又第二首云：

閉門無事後，此地即山中。但覺鳥聲異，不知人境同。
晚花開為雨，殘果落因風。獨坐還吟酌，詩成酒已空。（其二）

次首寫劉補闕秋園玩賞之情趣。其中「花開為雨」、「果落因風」，確實是全篇佳句，然而「覺」與「知」，有詞性相犯之病疵；「為」與「因」也有詞義相重之禁忌，吾人如但賞其詩境，而不必嚴講病犯，一定可以發現此詩於閒適之趣，寫得淋漓盡致；即令姚合執筆，也不過如此。又第三首云：

自得家林趣，常時在外稀。對僧餐野食，迎客著山衣。
雀鬬翻簷散，蟬驚出樹飛。功成他日後，何必五湖歸？（其三）

第三首寫家林之趣，勝於五湖丘山。頷聯、頸聯仍是本篇警策。「對僧」、「迎客」，是園中事，側寫劉補闕之悠閒；「雀鬬」、「蟬驚」，是園中景，襯托秋園之幽靜。如此閒靜之家園，何必五湖丘山？又第四首云：

[三十九]參見李慶甲集評、點校《瀛奎律髓彙評》上冊（上海古籍出版社，一九八六年四月）頁四三二。

秋色庭蕪上，清朝見露華。疏篁抽晚筍，幽藥吐寒芽。
引水新渠淨，登臺小徑斜。人來多愛此，蕭爽似仙家。（其四）

第四首寫園林之蕭爽，有似仙家。全詩以園景為主眼，細寫其庭蕪、疏篁、藥草、水渠、亭榭；尾聯雖在表達忻慕之意，出語稍嫌滑熟。又第五首云：

禁掖朝回後，林園勝賞時。野人來辨藥，庭鶴往看棋。
晚日明丹棗，朝霜潤紫梨。還因重風景，猶自有秋詩。（其五）

第五首寫劉補闕朝迴，頗有林園勝賞。村人辨藥，庭鶴看棋，係就園事而言；至於晚日明丹棗，朝霜滋潤紫梨，則針對園景而說。紀昀評曰：「鶴看棋，僻而無理。不得以詩有別趣，曲為之詞。」[四十]其論雖嫌嚴苛，卻不無道理。第六首云：

聖代少封事，閒居方屏喧。漏寒雲外闕，木落月中園。
山鳥宿簷樹，水螢流洞門。無人見清景，林下自開樽。（其六）

第六首寫劉補闕居家無事，有山林之樂。劉補闕身為諫官，適逢聖代，卻無事可諫，此暗示其幸

四十　參見李慶甲集評、點校《瀛奎律髓彙評》上冊（上海古籍出版社，一九八六年四月）頁四三三。

運。中間四句，寫園林夜景；其中「漏寒」二句，以自然事物為主眼；「山鳥」二句，以動物活動為主眼，並精細有情致。

雍陶之七律，亦有獨到造詣。其〈送徐山人歸睦州舊隱〉、〈到蜀後記途中經歷〉、〈經杜甫舊宅〉、〈晴〉等詩，被選入《冠華堂選批唐才子詩》一書，並受到金聖歎之稱賞。如〈送徐山人歸睦州舊隱〉云：

> 君在桐廬何處住，草堂應與戴家鄰。初歸山犬翻驚主，久別江鷗卻避人。
> 終日欲為相逐計，臨岐空羨獨行身。秋風釣艇遙相憶，七里灘西片月新。[四十一]

詩中首聯之「戴家」，原指東晉明示戴逵與其子戴勃、戴顒。戴家父子皆不務榮名，隱居山林，不應徵聘。此藉以形容徐山人品節之高尚，十分巧妙。但是全詩意旨，其實放在自己的艷羨之意。金聖歎對於前解如是批評：「送人歸，問其何處住？又問其與誰為鄰？此豈要人開具舊居執結？正是自己胸中有一絕妙住處，絕妙鄰家，津津欲歸未得歸，因而反嫌人歸已是遲。所謂筆筆皆有撒捩之狀也。」又曰：「前解寫徐睦州舊隱，此解寫送也。五言發意欲歸，本在山人前；六言因故不歸，竟落山人後。七八，言特問君桐廬何處者，我有草堂，自在七里灘頭也。」[四十二]金聖歎對於雍陶微妙心理，有極為

[四十一] 參見《全唐詩》卷五一八，頁五九一四。
[四十二] 參見金聖歎《冠華堂選批唐才子詩》卷八，此據陳德芳校點《金聖歎評唐詩全編》（四川文藝出版社，一九九九年一月）

高明之說解。吾人不難從中了解雍陶詩獨到之神理與韻致。再如〈經杜甫舊宅〉：

浣花溪裏花多處，為憶先生在蜀時。萬古只應留舊宅，千金無復換新詩。
沙崩水檻鷗飛盡，樹壓村橋馬過遲。山月不知人事變，夜來江上與誰期。[四十三]

金聖歎評曰：「『浣花溪裏』只添『花深處』，便是此日加倍眼色。只因此三字，便知其不止憶杜先生，直是憶杜先生愛人心地，憶杜先生心心朝廷、念念民物，憶杜先生流離辛苦、飢寒老病，一時無事不到心頭也。三『萬古應留』、四『千金難留』便只是一句話，猶言即使國步可改，必須此宅長留；只看文人代有，到底杜詩莫續也。」[四十四]可說將雍陶之作意，發揮得淋漓盡致。再如〈詠雙白鷺〉（一作崔少府池鷺）：

雙鷺應憐水滿池，風飄不動頂絲垂。立當青草人先見，行傍白蓮魚未知。
一足獨拳寒雨裏，數聲相叫早秋時。林塘得爾須增價，況與詩家物色宜。[四十五]

此詩雍陶贏得極大詩名，也承受許多譏評。尤其「立當青草人先見，行傍白蓮魚未知。」一聯，

頁三一七至三一九。

四十三 參見《全唐詩》卷五一八，頁五九一五。

四十四 陳德芳校點《金聖歎評唐詩全編》（四川文藝出版社，一九九九年一月）頁三一九。

四十五 見《全唐詩》卷五一八，頁五九一四。又李慶甲集評、點校《瀛奎律髓彙評》，頁一一八一。

方回認為「最佳」。明人李東陽《麓堂詩話》卻譏為「學究之高者」；清人賀裳雖也認可此聯「絕佳」，但是卻認為頸聯「已成俗韻」。可知雍陶在七律寫作上也不是沒有缺失。

明．胡震亨曾指出雍陶「矜負好奇」、「工于造聯，奈孱于送結，落晚調不振。」「矜負好奇」是許多苦吟人之通病，往往使篇章出現瑕疵。所謂「孱於送結」者，無後勁也。即結語與前言不相稱，這大概是才力不足之故。晚唐諸家，不能盡免。然通讀雍陶詩，七絕之中，自有可誦之作。如〈西歸出斜谷〉詩：「行過險棧出褒斜，出盡平川似到家。萬里客愁今日散，馬前初見米囊花。」[四十六]〈和孫明府懷舊山〉：「五柳先生本在山，偶然為客落人間。秋來見月多歸思，自起開籠放白鷴。」[四十七]〈城西訪友人別墅〉：「澧水橋西小路斜，日高猶未到君家。村園門巷多相似，處處春風枳殼花。」[四十八]這些絕句不使事、不用典，口語白描，自有情韻。堪稱雍陶詩之警策。

唐．張為《詩人主客圖》將雍陶列入「瑰奇美麗主武元衡」之「及門者」，不無商榷餘地。因為雍陶性格，有「求奇」傾向；雍陶詩風，又步武姚合之清雅，如就詩壇「交往關係」與「詩風類似性」而言，雍陶比較貼近姚賈，宜列入姚賈一派較符實際。

四十六 見《全唐詩》卷五一八，頁五九二三。
四十七 見《全唐詩》卷五一八，頁五九二四。
四十八 見《全唐詩》卷五一八，頁五九二四。

參、持律能詩苦吟僧──無可

無可（生卒年不詳），范陽人，俗姓賈，賈島從弟。[四十九]少年出家[五十]，嘗居長安僧寺，又曾居鄠縣（今陝西）圭峰草堂寺，後雲遊越州、湖州、廬山等地。大和年間，為白閣僧（《金石萃編》卷六十六〈僧無可書幢〉）。宋代原有《僧無可集》流傳，已散佚。《全唐詩》收錄其詩兩卷，存詩近百首。[五十一]

姚合在〈送無可上人遊邊〉提到無可：「出家還養母，持律復能詩。」[五十二]、在〈送無可上人遊越〉也說：「今日送行偏惜別，共師文字有因緣。」[五十三]就《全唐詩》收錄詩作來看，與無可有過「文字因緣」者，計有姚合、賈島、張籍、朱慶餘、顧非熊、雍陶、馬戴、厲玄、喻鳧等詩人。此外，也有李騎曹、田中丞（田群、田早）、李司空（李聽）、宋明府（宋渤）、段著作（段成式）、厲侍御

四十九 無可有〈寄從兄賈島〉、〈弔從兄島〉、〈客中聞從兄島遊蒲絳因寄〉等詩，可證彼此從兄弟關係。詩見《全唐詩》卷八一三，頁九一五二、九一六四、九一六五。無可生平資料不多，散見《唐詩紀事》卷七十四、《直齋書錄解題》卷十九、《唐才子傳》卷六等書。

五十 姚合〈送無可上人遊越〉云：「清晨相訪立門前，麻履方袍一少年。懶讀經文求作佛，願攻詩句覓昇（一作成）仙。」由此不難知無可年少即出家。見《全唐詩》卷四九六，頁五六二三。

五十一 據陶敏之察考，無可現存之作品雖有一〇一首，然而，頗多贗作。如：〈寄姚諫議〉、〈書事寄萬年厲員外〉乃劉得仁詩；〈和賓客想國詠雪詩〉乃許渾詩；〈中秋江驛示韋益〉、〈中秋台看月〉、〈中秋夜南樓寄友人〉、〈中秋月君山腳下看月〉、〈中秋月彩如畫寄上南海從翁侍御〉五詩乃李群玉作。詳見傅璇琮主編《唐才子傳校箋》第五冊，（北京：中華書局，二〇〇〇年二月第二次印刷）頁二八七。

五十二 姚合〈送無可上人遊邊〉詩，見《全唐詩》卷四九六，頁五六二〇。

五十三 同註二。

（厲玄）、崔駙馬（崔杞）等官宦顯要。可見在當時，無可不僅是一位高僧，更是活躍於文壇的詩人。

早在姚合擔任京兆萬年尉時，無可就已是姚合座上客。賈島、朱慶餘、無可、馬戴經常會宿於姚合宅邸；而姚合、雍陶、賈島、劉德仁等人也曾會集於無可駐錫之寺院；馬戴在會集時，最期待無可上人前來；賈島的名言：「獨行潭底影，數息樹邊身」，正是〈送無可上人〉詩中之語；劉得仁會宿無可上人寺院時，總是「忘機於世久，晤語到天明」，可知無可在苦吟詩人中，也受到同儕高度之推重。

無可苦吟為詩，其作品內容，以酬贈為多；就形式而言，則以五律見長。篇局雖然不大，卻獨具僧徒特有之清雅詩風。試看〈暮秋宿友人居〉：

> 招我郊居宿，開門但苦吟。秋眠山燒盡，暮歇竹園深。寒浦鴻相叫，風窗月欲沈。翻嫌坐禪石，不在此松陰。[五十四]

此詩由相招同宿敘起，寫到兩人夜中苦吟。頷聯「山燒」，不過借喻秋陽；此由「竹園深」，可證非野火。頸聯分寫聞、見，但聞「秋浦鴻叫」，偶見「窗月西沈」，都緊扣暮秋情景。尾聯生感，覺友人郊居之美，遠勝自家禪石。全詩寫景深細，清雅可玩。再如，〈林下對雪送僧歸草堂寺〉云：

[五十四]《全唐詩》頁卷八一三，頁九一五三。

殘臘雪紛紛，林間起送君。苦吟行迥野，投跡向寒雲。
絕頂晴多去，幽泉凍不聞。唯應草堂寺，高枕脫人群。[五十五]

此詩首句切「對雪」，次句切「送僧」。頷聯為行人設想，寫其歸返草堂寺，苦吟迥野、投跡寒雲之情景。頸聯含蓄抒發離別之感，謂：自此晴日絕頂之遊，將無此君之跡；雪中凍泉之詠，亦當無此君之聲，蓋此君已高枕草堂，超脫人群矣。全詩不論寫景抒情，皆清新雅致。

宋代詩評家，頗重視無可之「琢句手法」，認為無可擅長使用「比物以意」、善作「象外之句」，並且留下一些討論資料。宋·惠洪在《冷齋夜話》卷六即提到無可「比物以意」之琢句技巧：

唐僧多佳句，其琢句法比物以意，而不指言某物。如無可上人詩曰：『聽雨寒更盡，開門落葉聲。』是以落葉比雨聲也。又曰：『微陽下喬木，遠燒入秋山。』是以微陽比遠燒也。[五十六]

惠洪所舉之「聽雨寒更盡，開門落葉聲」實即〈秋寄從兄賈島〉之頷聯；「微陽下喬木，遠燒入秋山」則在〈登樓晚望〉一詩中。這是巧妙運用比擬手法所獲得之修辭效果。惠洪在《天廚禁臠》卷上「四種琢句法」再度稱引此二首說：

[五十五] 此詩原題作〈金州冬月陪太守遊池〉（《全唐詩》附註：一作〈林下對雪送僧歸草堂寺〉）細玩詩意，詩題似以〈林下對雪送僧歸草堂寺〉為是。詳見《全唐詩》卷八一三，頁九一五三。

[五十六] 見陳新點校《冷齋夜話》，中華書局（一九八八年七月）頁五〇。

此句法最有奇趣，然譬之嚼蟹螯，不能多得。一夜蕭蕭，謂必雨也，及曉乃落葉也，其境絕可知矣。[五十七]

此當為惠洪申述《冷齋夜話》未盡之意，所增添之說明。宋．魏慶之《詩人玉屑》論及無可「善為象外之句」時，也舉此四句為例。

元代律詩選家方回，在《瀛奎律髓》中選錄無可五律八首，分別為：卷十二「秋日類」選錄〈秋寄從兄賈島〉、卷十三「冬日類」選錄〈寄青龍寺原上人〉、卷十五「暮夜類」選錄〈同劉秀才宿見贈〉、及〈寒夜過叡川師院〉、卷四十七「釋梵類」選錄〈宿西嶽白石院〉、〈廢山寺〉、〈送僧〉、〈送贊律師歸嵩山〉。[五十八]方回以細品之批評態度，對無可之五言律詩，提出許多寶貴之賞鑑意見。試以〈秋寄從兄賈島〉一詩為例：

暗蟲分暮色，默坐思西林。聽雨寒更盡，開門落葉深。
昔因京邑病，併起洞庭心。亦是吾兄事，遲迴直至今。

此詩宋人反覆玩賞，視為名篇。方回評曰：「聽雨徹夜，既而開門，乃是落葉如雨，此體極少而

[五十七] 見日本寬文版《天廚禁臠》卷上「四種琢句法」，詳張伯偉編校《稀見本宋人詩話四種》，）江蘇古籍出版社，二〇〇二年四月）頁一一三至一一四。）

[五十八] 詳見李慶甲集評、點校《瀛奎律髓彙評》全三冊（上海古籍出版社，一九八六年四月）頁四三五、四七五、五四〇、一六九〇、一六九一。

絕佳。『微陽下喬木，遠燒入秋山』亦然。」大致已指出兩句之高妙。紀昀也評曰：「格韻頗高。」吾人若仔細推敲，似可進一步體會到更為深刻之用意：無可雖借用實景迂迴傳述自己之「誤會」，然而其微妙，還是在表達「因秋思念」之意。吾人只要細讀尾聯，即能把握到此一信息。再如：〈寄青龍寺原上人〉：

斂屨入寒竹，安禪過漏聲。高杉殘子落，深井凍痕生。
罷磬風枝動，懸燈雪屋明。何當招我宿，乘月上方行。

此詩之妙處，在頷聯頸聯。方回說：「三、四極天下之清苦。」甚有見地。清人查慎行卻認為：「深井凍痕，恐未必然。」其實中間兩聯，著力描繪青龍寺冬景，意在凸顯原上人結居安禪之地，環境枯寂，生活條件簡陋，則原上人德行究竟如何？不言可喻。全詩造語警拔，通體詩意，亦十分圓足。

無可與其他苦吟詩人一般，以律詩寫作為要事。嫻於構句，因此名聯紛出，美不勝收。信手拈來如：〈同劉秀才宿見贈〉說：「共恨多年別，相逢一夜吟。既能持苦節，勿謂少知音」雖寫得淒苦，卻脫灑高妙；再如〈寒夜過叡川師院〉：「絕塵苔積地，棲竹鳥驚燈。語默俱忘寐，殘窗半月稜。」也是情境淒苦，卻充滿佛禪義蘊；又如〈宿西嶽白石院〉說：「瀑流懸住處，雛鶴失禪中。」構句奇特，用意令人讚嘆；又如〈送僧〉說：「四海無拘繫，行心興自濃。百年三事衲，萬里一枝筇。」寫僧徒之行持，若非親身經歷，很難說得如此檢刮而有深度；再如〈送贊律師歸嵩山〉說：「清貧修道苦，孝友別家難。雪路侵溪轉，花宮映嶽看。」寫佛徒本具孝友天性，不易抹除；出家既已不易，苦修更為難能。在這些地方，吾人不難看出無可之詩歌，處處與賈島同調。其為苦吟詩人之支輿流裔，十分明顯。

宋・晁公武《郡齋讀書志》卷四謂無可：「多五言，與賈島、周賀齊名。」揆諸無可作品，實為知言。三人皆曾有僧徒經歷，詩作自有共具之特質。清・賀裳《載酒園詩話》又編說得好：「無可詩如秋澗流泉，雖波滔不興，亦自清泠可悅。」[五十九]也許受限於僧徒身分與生活環境，使無可之詩歌題材上受到一定程度之限制，其思想也難掙脫佛禪觀點之影響，然而，他廣結善緣，苦吟為詩，與賈島、清塞（周賀），組成一支突起之異軍，在苦吟詩人群體之中，綻放異彩。

肆、白衣貴冑──劉得仁

劉得仁（生卒年不詳），里籍亦不確知，相傳為貴主之子。[六十]五代・王定保《唐摭言》卷十「海

[五十九] 清・賀裳《載酒園詩話》又編，詳見郭紹虞編《清詩話續編》，（木鐸出版社，民國七十二（一九八三）年十二月），頁三八三。

[六十] 劉得仁之生平資料極少，事蹟僅見諸《唐摭言》卷十、《唐詩紀事》卷五三、《郡齋讀書志》卷一八、《唐才子傳校箋》卷六之零星記錄。「貴主」非指「公主」，據《舊唐書》卷四《職官志》：「王之女，封縣主。」詳見陳尚君之查考，載傅璇琮主編《唐才子傳校箋》第五冊，頁三二一。

敘不遇」載：「得仁自開成至大中三朝，昆弟皆貴仕，而得仁苦於詩，出入舉場三十年，竟無所成。嘗自述曰：『外家雖是帝，當路且無親。』[六十一]既終，詩人爭為詩以弔之。」[六十二]

關於劉得仁久苦文場，除了〈上翰林丁學士〉有所表白，在其他詩作也有提及，例如〈陳情上李景讓大夫〉云：

一被浮名誤，旋遭白髮侵。裴回戀明主，夢寐在秋岑。遇物唯多感，居常只是吟。待時鉗定口，經事壓低心。辛苦文場久，因緣戚里深。老迷新道路，貧賣舊園林。晴賞行聞水，宵棋坐見參。龜留閒去問，僧約偶來尋。望喜潛憑鵲，娛情願有琴。此生如遂意，誓死報知音。上德憐孤直，唯公拔陸沈。丘山恩忽被，螻蟻力難任。作鑒明同日，聽言重若金。從茲更無限，翹足俟為霖。[六十三]

此詩為干謁之作，投贈的對象是李景讓。由詩中可瞭解到劉得仁堅持詩道，髮白不悔。無論環境如何艱難，居常只是吟詩。雖與皇家因緣甚深，卻仍辛苦文場。「老迷」四句，謂己老邁，不識新路；因貧寒困頓，而變賣園林。「晴賞」六句，寫己行賞晴流，宵坐觀棋。懶於問筮，喜僧來尋。憑鵲望

六十一　本詩原題為〈上翰林丁學士〉，是其落第之後所作。見《全唐詩》卷五四五，頁六三〇二。又詩中之「丁學士」，為丁居晦，詳見陳尚君之查考，載傅璇琮主編《唐才子傳校箋》第五冊，頁三二一。

六十二　引見王定保《唐摭言》卷十「海敘不遇」，詳江漢椿《唐摭言校注》，（上海社會科學院出版社，二〇〇三年一月）頁二〇〇。

六十三　見《全唐詩》卷五四五，頁六三〇二。

喜，以琴娛情；十足貧士生活。倘能舉場遂意，必將誓死以報知音。「上德」四句，頌揚李景讓，殷盼提拔。「作鑑」四句更以明鑑如日喻景讓，並翹首靜待甘霖，殷盼景讓之提攜。再如〈省試日上崔侍郎〉四首，更是二十年文場失利之血淚控訴。詩云：

衣上年年淚血痕，只將懷抱訴乾坤。如今主聖臣賢日，豈致人間一物冤？

如病如癡二十秋，求名難得又難休。回看骨肉須堪恥，一著麻衣便白頭。

戚里稱儒愧小才，禮闈公道此時開。他人何事虛相指，明主無私不是媒。

方寸終朝似火然，為求白日上青天。自嗟辜負平生眼，不識春光二十年。[六十四]

第一首詩在省試日，泣訴於崔侍郎。但盼主聖臣賢之時，認定一己二十年努力，切莫埋冤於人寰。次首謂己追求功名，如病如癡，難得難休。骨肉至親，皆已騰達，己則仍著麻衣，回首堪羞。蓋二十年努力，徒勞無功，瞬已白頭。第三首謂己於里閭，雖謬稱儒者，猶愧才小；此時禮闈，公道舉賢，他人何得相指？蓋明主既已無私，舉才亦無媒孽之理。第四首敘己苦求功名，方寸之間，終日如火之燃。自嘆長年辜負雙眼，蓋已二十年不窺園，久已不知春光之美。四首雖屬干謁之作，卻長歌當哭，淒厲異常。

劉得仁在詩壇活動之年代，約在文宗、武宗、宣宗之際。交往之詩友甚多，與姚合、雍陶、顧非

[六十四] 見《全唐詩》卷五四五，頁六三〇四。

熊、無可、盧肇都有唱和。劉得仁致姚合之交往詩計有：〈寄姚諫議〉、〈送姚合郎中任杭州〉、〈上姚諫議〉四首。此時正當開成元年（八三六年），姚合自杭州回經任諫議大夫。劉得仁致雍陶之交往詩有：〈寄雍陶先輩〉、〈對月寄雍陶〉、〈送雍陶侍御赴兗州〉、〈贈雍陶博士〉四首。雍陶於大和八年中舉，大中六年授國子博士。劉、雍交往，約在其時。劉得仁寄丁功著之交往詩僅有〈禁署早春晴望〉一首。《全唐詩》收錄劉得仁作品兩卷，見卷五四四至五四五。

劉得仁在晚唐之詩名頗著，司空圖在〈與王駕評詩書〉中論及當代詩人，即包括賈島、孟郊與劉得仁，並認為三家作品：「時得佳致，亦足滌煩。」[六十五]唐・張為在《詩人主客圖》「清奇僻苦主孟郊」下有「即門」二人，其中即包括劉得仁。宋・晁公武《郡齋讀書志》卷四下亦謂得仁：「五言清瑩，獨步文場。」[六十六]誠如所言。

劉得仁為詩，喜自鳴哀苦，嘗自言：「刻骨搜新句，無人憐白衣。」、「永夜無他慮，長吟畢二更。」（〈陳情上知己〉）、「吟興忘飢凍，生涯任有無。」（〈夜攜酒訪崔正字〉）。如此苦吟為詩，作風的確類似孟郊；然其詩聯用字，奇僻深細，則又逼近賈島。其〈晚夏〉詩曰：

六十五　此司空圖〈與王駕評詩書〉中語。見祖保泉、陶禮天箋校《司空表聖詩文集箋校》，（合肥，安徽大學出版社，二〇〇二年十月）頁一九〇。

六十六　見，晁公武《昭德先生郡齋讀書志》卷四下，《四部叢刊》三編（北京書同文數字化科技公司，二〇〇一年）據北京圖館藏上海涵芬樓景印《四部叢刊》電子版 V 1.0。

日夕是西風，流光半已空。山光漸凝碧，樹葉即翻紅。
學淺慚多士，秋成羨老農。誰憐信公道？不泣路岐中。[六十七]

元・方回在《瀛奎律髓》卷十一「夏日類」收錄此詩，評曰：「有春晚詩矣，未聞夏晚詩也，蓋言秋近而已。三四佳，第六句妙。」[六十八]紀昀曰：「『山色』『色』字、『即』字再考，第五句無著。」又曰：「結是刻意作和平語，未免反著迹相。」[六十九]全詩不過描寫秋至，卻寫得悲苦難抑，此種作風，酷似孟郊。再如其〈題邵公禪院〉云：

無事關多掩，陰階竹掃苔。勁風吹雪聚，渴鳥啄冰開。
樹向寒山得，人從瀑布來。終期天目老，擎錫逐雲回。

元・方回在《瀛奎律髓》卷四十七「釋梵類」評曰：「三四用功至矣，唐人作詩，不要緊處模寫得直是精神。」清・紀昀卻反駁曰：「武功派所以不佳，正坐著力在沒要緊處。若盛唐大家，卻在要緊處用力，其象外傳神，空中烘托之筆，亦必與本位祕響潛通，神光離合，必不是拋落正意，另自刻

[六十七] 見《全唐詩》卷五四四，頁六二八五。

[六十八] 方回《瀛奎律髓彙評》收錄此詩，詩題作〈夏晚〉。參見李慶甲集評校點《瀛奎律髓彙評》，（上海古籍出版社，一九八六年四月）頁三九六。

[六十九] 並見於李慶甲前書所集評語。

畫小景。」清・馮舒曰：「只鍊得三四，下四句喫力而散緩。」又其〈秋夜宿僧院〉[七十]云：

禪寂無塵地，焚香話所歸。樹搖幽鳥夢，螢入定僧衣。
破月斜天半，高河下露微。翻令嫌白日，動即與心違。

此詩方回對於頷聯下句至為欣賞，評曰：「『螢入定僧衣』此一句古今無之。他有『作學白骨塔』，『作石鳥疑死』，刻苦太甚，不如此之閒雅。尾句尤高。」清・紀昀曰：「三句亦深微。尾句是晚唐習逕，不足言高。」清・馮舒卻曰：「真賈島。」就現存作品來看，劉得仁的確對於詩聯之經營，下了不少苦功，因此留下了不少精之名句，例如：

岸幘棲禽下，烹茶玉漏中。行骸忘已久，偃仰趣無窮。（〈夏夜會同人〉）
北行山已雪，南去木猶青。夜嶽禪銷月，秋潭汲動星。（〈送知全禪師南遊〉）
生人居外地，塞雪下中秋。雁舉之衡翅，河穿入虜流。（〈塞上行作〉）
水聲翻敗堰，山翠溼疏籬。綠滑莎藏徑，紅連果壓枝。（〈西園〉）
首垂聽樂淚，花落待歌杯。石路尋芝熟，紫門有鹿來。（〈送姚處士歸亳州〉）
僧同池上宿，霞向月邊分。渚鳥棲蒲立，城砧接曙聞。（〈秋日同僧宿西池〉）

七十　參見李慶甲集評校點《瀛奎律髓彙評》，（上海古籍出版社，一九八六年四月）頁一六六七。《全唐詩》本詩詩題作〈宿禪院〉，首句作：「禪地無塵夜」，詳見《全唐詩》卷五四四，頁六二八一。

吟興忘飢涷，生涯任有無。慘雲埋遠岫，陰吹吼寒株。（〈夜攜酒訪崔正字〉）
無才堪世棄，有句向誰誇。老樹呈秋色，空池浸月華。（〈池上宿〉）
漏微砧韻隔，月落斗杓低。危葉無風墜，幽禽並樹棲。（〈秋夕即事〉）
賢能資壽考，健不換公卿。藥圃妻同耨，山田子共耕。（〈贈陶山人〉）

從上列些詩例來看，劉得仁確曾努力揣治聲病，不厭磨淬，雖然使詩句深刻有味，卻也不免過度研磨，以致呆頓失靈。胡震亨《唐音癸籤》曾譏評劉得仁：「詩思深合處盡可味，奈筆笨難掉」所指大概就是此一弊病。清・李懷民在《重訂中晚唐詩主客圖》上卷，將劉得仁納入張籍一派，顯然失察。李懷民曰：

得仁詩亦水部派也。前輩見其愁苦呻吟，擬之賈氏，其實唐末淒厲之音。大半相似，要自各有宗承，不相混。惜得仁三十年苦功，齎志以歿。後世並亦無能知者，引為司業門人，或有傳焉[七十一]。

如就其詩歌風格表現，則石桐先生之見，猶可商榷。中唐孟郊寒苦之作發之在先，晚唐淒厲之音，應宗承自孟郊。相較之下，張為將劉得仁納入「清奇僻苦主孟郊」作為其「及門」者，似較符合實情。

[七十一] 見清・李懷民《重訂中晚唐詩主客圖》上卷〈劉得仁傳〉，中央研究院歷史語言研究所，借國立央圖書館藏清嘉慶（壬申）十七年刊本影印。

第七章　全文總結

一、「苦吟」起先是普通詩語，其後有了豐富涵義，後世詩評家更用以指稱具有創作特色的「詩歌體派」。中晚唐時期苦吟觀念之產生，有儒墨思想之觸發、也有杜甫韓愈為先導，更有社會環境因素的影響。中晚唐時期的讀書人普遍悲觀、絕望、遁入內心。苦吟為詩，除了是一種精神解脫，更是實踐創作理想的手段。對於中晚唐時期「苦吟為詩」這個文學現象，不論是從創新破俗、獨見情性的角度予以稱賞，或者從乖違自然、才淺氣狹的角度加以非議，都是極有趣味的課題。本書借用蘇軾與紀昀的論見，以「郊寒」、「島瘦」、「武功體」作為苦吟詩人三典型；嘗試分為兩系列，進一步說明中晚唐苦吟詩人的承襲關係，或許能對中晚唐詩研究，提供參考。

二、孟郊是「苦吟詩人」最佳典型，經由本書之察考，可知貧寒困頓的現實生活、偃蹇坎坷的仕途、無子絕嗣的悲哀、孤僻寡合的性格是孟郊「自鳴寒苦」的主因。寒苦詩一方面是孟郊發憤著述、不平則鳴的創作實踐；也是面對貧困，超越悲苦的產物。就心理層面來看，孟郊反覆吟詠寒苦，多少帶有心理自衛的作用，從而減輕貧寒困頓對心靈所造成的創傷，使孟郊受挫欲望獲得替代性的滿足。值得注意的是：孟郊不僅止於吟詠自身的貧寒與病苦，還將筆鋒指向社稷民生的飢寒困頓，對於同時或前代寒士的偃蹇窮窘，更不吝於表彰追悼。從而使其寒苦詩，不止是小我的悲吟，更具備表現深度與普遍的意義。

孟郊之詩作，雖多哀情苦語，然由於他對人情世態有深入觀察；親歷藩鎮變亂時，滿懷憂患社稷之心；在佛道教義，又有深刻體悟；以苦吟的態度，精心結撰，寄託幽微。就語言風格來看，孟郊用字約潔、筆法繁複，篇體簡短，優越之用字技巧，使得孟郊詩，思致深刻，不乏情理意味。無可諱言，哀情苦語也會使人讀來不懽；但是孟郊透過尖新的措辭、奇詭的意象來表現寒苦，則使這些詩具有獨創的意義與嶄新的風貌。孟郊本其特殊才思，在這些作品中創造出一種前所未有的冷峭詩境與苦澀美感；或許正是這些東西，在各個時代中，不斷觸動著讀者心絃。

三、前賢論及賈島時，常舉孟郊作對照，有謂「孟拙賈苦」者、有視孟賈為「草間吟蟲」者，有謂讀孟、賈詩如「嚼木瓜、食寒虀」者；其實吾人如持「賞奇花、品異酒」之態度面對賈島詩，反能別有會心。前賢苛刻之評價，不必視為當然。賈島與姚合近三十年的交往，以五律為主，交互影響對彼此詩風之形成，肯定是一大助緣。平心而論，賈島詩固有限制與缺失，其實不乏獨到之特色。基於特殊之材性氣質，賈島在中晚唐間，苦心孤詣，力求表現，的確開拓出與眾不同之風貌。

賈島詩既經苦思冥搜、琢鍊推敲而得，兼有寒苦、古雅、平淡、深細、奇警等詩境，故本書權以「寒狹」概括其詩風。賈島以佛理為思想基礎，以恬淡自安為基本心態面對人生挫折；運用平常題材、普通詩律，傾畢生之力於近體詩，因此五律成就尤高。

唐朝之五言律詩，自高宗神龍起，陳、杜、沈、宋開創於先，李、杜、王、孟、岑、高承繼於後，至杜甫已至巔峰。杜甫之後，有尚有錢、劉、韋、郎諸家。發展至中晚唐，固然「法脈漸荒，境界漸狹」、詩人「僅知煉句之工拙，遂忘構局之精深。」（清・顧安《唐律消夏錄》），蒼莽之氣比較缺乏，難與前人爭衡。然就五律之抒情寫景言，賈島詩運思之精、鏤景之細，所得之成就，實不在其他詩人之下。

經由本書考察，吾人不難斷定中晚唐詩人中，確有一個奉賈島為精神領袖之苦吟詩人群體，他們從賈島詩尋求精神寄託與心靈共鳴，他們以清冷之意境、淡漠之詩情、佛禪之意蘊，真實呈現下層文人之哀喜，藉此排解處身唐末、仕途坎坷的辛酸。賈島在中晚唐文學擁有一定之歷史地位，殆為不爭之事實。

四、姚合以〈武功縣中作〉三十首贏得千秋之名，並且在晚唐詩壇擁有一席之地。其獨善其身、流連風物之「閒適情懷」以及清峭卻不流於僻澀之詩歌風格，實為受到後代詩論者尊崇之主因。身為縣級官員，姚合在〈武功縣中作〉中多次談到種藥、修道、養生這些直接與吏事相左的內容，將吏人之隱逸生活作了深細之描摹，其生活圖景，其實與一般處士並無差異；其閒適情懷，亦非聽訟之餘的生活調適，其實已至「玩忽職守」、「尸位素餐」之地步。姚合在〈寄永樂長官殷堯藩〉有云：「故人為吏隱，高臥簿書間。遶院唯栽藥，逢僧只說山。此宵歡不接，窮歲信空還。何計相尋去，嚴風雪滿關。」由姚合對殷堯藩之忻慕，及其他同官友人隱逸生活之欣賞，即可獲悉姚合十分認同自大曆以來、流行於官員間的「隱於吏中」或者「以吏為隱」之生活理想。

關於此一議題，日本學者赤井益久、大陸學者蔣寅皆曾針對「吏隱」做過精彩研究。唐代詩人「詩意地棲居在衙衛、郡齋」，以吏事、宦情為題旨，亦復不少。文士從政之心態與困境，侯迺慧教授於多年前所作有關「郡齋詩」之研究，曾提及文士從政卻寫些閒暇主題，原因有很多種：或有可能是民風純樸或太平盛世，以致鮮少訟獄；或有可能是官員本身性格；更有可能是官員對政途失意所做之「委婉美化的抗拒」。

從姚合〈杭州官舍偶書〉：「無數理人人自理，朝朝漸覺簿書稀」係以樸民自化解釋其閒適；從姚合〈武功縣中作〉其二云：「自知狂僻性，吏事固相疏」則是自供生性狂僻。姚合在〈武功縣中作〉雖曾說過「宦名渾不計」，但是也曾抱怨：「一官無限日，愁悶欲何如？」；身為主簿，卻「簿書多不會」、「簿籍誰能問」；「作吏無能事」之言，竟也能說出口，所以，姚合在詩中呈現的其實是十分複雜之情懷。〈武功縣中作〉三十首除了對吏隱主題之深化，其實也對晚唐文士從政心態與困境，作了極其深刻之展示。

五、晚近不少學者關心中晚唐詩人體派分合之議題。余恕誠教授曾提及晚唐兩大詩人群落：一為「綺豔詩人群」，一為「窮士詩人群」。余氏其實是採南宋胡仔《苕溪漁隱叢話》前集卷十九引張文潛語而來。由於余氏是以較為寬泛的角度所作的觀察，目的只在勾勒晚唐時期的詩壇現象，並未詳列「窮士詩人」的名單，然而就其文中涉及的詩人，則所謂「窮士詩人群」大體與晚唐「苦吟詩人」群互相疊合。

而馬承五先生曾自《全唐詩》檢索整理出一個相互酬贈詩作之統計，並由詩人之往來關係以及藝術標誌，提列出：孟郊、韓愈、賈島、盧仝、馬異、劉叉、姚合八人為「苦吟詩人」。由於馬氏關注的對象僅限於中唐詩人，因此所列的「苦吟詩人」成員，嚴格來說，仍不完整。

從文宗太和到武宗會昌末的詩壇看來，姚合應是「文壇風雅主」，因為當時在姚合周遭聚攏了大批文士，彼此有極頻繁的詩歌往來與師承淵源。筆者曾使用東吳大學中文系陳郁夫、許清雲等教授所製作之《全唐詩全文檢索系統》，以李洞、清塞、曹松、馬戴、裴說、許棠、唐求、方干、雍陶、無可、喻鳧、劉得仁，姚合、賈島等人作為「檢索項」，所進行之調查顯示：從長慶至開成，李洞、清塞、曹松、馬戴、裴說、許棠、唐求、方干、雍陶、無可、喻鳧、劉得仁，與姚合、賈島來往互動，最為頻繁。（從吳汝煜《唐五代交往詩索引》相關欄目，也可驗證。）所以，當韓孟、元白兩大詩人群體逐漸退出詩壇時，以姚、賈為首之苦吟詩人，適時成為長安詩壇生力軍。

在這些詩人中，除了孟郊、賈島、姚合之相關資料較多，其餘大多作品流失，資料嚴重不全。筆者就僅有的史料，對這一群詩人略分兩大系列：李洞、清塞、曹松、馬戴、裴說、許棠、唐求在詩歌風格上，大體承繼賈島奇僻之風；謂之「賈島系」，亦無不可；至於方干、雍陶、無可、喻鳧、劉得仁，由於與姚合往來較為密切，大多承襲姚合清雅之格，因謂之「姚合系」。兩系其實並非截然分立，而是交叉相疊的狀況。

六、中晚唐苦吟詩人普遍際遇不佳，即令能得功名，也多位居卑官。孟郊曾任溧陽尉，賈島曾任長江主簿、普州司倉，張蠙曾任金堂令，李郢曾任州從事，李中曾任吉水縣尉，馬戴曾任龍陽尉，都是官位甚卑，無足輕重。或者終身為處士，如盧仝、馬異、劉叉、劉得仁（一生未第）、方干、李洞、唐求，都至死生未得功名。或者曾為僧徒，如周賀（法號清塞）；無可是賈島從弟，亦曾為僧徒。與其他唐代士人一般，這些苦吟詩人，都有長期求仕歷程，只是際遇各殊而已。

苦吟詩人在世之日，際遇不一，雖不能升之廊廟，發展長才，然而嘯聚一室，苦吟孤索，也大體維持著讀書人應有之分際。不論處身盛世或衰世，詩人對自己出處行藏，都有深細的甄辨與抉擇，近於孔門狂狷之士。清人李懷民說：「余定中晚唐以後人物，有似於孔門之狂狷。韓退之、盧仝、劉叉、白樂天，狂之流也；孟東野、賈島、李翺、張水部，狷之流也。後世人不識，或指其言為俗劣、為粗鄙、為真率、為妄誕。嗚呼！是皆浮沈世故、居心不正，徒以香情麗質為雅耳。」一洵為知言，再次引錄，以饗讀者諸君。

參考書目

一、總集、別集、選集

◆清聖祖御定、清・季振宜等奉敕編《全唐詩》九百卷十二冊（臺北，文史哲出版社，民國六十七年十二月）。
◆屈萬里・劉兆祐主編《全唐詩稿本》全七十一冊（國立中央圖書館原藏）（臺北，聯經出版事業公司，民國六十八年）。
◆王重民、孫望、童養年輯錄《全唐詩外編》（臺北，木鐸出版社，民國七十二年六月）。
◆陳尚君輯校《全唐詩補編》上中下冊（北京，中華書局，一九九二年十月）。
◆唐・孟郊撰，華忱之校訂《孟東野詩集》（人民文學出版社，一九五九年）。
◆唐・孟郊撰，陳延傑注《孟東野詩注》（商務印書館，一九三九年版）（臺灣，新文豐出版公司，民國六十八年八月）。
◆唐・孟郊撰，韓泉欣校注《孟郊集校注》（浙江古籍出版社，一九九五年十二月）。
◆唐・孟郊撰，華忱之、喻學才校注《孟郊詩集校注》（北京：人民文學出版社，一九九五年十二月）。

◆唐・孟郊撰，邱燮友、李建崑校注《孟郊詩集校注》（國立編譯館編主編，新文豐出版公司，民國八十六年十月）。
◆唐・張籍撰，李建崑校注《張籍詩集校注》，國立編譯館中華學術著作委員會主編，華泰文化事業有限公司，二〇〇一年八月出版。
◆唐・姚合撰，劉衍校考《姚合詩集校考》（岳麓書社，一九九七年五月）。
◆唐・賈島撰，李嘉言校《長江集新校》（上海：上海古籍出版社，一九八三年十一月）。
◆唐・賈島撰，黃鵬箋注《賈島詩集箋注》（成都：巴蜀書社，二〇〇二年六月）。
◆唐・賈島撰，李建崑校注《賈島詩集校注》（台北：里仁書局，二〇〇二年十月）。
◆傅璇琮編撰《唐人選唐詩新編》（唐詩研究集成）（陝西人民教育出版社，一九九六年七月）。
◆元・方回著，李慶甲集評、點校《瀛奎律髓彙評》全三冊（上海古籍出版社，一九八六年四月）。
◆清・王堯衢著，單小青、詹福瑞點校《古唐詩合解箋注》，（保定，河北大學出版社，二〇〇〇年四月）。
◆清・杜紫綸、杜詒穀《中晚唐詩叩彈集》（上下冊，據采山亭藏版影印）（北京出版社，一九八四年十二月第一版）。
◆袁閭琨主編《全唐詩廣選新注集評》全十冊（遼寧人民出版社，一九九四年八月）。
◆陳伯海主編《唐詩彙評》（上中下冊），（浙江教育出版社，一九九五年五月）。

二、詩話、詩史、專論

◆清・何文煥編《歷代詩話》上下冊（臺北，木鐸出版社，民國七十一年二月初版）。
◆丁福保編《歷代詩話續編》上中下冊（臺北，木鐸出版社，民國七十七年七月）。
◆丁福保編《清詩話》（臺北，藝文印書館，木鐸出版社，民國七十七年九月）。
◆郭紹虞編《清詩話續編》上中下冊（臺北，木鐸出版社，一九八三年十二月）。
◆臺靜農主編《百種詩話類編》上中下冊（臺北，藝文印書館，民國六十三年五月）。
◆陳伯海編《唐詩論評類編》（山東教育出版社，一九九三年一月）。
◆王士禎原編、鄭方坤刪補《五代詩話》（北京：人民文學出版社，一九八九年十二月）。
◆郭紹虞編《宋詩話輯佚》（臺北，華正書局，一九八一年十二月）。
◆郭紹虞編《宋詩話考》（漢京文化事業有限公司，民國七十二年一月）。
◆程毅中主編《宋人詩話外編》上下冊（國際文化出版公司，一九九六年三月）。
◆吳文治編《宋詩話全編》（全十冊）（南京，江蘇古籍出版社，一九九八年十二月一版一刷）。
◆吳文治編《明詩話全編》（全十冊）（南京，江蘇古籍出版社，一九九七年十二月一版一刷）。
◆杜松柏編《清詩話訪佚初編》（精十冊）（臺北，新文豐出版公司，一九八七年六月）。
◆明・楊慎著，楊文生校箋，《楊慎詩話校箋》，（成都，四川人民出版社，一九九〇年七月）。

◆明・胡震亨《唐音癸籤》，（臺北・世界書局，一九八五年出版）。
◆清・李懷民《重訂中晚唐詩主客圖》中央研究院歷史語言研究所，借國立中央圖書館藏清嘉慶（壬申）十七年刊本影印。
◆清・袁潔撰《蠡莊詩話》（收入臺灣廣文書局，《國學珍籍彙編》，民國六六年）。
◆宋・計有功編《唐詩紀事》，王仲鏞著《唐詩紀事校箋》，（成都，巴蜀書社，一九八九年八月）。
◆元・辛文房撰、周本淳校正《唐才子傳校正》（臺北，文津出版社，民國七七年三月）。
◆元・辛文房撰，孫映逵校注《唐才子傳校注》（中國社會科學出版社，一九九一年六月）。
◆元・辛文房撰，傅璇琮主編《唐才子傳校箋》全五冊，（北京：中華書局，二〇〇〇年二月第二次印刷）。
◆五代・王定保著，姜漢椿《唐摭言校注》，（上海社會科學出版社，二〇〇三年一月出版）。
◆宋・孫光憲《北夢瑣言》，（臺灣，源流出版社，一九八三年四月出版）。
◆喬象鍾、陳鐵民主編《唐代文學史》上下冊（人民文學出版社，一九九五年十二月）。
◆傅璇琮主編《唐代文學編年史》全四冊（瀋陽・遼海出版社，一九九八年十二月）。
第一冊：陶敏、傅璇琮著《唐代文學編年史・初盛唐卷》。
第二冊：陶敏、李一飛、傅璇琮著《唐代文學編年史・中唐卷》。
第三冊：吳在慶、傅璇琮著《唐代文學編年史・晚唐卷》。

第四冊：賈晉華、傅璇琮著《唐代文學編年史．五代卷》。

◆張興武《五代十國文學編年》（北京．人民文學出版社，二〇〇一年十月）。

◆許總撰《唐詩史》上下冊（江蘇教育出版社，一九九四年六月）。

◆楊世明撰《唐詩史》（重慶出版社，一九九六年十月）。

◆王運熙、楊明《隋唐五代文學批評史》（上海古籍出版社，一九九四年）。

◆王夢鷗《傳統文學論探索》（臺北，時報文化事業有限公司，民國七十六年六月）。

◆聞一多《唐詩雜論》（上海古籍出版社，一九九八年十二月）。

◆吳汝煜、胡可先著《全唐詩人名考》（江蘇教育出版社，一九九〇年八月）。

◆陶敏《全唐詩人名考證》，（西安；山西人民出版社，一九九六年八月）。

◆吳在慶《唐五代文史叢考》（江西人民出版社，一九九五年十月）。

◆陳尚君《唐代文學叢考》（北京，中國社會科學出版社，一九九七年十月）。

◆郁賢皓、陶敏《唐代文史考論》（臺灣，洪葉文化事業有限公司，一九九九年六月）。

◆張伯偉《全唐五代詩格彙考》（南京，江蘇古籍出版社，二〇〇二年四月）。

◆楊建國《全唐詩『一作』校正集稿》（濟南，山東教育出版社，一九九七年二月）。

◆余恕誠撰《唐詩風貌及其文化底蘊》（臺北，文津出版社，一九九九年八月）。

◆尤信雄《孟郊研究》（臺灣，文津出版社，民國七三年（一九八四）三月）附：《孟郊年譜》。

◆蕭占鵬《韓孟詩派研究》（臺北，文津出版社，一九九四年十一月第一版）。
◆畢寶魁《韓孟詩派研究》（瀋陽，遼寧大學出版社，二〇〇〇年二月第一版）。
◆任海天《晚唐詩風》（哈爾濱，黑龍江教育出版社，一九九八年三月）。
◆田耕宇《唐音餘韻》（成都，巴蜀書社，二〇〇一年八月）。
◆曾進豐《晚唐詩的鋒芒與光彩》（臺南，漢風出版社，二〇〇三年五月）。
◆劉寧《唐末五代詩歌研究》（北京大學，博士論文，一九九七年）。
◆尹楚斌《唐末詩人群體研究》，（南京師大，博士論文，一九九七年）。
◆張夢機《近體詩發凡》（臺灣中華書局，民國七十三（一九八四）年五月）。
◆許清雲《近體詩創作理論》（臺北，國立編譯館主編，洪葉文化事業公司，一九九七年九月）。

三、書錄、索引、辭典

◆孫琴安撰《唐詩選本六百種提要》（陝西人民教育出版社，一九八七年九月）。
◆陳伯海、朱易安編《唐詩書錄》（齊魯書社，一九八八年十二月）。
◆傅璇琮、張枕石、許逸民編撰《唐五代人物傳記資料綜合索引》，（北京，中華書局，一九八二年）。

◆馬緒傳編《全唐文篇名目錄及作者索引》（北京，中華書局，一九八五年五月）。
◆吳汝煜主編《唐五代詩人交往詩索引》（上海，古籍出版社，一九九三年五月）。
◆方積六、吳冬秀編撰《唐五代五十二種筆記小說人名索引》（北京，中華書局，一九九二年七月）。
◆馬緒傳編《全唐文篇名目錄及作者索引》（北京，中華書局，一九八五年五月）。
◆萬曼撰《唐集敘錄》（中華書局，一九八〇年。）另有（臺灣，明文書局，七十一年二月）。
◆周祖譔主編《中國文學家大辭典—唐五代卷》（北京，中華書局，一九九二年九月）。
◆周勛初主編《唐詩大辭典》（江蘇，江蘇古籍出版社，一九九〇年十一月一版）。

四、論文

◆坂野學〈苦吟について〉日本東北大學，《集刊東洋學》第五十四輯，一九八五年。
◆馬承五〈中晚唐苦吟詩人綜論〉，《文學遺產》，一九八八年第二期。
◆王南〈「苦吟」詩論〉《首都師範大學學報》（哲學社會學版），一九九五年第二期。
◆許總〈唐詩體派論〉，《文學遺產》，一九九五年第三期。
◆文航生〈晚唐豔詩概述〉，《四川師範學院學報》（哲社版）一九九六年一月第一期。
◆朱明秋〈雕乾嘔肺究為何？—尋韓派詩人苦吟的原因〉，《桂林市教育學院學報》（綜合版），一九九六年第三期（總第三十期）。
◆余恕誠〈晚唐兩大詩人群落與風貌特徵〉，《安徽師大學報》，二四卷（一九九六年）第二期。
◆吳在慶〈中晚唐苦吟之風及其成因初探〉，《中州學刊》，一九九六年第六期。
◆許總〈論唐末的社會心理與詩風走向〉，《社會科學戰線》，一九九七年第一期。
◆袁文麗〈晚唐詩人內向心理探因〉，《山西大學院學報》（哲社版），一九九七年第四期。
◆劉明華〈刻苦與創造—論苦吟〉《西南師範大學學報》（哲學社會學版），一九九八年第一期。
◆文航生〈冷眼觀世態，直筆書感懷—唐末格言詩試論〉，《四川師範學院學報》（哲社版）第二期，一九九八年三月。
◆張玉璞〈楊萬里與南宋晚唐詩風的復興〉，《文史哲》，一九九八年二期。
◆張晶〈中晚唐懷古詩的審美時空〉，《北方論叢》，一九九八年第四期（總一五〇期）。
◆袁文麗〈晚唐詩人的女性心態及詩歌表現〉，《山西大學院學報》（哲社版），一九九九年第三期。
◆袁文麗〈晚唐詩歌的沖淡玄遠〉，《山西師大學報》（社科版），二十六卷第二期，一九九九年四月。
◆王澤強〈論趙嘏的科舉活動與詩歌創作〉，《淮陰師院學報》，一九九九年第二期（總八十三期）。
◆莫礪鋒〈論晚唐的詠史詩組〉，《社會科學戰線》，二〇〇〇年第四期。

◆王春青〈略論晚唐清淺詩風的形成〉，《襄樊學院學報》第二一卷第一期，二〇〇〇年一月。
◆吳在慶〈略論唐代的苦吟詩風〉《文學遺產》，二〇〇二年第四期。
◆李貴〈在詩歌的家園棲居—晚唐體苦吟的意義極其影響〉，《社會科學研究》，二〇〇三年第二期。
◆李定廣〈論唐末五代普遍苦吟現象〉，《文學遺產》，二〇〇四年第四期。
◆吳豔玲〈苦吟：從杜甫、吳嘉紀到臧克家—檢討中國詩歌發展的一條道路〉《中國民族大學學報》（人文社會學版），二十四卷第五期，二〇〇四年九月。
◆華忱之〈觀於孟郊的生平及其創作〉，《唐詩研究論文集》（北京，人民文學出版社，一九五九年二月）二二四至二三六頁。
◆劉開揚〈論孟郊〉（中國語文學社編《唐詩論文集》（香港，中國語文學社，一九七〇年八月）一八〇至一九二頁。
◆張國舉〈孟郊的詩歌藝術及其在唐詩發展中的貢獻〉，《中國古典文學論叢》。第六輯（北京，人民文學出版社，一九八七年）。
◆謝建忠〈試論孟郊詩的怪誕美〉，《貴州師大學報》一九八八年，第四期。
◆謝建忠〈試論儒家詩教影響孟郊創作之得失〉，《貴州文史叢刊》，一九八八年第四期，第九十九至一〇四頁。

◆李漢超〈論孟郊〈秋懷〉詩的語言意味〉，《社會科學輯刊》，一九八八年第三期。
◆傅紹良〈論孟郊審美心理的基本特徵〉，《唐都學刊》一九八九年第一期。
◆喻學才〈孟郊與宋詩〉，《湖北大學學報》，一九八九年第六期。
◆魏耕原〈孟郊詩的藝術特徵及其形成原因〉，《淮北煤師院學報》一九八九年一期。
◆韓泉欣〈孟東野詩作年補考六題〉，《杭州大學學報》第十九卷第一期，第三十四至三十九頁，一九八九年三月。
◆謝建忠〈論孟郊「物象由我裁」〉，《萬縣師專學報》（四川），一九九〇年第三、四期頁四十二至四十七。
◆賈晉華、華忱之〈孟郊年譜訂補〉，《唐代文學研究》第四輯，第二一七至二三一頁，廣西師範大學出版社，一九九三年十一月。
◆孟二冬〈韓孟詩派的創新意識及其與中唐文化趨向的關係〉，北京《中國社會科學》一九八九年第六期，第一五五至一七〇頁。
◆俞浩勝〈孟郊貧寒詩異議〉，《安慶師院學報一九八九年第四期，頁七十七至八十二。
◆馬承五〈病態的花的文化心理特徵—中西苦吟詩人比較研究〉，《江漢論壇》，一九八九年第十一期，頁五十五至五十九。
◆劉春霞、辛華東〈賈島「苦吟」詩的文化精神〉《安徽師專學報》，一六卷，二〇〇四年十二月。

◆胡中行〈賈島事跡三考〉《蘇州鐵道師范學院學報》（社會科學版）一九九四年二期。
◆吳淑鈿〈賈島詩之藝術世界〉《鐵道師院學報》一九九六年六期。
◆黃鵬〈賈島詩的淵源和影響〉《四川師范學院學報》（哲學社會科學版）一九九七年三期。
◆李小榮〈賈島對「咸通十哲」影響之檢討〉《淮陰師范學院學報》（哲學社會科學版）一九九七年四期。
◆楊旺生〈賈島詩風簡論〉《安慶師范學院學報》（社會科學版）一九九八年二期。
◆李小榮〈亦詩亦禪兩艱難——賈島創作心態簡論〉《貴州師范大學學報》（社會科學版）一九九八年一期。
◆齊文榜〈賈島的文學復古思想〉《河南大學學報》（社會科學版）一九九九年一期。
◆張文利〈賈島五律藝術特色探析〉《唐都學刊》一九九九年四期。
◆姜光斗〈論賈島五律詩〉《南通師范學院學報》（哲學社會科學版）一九九九年二期。
◆黃鵬〈言歸文字外　意出有無間——論賈島詩的藝術特色〉《四川師范學院學報》（哲學社會科學版）二〇〇〇年一期。
◆李軍〈孟郊賈島詩歌比較研究〉《蘇州鐵道師范學院學報》二〇〇〇年一期。
◆杜景華〈賈島生平故里叢考〉《學術交流》二〇〇〇年五期。
◆謝旭〈談賈島詩風及其影響〉《咸陽師范專科學校學報》二〇〇〇年五期。

◆張春萍〈賈島「苦吟」創作的內涵及淵源解讀〉《語文學刊》二〇〇〇年三期。
◆張曉嵐〈孟郊與賈島：寒士詩人兩种迥然不同的范式——試論聞一多的中唐詩壇研究及其學術意義〉《華東師范大學學報》（哲學社會科學版）二〇〇〇年五期。
◆張文利〈賈島詩選擇物象的特點〉《西北大學學報》（哲學社會科學版）二〇〇一年一期。
◆張春萍〈晚唐「賈島現象」探析〉《哈爾濱學院學報》二〇〇二年七期。
◆羅琴、胡問濤〈賈島的籍貫、墓地考〉《西南民族學院學報》（哲學社會科學版）二〇〇二年八期。
◆宮璽〈賈島的知名度〉《語文世界》（初中版）二〇〇二年五期。
◆張文利〈賈島詩風及其構建藝術〉《固原師專學報》二〇〇二年一期。
◆張震英〈愿為出海月，不作歸山云——論賈島的用世之心〉《廣西社會科學》二〇〇四年四期。
◆喻芳〈從寒士精神到隱逸情怀——晚唐五代學賈島一派詩人思想境況的變遷〉《成都理工大學學報》（社會科學版）二〇〇四年一期。
◆王麗敏〈賈島詩歌意象意蘊初探〉《昌吉學院學報》二〇〇四年二期。
◆鄭曉霜〈唐代文化研究中的一個有趣問題——淺議賈島的「由貶而仕」〉《太原理工大學學報》（社會科學版）二〇〇四年二期。
◆張震英〈苦擬修文卷，重擎獻匠人——論賈島的獻納之作〉《社會科學家》二〇〇四年四期。

◆徐希平〈關于姚合生平若干問題的考索——向鄺健行先生求教〉《西南民族學院學報》（哲學社會科學版）一九九四年六期。
◆王輝斌〈姚合以女妻李頻辨誤〉《井岡山師范學院學報》一九九六年二期。
◆許總〈論賈島、姚合詩歌的心理文化內涵及文學史意義〉《江西師范大學學報》（哲學社會科學版）一九九七年一期。
◆金陵生〈姚合詩之「計里鼓」〉《文學遺產》一九九九年五期。
◆胡遂〈賈島姚合詩風成因初探〉《湘潭大學社會科學學報》二〇〇〇年三期。
◆謝榮福〈試論姚合的佛道信仰及其對思想創作的影響〉《江南社會學院學報》，二〇〇一年四期。
◆張震英〈論姚合詩歌的審美追求〉《河北大學學報》（哲學社會科學版）二〇〇二年三期。
◆張震英〈詩句無人識，應須把劍看——論姚合反映幕府戎旅題材的作品〉《湖州師范學院學報》二〇〇二年五期。
◆張震英〈二〇世紀姚合研究述論〉《廣西大學學報》（哲學社會科學版）二〇〇四年一期。
◆周衡〈論姚合《極玄集》〉《江蘇大學學報》（社會科學版）二〇〇四年三期。
◆劉寧〈唐末絕句藝術的豐富發展〉，《廣東社會科學》，一九九八年第六期。
◆吳在慶〈李洞為裴贄所屈考〉，《廈門大學學報》哲社版，（廈門）一九九七年第一期。

◆吳在慶〈李洞卒年〉，載氏所著《唐五代文史叢考》，（江西：江西人民出版社，一九九五年十月第一版）。

附錄　試論李懷民《重訂中晚唐詩主客圖》

壹、前言

中國古代詩文批評，向有摘句批評之風氣，其形式除了常見的詩話外，尚有「詩格」、「詩句圖」、「主客圖」等名目。唐代褚亮《古文章巧言語》、元兢《古今詩人秀句》、王起《文場秀句》諸作，無論是為詩文酬唱而編，或者為科舉考試而撰，其實都屬於這一類作品。唐昭宗光化年間，張為撰作《詩人主客圖》，分五層、六主、摘句評論中晚唐詩人八十四人，不止是摘句批評之創舉，同時也發展出區別流派之功能[一]。

唐宋以來，雖不乏其他的「主客圖」作品，然唯清代乾隆、嘉慶間，高密李懷民所作《重訂中晚唐詩主客圖》一書，最具學術意義，堪與張為之作相提並論。此書意在修正張為《詩人主客圖》之錯謬，並重訂中晚唐詩人體派；民國以後，凡中晚唐詩之研究者，皆常引用此書之論見。據高小夫所撰《重訂中晚唐詩主客圖》〈校記〉，可知李懷民之《重訂中晚唐主客圖》，也曾於民國二十四至二十五年間，一度列入金陵大學國學研究班之研究課程。[二]然而有關此書之探討，則迄今未見。筆者不揣

一　參見王運熙、楊明《隋唐五代文學批評史》第三章「詩句圖、本事詩和詩格」。上海古籍出版社，一九九四。頁七二三。

二　李懷民《重訂中晚唐詩主客圖》，遍尋全臺各大圖書館，皆無藏書。僅中央研究院傅斯年圖書館藏有一件影印本。此影印本為中央研究院歷史語言研究所，借國立中央圖書館藏清嘉慶（壬申）十七年刊本影印。然而複查目前國家圖書館

淺陋，收集相關資料，草成此文，或能對此空缺，略作補白。

貳、《重訂中晚唐詩主客圖》之作者、版本與編纂動機

李懷民（生卒年不詳），原名憲噩，字懷民，以字行，號石桐，又號十桐、敬仲；山東高密人，乾隆諸生，生活年代約當清高宗乾隆、仁宗嘉慶間。早孤，與弟憲暠（字叔白，號蓮塘）、憲喬（字子喬、義堂，號少鶴）相互切磋，同以詩名。時有「三李」之目。著有《石桐詩鈔》十六卷、《石桐先生詩鈔》不分卷、《十桐草堂集》等集。另有《二客吟》，則為與二弟李憲喬之合集。

李懷民之詩歌作成就，可以從流傳之《石桐先生詩鈔》略窺端倪。是書不分卷，有清光緒丙戌（十二）年（一八八六年）西安郡齋刊本，目前臺北中央研究院傅斯年圖書館藏有線裝本一冊。據張維屏《國朝詩人徵略初編・聽松廬詩話》云：「石桐先生於漁洋、秋谷之後，而能自闢町畦，獨標宗旨，可謂岸然自異不隨人步趨者。其五言樸而腴、淡而永，苦思而不見痕跡，用力而歸於自然。五字中含

之館藏，已無嘉慶刊本之收藏記錄。中研院之影本，書前附有高小夫所作校記手稿，略謂：「今年秋，廧東師為金陵大學國學研究院講授是圖，苦無善本，因假得鄺君衡三所藏劉氏本寫印百部，行款圈點，悉如原式，唯其中不無缺頁蟲蝕之處，則據　廧東師舊鈔本補成之，而抄寫之誤，亦所不免，故為校記云爾。民國二十四年八月高小夫識。」可知李懷民《重訂中晚唐詩主客圖》曾列為金陵大學國學研究班之課程。

不盡之意，五字外有不盡之音。」[三]清．袁潔《蠡莊詩話》亦云：「山左李石桐輯《中晚唐詩主客圖》，分張水部、賈浪仙為兩派，登萊一帶，言詩者多宗之，謂之『高密派』。」[四]可見李懷民於乾隆、嘉慶間，在山東高密一帶，享譽甚隆。《清史列傳》卷七十二有〈李懷民傳〉，生平創作資料另見《清詩紀事》乾隆卷。

《重訂中晚唐詩主客圖》一書，大約完成於乾隆三十九年（西元一七七四年），然而卻遲至三十一年後，始有刻本。就目前載籍著錄之情況言，有「嘉慶乙丑劉氏刻本」、「嘉慶壬申李氏刻本」及「嘉慶甲戌趙氏刻本」三種刊本傳世，其中趙刻本所據為李懷民之未定稿。

嘉慶乙丑劉氏刻本《重訂中晚唐詩主客圖》之倡印人劉大觀（字松嵐），邱縣人。嘗與李懷民之弟李憲喬（字少鶴）同官粵西，偕臨川李秉禮（字松圃），學詩於憲喬，而憲喬又學詩於李懷民。劉大觀、李秉禮、李少鶴皆善詩，有「嶺南三友」之稱。劉大觀於清仁宗嘉慶乙丑（十）年（西元一八〇五年），刊刻《重訂中晚唐詩主客圖》，以示感念。至於嘉慶甲戌趙氏刻本之倡印人為萊陽趙擢彤，生平履歷不詳。

有關此書之寫作動機，據李懷民〈重訂中晚唐詩主客圖說〉（以下簡稱〈圖說〉）所言，其實是因

三　張維屏輯《國朝詩人徵略初編》（臺北：明文書局一九八五年五月）

四　清袁潔撰《蠡莊詩話》十卷，有嘉慶二十年巾箱本，（民國六十六年，臺灣廣文書局）影印本，在《國學珍籍彙編》中。

為張為而起。按張為《詩人主客圖》一書傳本雖已不全[五]，然而宋計有功《唐詩紀事》卷六十五所引錄屬於較早版本，因此可以作為參證[六]。張為在《詩人主客圖》中以白居易為「廣大教化主」、以孟雲卿為「高古奧逸主」、以孟雲卿為「高古奧逸主」、以為孟郊為「清奇僻苦主」、以鮑溶為「博解宏拔主」、以武元衡為「瑰奇美麗主」，其中：

（一）廣大教化主白居易，有上入室一人，為楊乘。以下續列入室三人，分別是：張祜、羊士諤、元稹。以下列出升堂三人，分別是：盧仝、顧況、沈亞之。最後列出及門十人，分別是：費冠卿、皇甫松、殷堯蕃、施肩吾、周元範、祝元膺、徐凝、朱可名、陳標、童翰卿。（二）高古奧逸主孟雲卿，有上入室一人，為韋應物。以下列出入室六人，分別是：李賀、杜牧、李餘、劉猛、李涉、胡幽貞。以下列出升堂六人，分別是：李觀、賈馳、李宣古、曹鄴、劉猛、孟遲。最後列出及門兩人，分別是：陳潤、韋楚老。（三）清奇雅正主李益，有上入室一人，為蘇郁。以下列出入室九人，分別是：劉畋、僧清塞、盧休、于鵠、楊洵美、張籍、楊巨源、楊敬之、僧無可、姚合。以下列出升堂七人，分別是：方干、馬戴、任蕃、賈島、厲玄、項斯、薛濤。最後列出及門八人：僧良乂、潘誠、于武陵、詹雄、衛準、僧志定、喻鳧、朱慶餘。（四）清奇僻苦主孟郊，有上入室二人，分別是：陳陶、周朴。以下

五 詳見王夢鷗〈唐「詩人主客圖」試析〉，見氏所著《傳統文學論探索》（臺北，時報文化事業有限公司，民國七十六年六月），頁二〇四至二一五。又參見胡玉蘭〈張為《詩人主客圖》的詩學理想及其意義〉《西安電子科技大學學報》（社會科學版），第十四卷第二期，二〇〇四年六月。

六 見王仲鏞《唐詩紀事》卷六十五，（成都，巴蜀書社，一九八九年版），下冊，頁一七五一。

及門二人，分別是：劉得仁、李溟。（五）博解宏拔主鮑溶，有入室一人，為李羣玉。以下二人，分別是司馬退之、張為。（六）瑰奇美麗主武元衡，有上入室一人，為劉禹錫。以下室三人，分別是：趙嘏、長孫佐輔、曹唐。以下列出升堂四人，分別是：盧頻、陳羽、許渾、張蕭遠。最後列出及門五人，分別是：張陵、章孝標、雍陶、周祚、袁不約。對此，李懷民作了以下之評論：

余嘗讀其詩，皆不類所立名號，亦半強攝，即如元、白、張、柳，當時總謂之「元和體」，為乃獨以元稹屬白居易，而張籍、劉禹錫、更分承之李益、武元衡，誠不知其何所見？以韋應物之沖虛，獨步三唐，宋人論者，惟柳宗元稍可並稱，而乃僅入孟雲卿之室且與李賀杜牧比肩，何其不倫耶？其他不可勝舉，至其所標目，適如司空表聖二十四品，但彼特明體之不同，非謂人專一體，且即六者，亦不能盡體矣。是蓋出奇以新耳目，未為定論也。[七]

可見李懷民是因為對張為《詩人主客圖》所做之體派分合，感到「不能盡體」、「出奇以新耳目，未為定論」，所以才發憤編撰《重訂中晚唐詩主客圖》。有關張為《詩人主客圖》之缺失，早在李懷民之前，陳振孫《直齋書錄解題》、胡應麟《詩藪》外編卷三、胡震亨《唐音癸籤》卷三二、李調元《涵海》已經提出批評。綜括其批評意見，不外：「要皆有未然」（陳振孫）、「義例迂僻」（胡震亨）、「妄分流派」（胡應麟）、「所引諸人之詩，非其集中之傑出者」（李調元）。李懷民雖也

[七] 以下所引李懷民論詩諸語，並見之於中研院藏清嘉慶壬申《重訂中晚唐詩主客圖》刊本之影印本，不再另註出處。

不同意張為對中晚唐詩人所做的體派分立，但與眾多前賢不同的是：李懷民仍接受張為的體例，並針對中晚唐詩人之體派，重作檢討。

參、〈重訂中晚唐詩主客圖說〉之論詩要旨

李懷民之論詩資料不多，然而在《重訂中晚唐詩主客圖》一書附有〈重訂中晚唐詩主客圖說〉（以下簡稱〈圖說〉），可以從中略知論詩要旨，以下即據以歸納為七點：

一、重申「中晚唐詩兩派」之主張

由於李懷民不滿張為在《詩人主客圖》將中晚唐詩人分作六派，乃依其體製重新訂定，將中晚唐詩人分成兩派。李懷民在〈圖說〉，開宗明義地說：

> 余讀貞元以後近體詩，稱量其體格，竊得兩派焉：一派張水部，天然朗麗，不事雕琢，而氣味近道；學之可以除躁妄、祛矯飾，出入風雅。一派賈長江，力求險奧，不吝心思，而氣骨凌霄；學之可以屏浮靡，卻熟俗，振興頑懦。二君之詩，各有廣大、傲逸、宏拔、美麗之妙，而自成一家，一緒所延，在當時或親承其旨，在後日則私淑其風，昭昭可考，非余一人之私見。（〈圖說〉）

早在南唐時期，張洎即嘗言：「元和中，張水部為律格，字清意遠，唯朱慶余一人親受其旨。沿流而下，則有任蕃、陳標、章孝標、司空圖等，咸及門焉。」張洎在〈項斯詩集序〉又說：「吳中張水部為律格詩，尤工於匠物，字清意遠，不涉舊體，天下莫能窺其奧。」[八]可見李懷民為張籍詩「天然朗麗，不事雕鏤」之評，其實前有所承。，以張籍為主，名之曰「清真雅正」，而以朱慶餘、王建、于鵠等十六人為客；對於承受張籍影響的系列詩人而言，是十分確當。至於另一派，以賈島為主，詩風力求險奧、不吝心思，名之曰「清奇僻苦」，而以李洞、周賀、喻鳧、曹松等十四人為客。檢辛文房《唐才子傳》卷六至卷九，論及清塞、無可、喻鳧、馬戴諸人，即可知其賈島一系，辛文房早已提及。即以明代而言，楊慎在《升菴詩話》卷十一，也提出「晚唐之詩分兩派：一派學張籍……，一派學賈島……。」兩派之說，實非創見。誠如李懷民所言：「昭昭可考，非余一人之私見。……古人派別，依然具在。特在不肯降心一尋耳」。只是，李懷民對於楊慎之貶抑晚唐律詩，頗不以為然。

二、肯定張為以《詩人主客圖》論詩之功

雖然李懷民對於張為六派分立之說，有所不滿，但是對於張為所創的體例，則十分激賞。他說：

> 予每欲聚集諸家，分承兩派，訂成一書。嫌於創始，或驚俗目，喜得張為《主客圖》，本鍾氏

[八] 詳見清・陸心源《唐文拾遺》卷四十七。

孔門用詩之意，而推廣之，雖所用不當，而取義良佳。僅依其制，尊水部、長江為主，而入室、升堂、及門以次及焉，庶學者一脈相尋，信所守之不謬，且由淺入深，自卑至高，可以循序漸進，不至躐等也。（〈圖說〉）

有關孔門用詩之意，起自《論語‧先進篇》：「子曰：由也升堂矣，未入室也。」其後，揚雄在《法言‧吾子篇》之中，用為文學批評術語，略謂：「如孔門之用賦也，則賈誼升堂、相如入室。」，然後，鍾嶸《詩品》繼稱：「如孔氏之用詩，則公幹升堂，思王入室，景陽、潘、陸，自可坐於廊廡之間矣。」到了張為，將詩人分為六主，各主之下，又分上入室、入室、升堂、及門，這是對孔門用詩之說，做了更進一步之推擴。

李懷民認為張為「雖所用不當，而取義良佳」因為：「學者一脈相尋，信所守之不謬，且由淺入深，自卑至高，可以循序漸進，不至躐等」；其實，張為之創意還不止於此，李懷民還沒有看到的層次是：張為就詩人與宗主間關係之親疏遠近、風格的異同，建立一套分類辦法，藉此說明詩人淵源關係，這樣的分類，對於文學體派研究，其實具有極高的價值。

三、論「學詩當自五律始」

李懷民《重訂中晚唐詩主客圖》，所選全為五言律詩，與明清時期常見的詩選集大為不同。明清時期之唐詩選集，不僅數量繁多，而且力求各體兼備、今古並收。清代文士若就五言與七言詩相較，無不矜尚七言。李懷民卻認為：「七言律詩，唐人不輕作」並以統計數字，說明其理由。他說：

余嘗考唐詩王楊盧駱，絕無七言近體，燕許稱大大手筆，張止十二篇，蘇僅十三篇，沈宋律體之始，沈七言十六首，宋止三首而已。崔司勛〈黃鶴樓〉，千古絕唱，然此篇及〈行經華陰〉一首，合生平才兩首耳。其他如王龍標，亦止二首。李東川八首、高達夫七首、岑嘉州十一首，凡初盛名家，具各寥寥。杜工部、王右丞、劉長卿稱七律最多，然合五言對較，曾不能及其半。由此觀之，唐之不輕作七言明矣。（〈圖說〉）

初唐時期之律詩，尚處於形成階段，五律之數量多於七律，自屬常態；盛唐詩人處於唐代國力之顛峰，士人之精神氣度，昂揚上升，漸漸染指七言，然數量雖多，仍不及五言。李懷民之統計數字，自不夠精確，其目的不過藉此說明「唐之不輕作七言」，並且與後世好為七律之風氣作一對照。李懷民對於後世「匝街遍市，無非七律填滿」不以為然；甚至懷疑當時強調七律之作者「約其意、降其格，而為短章，則並不能成語矣。」

在李懷民心目中，短律是長律之基礎，他說：「不學短律而為長律，猶不學步而趨也。」更何況「唐以此制科取士，例用五言排律」，這也是大唐二百八十年間，士子「鏤心刻骨，研煉五字」之主因。他甚至以玩笑語氣說：「不然，不謂『吟成七個字，撚斷數莖鬚』耶？」時人略五言而學七言，正是棄其長而用其短，其為不智，不辯自明。

當然，李懷民也深知七言也是唐詩重要體式，《重訂中晚唐詩主客圖》之所以專論五言，其深層的用意是想矯正時人「但重七言、輕忽五言」之弊病。何況由五言上探七言，三唐之七言詩具在，欲得其宗主，也非難事。至於古體詩，因別有支派，非可專取唐人，自然不是本書之關注重點。

四、主張「由中晚唐以造盛唐之堂奧」

李懷民檢討明朝以來宗奉盛唐之風，競相寫些表面渾淪宏闊，其實偽冒高華的作品，其中又以前後七子最為嚴重。他說：

> 余讀其詩，貌為高華，內實鄙陋。其體不外七言律，其題半屬館閣應酬；更可笑者，大半仗「中原紫氣」、「黃金風塵」等字，希圖大聲。宜袁氏兄弟譏「明三百年無詩。可存者，〈掛真兒〉、〈銀柳絲〉，小令而已。」此論誠過當，然盛唐實不易學，前輩謂學選體者讀初唐、學盛唐者看中晚唐、學唐人者讀宋詩。（〈圖說〉）

就李懷民之觀察，盛唐實不易學，學唐詩當由中晚唐入手。理由是：「初唐之與六朝、永貞元和之與開寶，北宋之與五代，時相近、人相接。其心　相授屢降而不離其本。」詩壇氣運之變遷，使原有的高華變為低俗，原有深刻變為淺漏；格調由高變低，涵蘊由深入淺，渾淪氣象，逐漸說破。明代人更認為中晚唐詩淺卑顯露，亟欲透過模擬手段，使其作品渾淪高深。對此，李懷民頗不以為然，他說：

後學徒厭其淺卑，而務為高深渾淪，是未下學而驟上達也。吾謂淺卑者，實與人以可近；顯露者，正與人以可尋；升其堂，不患不入室，故宋人不可輕也。但宋自西崑紛擾，以後詩體頗難辨，又多雜五代之習，流為尖酸粗鄙，學者未能得其骨骼，而襲其皮貌則敗矣。（〈圖說〉）

李懷民提出的解決之道是由中晚唐詩入手。他認為：「中晚人得盛唐之精髓，無宋人之流弊。」（〈圖說〉）他擔心晚唐風氣，境趣過於趨下，所以在《重訂中晚唐詩主客圖》中，凡是晚唐人作品，其時代大半接近中唐。學者潛心究覽，由門戶而造堂奧，自能進入唐詩之勝境。

五、批駁楊慎對中晚唐五律之譏誚

李懷民雖主張「學詩者誠莫如中晚」，起初猶不敢自信；其後得到龔半千之《中晚唐詩紀》[九]，間載原本傳序，書中所稱「張賈弟子」，與其見解相合，益覺此說之不可移易。其後又見到明・楊慎

[九] 龔半千，原名龔賢，江蘇崑山人，寓南京清涼山。一名嚴賢，字半千，號野遺、柴丈人、半畝。明末曾參加復社。擅畫山水，師法董源、吳鎮。以南京山水為本，師法造化，自成一家。其論畫主張師造化、與傳統筆墨相結合，而自發胸臆，嘗言：「心窮萬物之源，目盡山川之勢，取證於晉、唐、宋人則得之矣！」為「金陵八家」之一。善書法，能詩文。有《中晚唐詩紀》。

《升菴詩話》對於張籍、賈島兩派詩之批評，雖採用其兩派之說，卻深憾楊慎詩論，充滿偏見。按楊慎《升菴詩話》卷十一謂：

> 晚唐之詩分為二派：一派學張籍，則朱慶餘、陳標、任蕃、章孝標、司空圖、項斯其人也；一派學賈島，則李洞、姚合、方干、喻鳬、周賀、「九僧」其人也。其間雖多，不越此二派，學乎其中，日趨於下。其詩不過五言律，更無古體。五言律起結皆平平，前聯俗語十字，一串帶過；後聯謂之頸聯，極其用工。又忌用事，謂之點鬼簿。惟搜眼前景而深刻思之，所謂『吟成五個字，撚斷數莖鬚』也。余嘗笑之，彼視詩道也狹矣，三百篇皆民間仕女所作，何嘗撚鬚？今不讀書而徒事苦吟，撚斷筋骨亦何益哉？……彼學張籍賈島者，真處褌之虱也。……彼學張籍賈島者，真處褌中之蝨也。†

楊慎論詩之措辭，一向不避尖酸刻薄，在這一段詩話中，批評晚唐五律「起結平平」、「忌於用事」，的確十分苛刻。尤其引盧延讓〈苦吟〉之句，挖苦一番，最惹人訾議。李懷民不得不針對「苦吟」與「忌於用事」兩方面，提出駁正。他說：

> 據用修此論，真是粗心浮氣耳。雖聞二派之名目，實未覩二派之實也。《三百篇》民間仕女，不曾撚鬚作詩，亦曾切合平仄、較量詩律乎？且如文公多才，演成雅頌，其國風所陳，不盡出

† 參見楊慎《升庵詩話》，（載丁福保輯《歷代詩話續編》下冊，木鐸出版社，一九八八年七月），頁八五一。

文人。凡變風淫辭，悉可由而效之乎？（〈圖說〉）

有關中晚唐人好「苦吟」，李懷民認為凡是追求卓越之詩人，無不如是。他列舉「杜工部詩苦致瘦」、「孟浩然眉毛盡脫」、「王右丞走入醋甕」這些盛唐大家「苦吟」入神的事證為例，反問楊慎：這些大家，「且謂獨不撚鬚乎？」甚至楊慎所最反感的：「前聯俗語十字，一串帶過」，李懷民非但不以為意，反倒認為是「中晚善學初盛處。」

李懷民認為：「初盛人平舉板對，而氣自流動，總提渾括，而意無不包。」中晚唐人在詩聯的創造上，「化平板而為流走，變深渾而為淺顯，乍看似甚易能，細按始驚難到。」（〈圖說〉）此外，中晚唐人體會物理，發揮人情，更有獨到之處。由於中晚唐人之律詩創作，特別著意於詩聯之間的意匠經營，尤其著意於頷聯之營構；至若頸聯，雖也屬對精工，其實意不在此。楊慎看不到這一層面，所以李懷民不免喝責楊慎：「不暇致謀，而顛倒說來，真負古人苦心。」

至於楊慎譏笑晚唐律詩「忌用典」，李懷民一方面認同鍾嶸「直尋說」，另一方面提出辯解：

> 中晚人惟知力量不逮初盛，深恐用事，則意為所用，反成疵累；而或意之必須，借事以發者，然後用之。用則其事不必從乎其舊，而翻新之。又或其事不必與吾詩相符，而巧合之，其中神妙又自難言。若止如後人之用事，徒事跨多鬥靡，即極切合妥當，豈免為點鬼簿哉？（〈圖說〉）

亦即中晚唐詩人，並非忌於用事，而是審慎用事；如果詩中必需用事，也往往不肯依從舊典，而是以翻用、巧用之手法行之，其神妙自難言說；更與俗稱之「跨多鬥靡」不可相提並論。天地間文章，祇在當前搜得出，便成至文，中晚唐人所追求的理想，其實與梅堯臣的名言：「狀難寫之景如在目前，涵不盡之意見於言外。」相去不遠。

六、論「俗關性情，非關語句」

自來對整體中唐詩之批評，有一種說法，即認為中晚唐詩普遍有「淺俗」之病。對此，李懷民也有所辯駁，他援引王士禎論老杜、高啟詩，間有不能免俗之句，藉以說明「俗關性情，非關詩句」。他說：

> 吾鄉阮亭先生，為詩不能盡脫時蹊，其論俗字甚精，即如老杜，詩中之聖，阮翁指其「綠垂風折笋，紅綻雨肥梅」等句為俗；明高季迪[十一]梅花詩，三百年無異辭，阮翁謂其「雪滿山中高士臥，月明林下美人來」為真俗，是真巨論也。（〈圖說〉）

按：「綠垂風折笋，紅綻雨肥梅」一聯，在老杜〈陪鄭廣文遊何將軍山林十首〉第五首。清・仇

十一 高啟（一三三六—一三七四）季迪，長州（江蘇蘇州）人。元末隱於吳淞青丘。洪武二年召入修《元史》，授翰林院編修，三年堅辭戶部侍郎，退隱青丘，朱元璋認為他不肯合作，借故腰斬于南京。死時年方三十九歲，著有《青丘高季迪詩文集》。

兆鰲《杜詩詳注》云：「本是風折筍而綠垂，雨肥梅而紅綻，乃用倒裝句耳。」（詳見該書卷二）。宋人頗為欣賞，范成大之「梅肥朝雨細，茶老暮寒煙」即由此脫化而來。至於「雪滿山中高士臥，月明林下美人來」一聯，則為明・高啟〈詠梅九首〉（其一）之名句。二者看似偶然出手，實非隨意之作。然而王士禎統謂之「俗」，其故安在哉？對此，李懷民有以下之論析：

按工部以「垂」字形容風竹，以「綻」字刻繪雨梅，時人所謂工於匠物也；季迪以「高士」方梅之品，以「美人」比梅之質，又時人所謂妙於品梅也；而阮翁總斷曰俗，彼豈好翻案哉？良謂詩之忌俗，猶詩之貴清，在神骨、不在皮膚。果其不俗，雖亂頭粗服，無礙其為美女；而苟俗也，雖荷衣蕙帶，終不得謂之仙人。（〈圖說〉）

前者「工於匠物」，後者「妙於品梅」，兩聯如就「格律聲色」之角度看，實在沒什麼瑕疵；但是王士禎要求的更高，他強調的是「神理氣味」層面之清遠、脫俗；就此而言，老杜、高啟的確未能免俗。李懷民認為：亂頭粗服，不失其美，荷衣蕙帶，卻不脫俗氣，關鍵即在風神。

復次，李懷民談到中晚唐詩人「好以俗情入詩」的問題，亦不認為是中晚唐詩人之弊病。他說：

世之論者不及見此，而悞以元輕白俗（原注：按四字東坡亦帶言甚輕，非如今人所論。）之俗為俗。樂天為詩，八十老嫗亦解，彼固好以俗情入詩者，而曰：「十首秦吟近正聲」是則大不俗矣。陶元亮曰：「相見無雜言，但道桑麻長」，王摩詰曰：「五帝與三王，古來稱天子」，宛肖不

讀書人口吻，是俱謂之俗乎？（〈圖說〉）

東坡「元輕、白俗、郊寒、島瘦」之評，各以一字，罵倒四位中晚唐詩人，使後世詩論者只要談及中晚唐四家，動輒評以「淺俗」、「僻澀」。其實這是極大的誤會。郊島的部分，李懷民暫置不論，先就後世對中晚唐詩人「淺俗」之誤解，提出辨正。他說：

俗在骨、不在貌；俗關性情、不關語句。王鳳洲謂：「擬騷賦不可使不讀書人一見便曉」，此等見識，正萬俗之源也。後世人大半為此等論所誤，故為辨俗如此。（〈圖說〉）

李懷民的見解其實很清楚：俗與不俗，關鍵在詩人之性情，非關詩作之語句；否則陶淵明、王維詩既不乏淺俗語，豈能獨免於「淺俗」之罵名？細按李懷民之論見，詩中之俗情、俗語，並不構成淺俗之病；類似王世貞這種矯情、扭捏，刻意在詩文中掉書袋的人，才真是「萬俗之源」。

再次，李懷民舉張籍為例，說明後世論者但知張籍以樂府詩聞名於世，卻不知張籍近體詩，也是獨標律格，應與樂府並重；又舉賈島為例，認為計有功《唐詩紀事》論賈島：「獨變格入僻，以矯浮艷於元白」，根本是個誤解。他說：

元白誠無可矯，遂啟後人妄訾，乃謂元白郊島，總病一俗字。元白譬若袒裼裸裎，郊島等之，囚首垢面。無論所譬不當，即如所言，亦非俗也。吾故云：今人錯認俗字！（〈圖說〉）

正因後人錯認「俗」字，以致衍生出許多錯誤的見解。可見不僅詩之雅俗，關鍵不在言語，更非關題材。張籍「以俗情入詩」，作淺俗的樂府、賈島「變格入僻」，作清峭的五律、孟郊自鳴寒苦，蒙受「詩囚」之誚，其實他們都是各本性情、苦心孤詣。後世論者動輒評以「淺俗」、「僻澀」，皆非站在文學之立場，就詩論詩，所作評價，自難公允。

七、就詩論詩，不泥執時代先後；強調「為詩先求為古之豪傑」

由於明代詩論家經常纏夾主觀論點，無法就詩論詩，因此李懷民特別在〈圖說〉提到鍾嶸《詩品》之論詩方法。《詩品》分從國風、小雅、楚辭推源漢、魏、晉詩人；又借「九品中正」之法，將詩人分判為上中下三品。在甄辨詩人源流方面，鍾嶸的確出現不少差誤，以致不能完全服人；但鍾嶸能針對詩人體格之相近，就詩論詩，並據以辨明源流關係，在這一方面，還是很有見地。

李懷民並不認為鍾嶸所論，一定客觀公允，但對於鍾嶸論詩之精闢處，例如：「陳思為建安之傑，公幹仲宣為輔；陸機為太康之英，安仁景陽為輔」、「孔門如用詩，則公幹升堂，陳思入室，潘陸諸子，自可坐於廊廡間矣」則是完全認可，視為千古不刊之定論。李懷民的《重訂中晚唐詩主客圖》雖與鍾嶸《詩品》之體例存在極大差異，但就詩論詩的態度，則是完全一致。他說：

> 余選主客圖，初非敢如記室之尚論其淵源所自。俱有明徵，特效裒輯焉耳。至圖中所列及門，

不斷以己意，要皆會昌以後人。又據升菴「晚唐兩派」之說，即有不盡然者，或亦非古人所深罪也（原注：耳目不廣，姑就所見引列，其有遺賢，後當補入。）（〈圖說〉）

至於中晚唐詩人創作活動之先後、或隸屬時代應如何分判？李懷民除了在〈主客圖人物表〉中依詩人創作時代之先後，列出所有全書收錄之名單。又特別舉劉長卿為例，說明劉長卿是開元進士，論者卻將常將他派入中唐；而馬戴與賈島、姚合同時，卻被列入晚唐。至於朱慶餘之格律與張籍相同，卻不免列為晚唐；僧清塞（周賀）詩風之僻澀，一如李洞，卻無礙其為中唐。李懷民特別提醒讀者：以年代區分詩人，必有不夠精確處。他所能作的，只是就詩人體格之相近，分別先後，無法嚴格遵守詩人實際生活之先後倫序，因此，特別要求讀者不要泥執。

李懷民畢竟是個傳統文人，深信性理之學，雖知宋人所談的理學觀念不能入詩，但卻認為：詩人言情，便是「正心之學」；詩句匠物，也與「格物」相通。李懷民從儒教的角度說：

唐時儒教不純，或雜佛老。然王仲初曰：「君子抱仁義，不懼天地傾。」固已知孔氏之教矣。李太白思復雅樂，杜工部自比稷契；元白張王、韓文公、孟夫子各出其讜言正論，以維世教。是知唐詩雖小道，實與三百篇之義相通，但其間遇有隆替，才有大小，其升之廊廟而揮其才，則為樂府、為雅頌；非然，即一室嘯呼，而約其才苦吟、為孤索，要皆得性情之正，而不流淫哇。（〈圖說〉）

換言之，唐代雖然三教同流，思想多元。但從李、杜、張、王、韓、孟之詩篇與讜論來看，同樣是懷仁抱義、亟思裨益世教。就此而言，李懷民認為「唐詩雖小道，實與三百篇之義相通」。當然，詩人在世之日，際遇不一，雖不能升之廊廟，發展長才，然而嘯聚一室，苦吟孤索，也大體維持著君子應有的分際。不論處身盛世或衰世，詩人對自己出處行藏，都有深細的甄辨與抉擇，近於孔門狂狷之士。他說：

> 故余定中晚唐以後人物，有似於孔門之狂狷。韓退之、盧仝、劉叉、白樂天，狂之流也；孟東野、賈島、李翱、張水部，狷之流也。後世人不識，或指其言為俗劣、為粗鄙、為真率、為妄誕。嗚呼！是皆浮沈世故、居心不正，徒以香情麗質為雅耳。（〈圖說〉）

當然，詩人既已擇定人生道路，多少會對自己的人生遭遇，有一番認知。例如賈島在〈寓興〉一詩就說：「今時出古言，在眾翻為訛。有琴含正韻，知音者如何。」又方干〈贈喻鳧〉也說：「所得非眾語，眾人哪得知？纔吟五字句，又白幾莖髭。」李懷民對於張、賈門下諸賢所展現的人格風範，十分激賞。他說：

> 吾定主客圖，竊見張賈門下諸賢，微論其才識高遠，要之氣骨稜稜，俱有不可一世、壁立萬仞之槩。夫是以與時鑿枘，坎坷多而遭遇難。（〈圖說〉）

李懷民特別舉了「司空圖不事朱溫」、「顧非熊高隱茅山」、「馬戴以正言被斥」、「劉得仁以違時不第」為例，說明這些詩人，若生活在周朝，必能成為孔子門人。他最大的願望是：

顧世之觀吾主客圖者，先求為古之豪傑，舉凡世俗逢迎、諂佞、慳吝、鄙嗇、齷齪種種之見，一洗而空之，然後播為風詩，以變澆風而振頽俗，或亦盛世之一助云。（〈圖說〉）

李懷民係借用鍾嶸「孔門用詩」之觀念，承繼張為《詩人主客圖》的體例，完成《重訂中晚唐詩主客圖》，所以在〈圖說〉中，處處站在儒家立場發言，也就不足為奇。綜觀李懷民〈圖說〉中，對前賢詩說有承繼，也有駁正。其「學詩當自五律始」、「由中唐以造盛唐之堂奧」、「俗關性情，非關詩句」以及「為詩當先求為古之豪傑」都有很深刻的用意與理論意義。

肆、《重訂中晚唐詩主客圖》之內容分析

李懷民《重訂中晚唐詩主客圖》一書分為上下兩卷，其結構大致是：先列〈重訂中晚唐詩主客圖說〉，繼列〈主客圖人物表〉（見表一），起自代宗廣德元年（西元七六三年），迄於哀帝天祐三年（西元九〇六年）；繼列〈主客圖〉二種（見表二、表三），各分主、上入室、入室、升堂、及門五層，乃襲自張為《詩人主客圖》之體例。然後對入選詩人逐一論述，亦先列傳記，繼以前人評論，最後附以按語，所以全書其實也是一部附錄簡要詩話的詩選。

主客圖人物表（表一）

王建：大曆十年登第	代宗十七年［廣德二、永泰一、大曆十四］
于鵠：大曆貞元間人 張籍：貞元十五年登第	德宗二十五年［建中四、興元一、貞元二十］
	順宗一年［永貞］
姚合：元和間登第 　　周賀、鄭巢：姚合同時 章校標：元和十四年登第	憲宗十五年［元和］
賈島：文宗時，貶長江，韓愈使應進 　　士舉當在憲宗、穆宗時 顧非熊、張祜	穆宗四年［長慶］
朱慶餘	敬宗二年［寶曆］
許渾、喻鳧、劉得仁	文宗十四年［太和九、開成五］
趙嘏、馬戴、項斯	武宗六年［會昌］
	宣宗十三年［大中］
許棠、方干、司空圖、李咸用	懿宗十四年［咸通］
鄭谷、崔塗	僖宗十五年［乾符六、廣明一中和四、光啟三、文德一］
曹松、李洞、唐求	昭宗十五年［龍紀一、大順二、景福二、乾寧四、光化三、天復三］
裴說 于鄴、任翻、林寬三人無考	哀帝三年［天祐］

清真雅正主客圖（表二）

張籍	主
朱慶餘	上入室
王建　于鵠	入室
項斯　許渾　司空圖　姚合	升堂
趙嘏 顧非熊 任翻 劉得仁 鄭巢 李咸用 章校標 崔塗	及門

清真僻苦主客圖（表三）

賈島	主
李洞	上入室
周賀　喻鳧　曹松	入室
馬戴　裴說　許棠　唐求	升堂
張祜　鄭谷　方干　于鄴　林寬	及門

李懷民《重訂中晚唐詩主客圖》一書之上卷收錄「清真雅正」一系，收詩四四二首，下卷續錄「清真僻苦」一系收詩四六〇首，就收詩之數量與規模而言，不能算小。以下針對兩系略作說明：

關於「清真雅正主」張籍，歷來以古風稱善。白居易〈讀張籍古樂府〉有云：「張君何為者，業文三十春。尤工樂府詩，舉代少其倫。為詩意如何，六義互鋪陳。風雅比興外，未嘗著空文。」所稱頌者在古體詩。姚合〈贈張籍太祝〉謂：「妙絕江南曲，淒涼怨女詩。古風無手敵，新語是人知。」所推崇者也是古風。至南唐．張洎，始關注其律詩之成就，其〈張司業詩集序〉云：

元和中，公及元丞相、白樂天、孟東野歌詞，天下宗匠，謂之元和體。又長於今體律詩。貞元以前，作者間出，大抵互相祖尚，拘於常態，迨公一變，而章句之妙，冠於流品矣。[十二]

張洎又在〈項斯詩集序〉說：

吳中張水部為律格詩，尤工於匠物，字清意遠，不涉舊體，天下莫能窺其奧。唯朱慶餘一人親授其旨。沿流而下，則有任蕃、陳標、章孝標、倪勝、司空圖等，咸及門焉。[十三]

十二　詳見《全唐文》卷八七二，或李建崑撰《張籍詩集校注》附錄二，（臺北，華泰文化事業公司，二〇〇一年八月），頁五四三。

十三　詳見清．陸心源《唐文拾遺》卷四十七，又見李建崑注《張籍詩集校注》附錄二，（臺北，華泰文化事業公司，二〇〇一年八月），頁五四三。

李懷民在《重訂中晚唐詩主客圖》上卷，張籍詩選前，附加按語：

> 水部五言，體清韻遠，意古神閑，與樂府辭相為表裡，得風騷之遺。當時以格律為標異，信非偶然。得其傳者，朱慶餘而外，又有項斯、司空圖、任翻、陳標、章孝標、滕倪諸賢。今考滕倪、陳標詩已無存，任翻、司空圖、章孝標亦寥寥數頁，惟朱慶餘、項斯兩君，賴後人蒐輯，規格略具。

李懷民對於「清真雅正」一系，顯然是取資於張洎〈張司業詩集序〉，有所增刪。尤其對於張洎所稱：「工於匠物，字清意遠」，常引為重要術語，實際用於詩句之評析。李懷民又說：

> 水部既歿，聞風而起者，尚不乏人，後世拘於時代，別為晚唐，要其一脈相沿之緒，故自不爽。茲特奉水部為清真雅正主，而以諸賢附焉。合十六人，得詩四百四十二首。（上卷）

這是「清真雅正」一系之大致內容。至於「清真僻苦主」賈島，本以詩思入僻、苦吟鍾鍊聞名。賈島詩散軼甚多，其詩集未收七古；其五言古詩與五七言律詩、絕句都呈現生峭險僻之風格。孟郊在〈戲贈無本〉其一曾讚歎：「詩骨聳東野，詩濤湧退之。……可惜李杜死，不見此狂癡。」（《孟東野詩集卷六》）。〈戲贈無本〉其二又謂：「文章杳無底，斸絕誰能根。……燕僧擺造化，萬有隨手奔。」旨在稱頌賈島狂癡於詩歌寫作，詩才之高，可擺弄造化、驅遣萬有。

韓愈在〈送無本師歸范陽〉稱頌賈島：「無本於為文，身大不及膽。吾嘗示之難，勇往無不敢。」（錢仲聯《韓昌黎詩繫年集釋》卷七）。則在讚歎賈島詩膽之高，任何詩題，皆敢於嘗試。續稱賈島：「狂詞肆滂葩，低昂見舒慘，姦窮變怪得，往往造平淡。」（同上引）意謂賈島措詞狂發，滂沛繽紛，低昂之間，能見陰陽慘舒。既得種種變怪詩境，則必返歸平淡。

由於孟郊、韓愈是賈島之前輩詩友，措詞之間，多少有夸飾之處；加上兩人所評，均為賈島僧徒時期之作，與還俗後詩風表現，未盡相合。雖然如此，韓愈所稱：「姦窮變怪得，往往造平淡。」卻很有見地，值得注意。此與唐・蘇絳〈唐故司倉參軍賈公墓誌銘〉所說：「孤絕之句，記在人口。……所著文編，不以新句綺靡為意，淡然躡陶謝之蹤。」可謂不謀而合。但是，賈島這種「平淡」之詩境，仍係透過「苦吟」之寫作態度或手段達成。晚唐時期受到賈島影響的詩人很多，李懷民對此頗有認知，在《重訂中晚唐詩主客圖》下卷謂賈島：

> 尤好五言律，存遺二百餘篇，較別體為多，東野所謂：「燕本、越淡，五言寶刀」也。沿流而下，李洞之外，又有周賀、曹松、喻鳧，皆宗派之可考者。其他諸賢，雖於古無聞，體格不殊，可推尋而得之。本欲全錄，以極其體之變，因賈詩刻苦過鍊，後學不善，流為尖酸。又遺集魯亥尤多，往往兩存之，猶不得妥當。茲刪去四分之一，尊為清奇僻苦主，與張水部分壇領袖。學者或性不近水部者，其入此派，不失正宗。（下卷・賈島，頁二）

以上雖僅針對兩系之宗主略作引述，已可略窺李懷民《重訂中晚唐詩主客圖》內容之一斑。如與張為《詩人主客圖》相較，張為所涉詩人群體較廣，多達六組，而李懷民僅及兩組；張為對於詩人體派分立僅摘句為例，派性特徵較不明晰；李懷民則慎擇詩人代表作，在作品圈點、加批、甚至在詩作之後添加詩評意見，因此對於「清奇雅正」、「清真僻苦」兩派詩人之分立，更能顯現派性之特徵。

伍、李懷民詩歌批點之評議

從詩歌批評的角度來看，詩選也是一種批評方式。早在唐代，殷璠以《河嶽英靈集》表達對於盛唐詩的批評觀點、高仲武以《中興間氣集》表達對大曆詩人的評價，都是詩選的型態。李懷民基本上仍沿用「詩選附加批語」方式，展現他對中晚唐五律之看法。李懷民在實際批評的操作上，觸及的議題分屬字句修辭、篇章營構、人格特質、體派沿承四方面。

一、以詩聯為單位，作字句修辭之探討

李懷民在實際批評的操作上，經常進行的工作是：摘出例句，作用字方面的討論。其討論模式，可以粗分為六：（一）就首聯而論；如：王建〈春日留別〉首聯：「初晴天墮絲，晚色上春枝。」李懷民評云：「興象化工。」再如：李洞〈送人之天台〉首聯：「行李一支藤，雲邊扣曉冰。」李懷民

於首聯上句評云：「高絕。」下句評云：「冷絕。」（二）就頷聯而論；如：賈島〈下第〉頷聯：「杏園啼百舌，誰醉在花前？」李懷民評云：「偷春格。感羨極矣，卻不損其高致。」再如：許渾〈洛中秋日〉頷聯：「吳僧秣陵寺，楚客洞庭舟。」李懷民評云：「此等天妙，亦不同常熟。此不可以模擬得一著跡，便常熟矣。」（三）分就首聯、頷聯而論。如許渾〈對雪〉首聯、頷聯：「飛舞北風涼，玉人歌玉堂。簾帷增曙色，珠翠發寒光。」李懷民評云：「賦雪之妙，從未到此。不得以設色少之。後來蘇子瞻〈超然台上雪詩〉有意及此，然無此清豔逼真。」再如：顧非熊〈秋日陝中道中作〉首聯、頷聯：「孤客秋風裏，驅車入陝西。關河午時路，村落一聲雞。」李懷民於評云：「此等句，能匠千古之情，勿以淺而易之。」（四）就頸聯而論。如：張籍〈山中友人〉頸聯：「犬因無主善，鶴為見人鳴。」李懷民評云：「『無主』、『見人』妙。」又云：「二語全從悲眼中看出，認真不得。犬自善，豈因無主？鶴偶鳴，寧為見人？而自哭者眼中，都作如是觀，詩象之活也。解此，始可語詩。」再如：唐求〈馬嵬感事〉頸聯：「鳳髻隨秋草，鸞輿入暮山。」李懷民評云：「慘怛。古人賦感，只用一二字，而含蘊無窮。即如此句，止加一暮字，便覺有十分蕭索悲涼，勝後人萬千語也。」（五）就頷聯、頸聯並論。如賈島〈送無可上人〉頷聯、頸聯：「麈尾同離寺，蛩鳴暫別親。獨行潭底影，數息樹邊身。」李懷民於頷聯評云：「對法妙。無可在俗為浪仙從弟，故詩中用『親』字，非泛下也。」李懷民於頸聯上句評云：「此幻影也，獨行者為誰？。」李懷民於頸聯下句評云：「此色身也，數息者為誰？此等李洞諸人皆不能道，非不及其詩，不及其精於禪也。使為師生平得意句，須思其得意處安在？」（下卷）再如許棠〈過湍溝客〉頷聯：「石形相對聳，天勢一條長。」李懷民於頷聯下評云：「狀出奇險。」頸聯：「棧底鳴流水，林端斂夕陽。」李懷民於頸聯下評云：「斂字妙。」（六）就尾聯而論。如張籍〈閒居〉尾聯：「誰見衡門裏，終朝自在貧？」李懷民評云：「（自在貧）三字奇創得妙。古詩人全須此副胸襟。」再如李洞〈下第送張霞歸覲江南〉尾聯：「空傷歡覲意，半路摘愁髭。」李懷民評云：「苦思至此，歸覲如此點，情感尤深。」

無論就律詩的任何一聯，李懷民常在特別激賞之處，加圈加點，以為標示。或以「匠」、「匠出」等字眼，彰顯詩家之創意。無可諱言，都是李懷民恬吟密詠、細細體味，所獲之心得。此於講求方法、喜套用分析體系之當代人而言，或有不足。然而吾人也不能否認，經李懷民之評點、銓評，這些詩聯之佳處，皆能彰顯無遺，從而為後人所共賞。

二、就起結、接續、制題等方面，論詩篇構造

李懷民十分強調五言律詩之篇章結構。因此，在這一方面，有不少畫龍點睛之提示。起、結之法，他舉趙嘏〈東歸道中〉為例，認為此詩「妙在起筆，須看其發端處，含毫邈然，乃絕得水部神韻。」又舉張籍〈送宮人入道〉一詩，提醒學者「最要學他結法，讀得不盡之味。」甚至顧非熊〈下第後送友人不及〉，李懷民都認為其頷聯「似無可涉想處涉想，似無可著筆處著筆。」；其頸聯之接續，筆

法十分新穎，而且「此等接落，亦非後人所知。」

李懷民有時也會對某些詩篇之章法，作較長之論評。並由句法、意境、風格之類似性，評比諸家五律之高下。例如李懷民指出周賀〈送省己上人歸太原〉頷聯「寒僧迴絕塞，夕雪下窮冬」為：「峭如峰，利如劍。」指出其頸聯「出定聞殘角，休兵見壞鋒。」為：「奇險。」然後，李懷民認為：「此篇具見力量，與賈師送霄韻（崑按：此指賈島〈送慈恩寺霄韻法師謁太原李司空〉。）正在伯仲之間，餘子皆在下矣。」

再如李懷民在論及喻凫〈遊雲際寺〉：「澗鑿吼風雷，香門絕頂開。閣寒僧不下，鐘定虎常來。鳥啄林稍果，鼯跳竹里苔。心源無一事，塵界擬休回。」指出其頷聯：「字字響，當從百鍊中來。起句是實賦，次聯卻是虛寫，若謂當晚果遇得一虎，則真鈍材矣，真高叟之為詩矣。」

又如裴説〈贈衡山令〉：「君吟三十載，辛苦必能官。造化猶難隱，生靈豈易謾。猿跳高岳靜，魚擺大江寬。與我為同道，相留夜話闌。」李懷民於首聯下評云：「語奇創，似乎無理。」於頷聯下評云：「承明卻極有理。蓋其詩不外窮理，所以能官也。唐人作詩功夫，正是致知格物之學，其識力氣節，即裕於此。故每以終身詣之，卓然自負也。此詩可謂發凡。若僅如後人，率爾拈筆，應酬時俗之作，乃是翫物喪志、聰明日錮，何能參造化？何能明吏治耶？」

由於李懷民強調精讀，因此，能夠精確斷定賈島〈哭孟郊〉、〈弔孟協律〉實為一詩之兩作，愛而不捨，故兩存之。按賈島〈哭孟郊〉云身死聲名在，多應萬古傳。寡妻無子息，破宅帶林泉。
塚近登山道，詩隨過海船。故人相弔後，斜日下寒天。

李懷民於首聯下評云：「再鍊之，止消『才行古人齊』五字。」李懷民於頷聯上句評云：「此尚常語，再鍊之，為『遠日哭惟妻』。」李懷民於頷聯下句評云：「此尚熟語，再鍊之，為『葬時貧賣馬』。」李懷民於頸聯下評云：「此二句，實勝後作。蓋愛而不忍蠲也，故兩存之。」又賈島〈弔孟協律〉云：

才行古人齊，生前品位低。葬時貧賣馬，遠日哭惟妻。
孤塚北邙外，空齋中嶽西。集詩應萬首，物象遍曾題。

李懷民於首聯上句評云：「五字贊盡，故其下更不用贊。世皆知東野所長在詩，而昌黎與浪仙皆極贊其行，所以為深知；而詩之高，又不待言。」李懷民於頷聯下評云：「質極、樸極、老極、痛極，狠苦結撰，非老郊，何以當此？」李懷民於頸聯上句評云：「此墳不朽。」李懷民於頸聯下句評云：「此居不朽。」李懷民於尾聯評云：「止以餘意及之。」從而感嘆：「非此詩不稱此人，見解撰力，無一不到。」這首詩其實就是由〈哭孟郊〉改寫而成。但是因為詩中有「品位低」之句，所以在題前加上官名。

一般詩論對於制題，鮮有觸及，尤其是長題，如何拿捏，對於作者而言，也十分重要。李懷民在

《重訂中晚唐詩主客圖》上卷，多次論及制題之法。他對於張籍〈春日李舍人宅見兩省諸公唱和因書情即事〉：〈和戶部令狐尚書喜裴司空見招看雪〉、〈和裴司空以詩請刑部白侍郎雙鶴〉、〈同綿州胡郎中清明對雨西亭宴〉等詩之制題，十分激賞，認為具有典範意義。他說：「看他運題之法，格即在此、妙即在此。後來不講律格則雜，鋪陳則瑣，無復風人之致矣。」又在許渾〈暝投靈智寺渡溪不得卻取沿江路往〉詩末，提醒讀者：「看其運題之法，非抛撇、又非挨敘。此中有斷制剪裁在，即所謂格也。」

至於崔塗〈晚次修路僧〉：「平盡不平處，尚嫌功未深。應難將世路，便得稱師心。高鳥下殘照，白煙生遠林。更聞清磬發，聊喜緩塵襟。」李懷民於頸聯下評云：「晚。」李懷民尾聯下評云：「次。後半事題中『晚』、『次』二字。」又詩末評云：「置題處，皆不同於古人。」

又如唐求〈山東蘭若遇靜公夜歸〉：「松門一徑微，苔滑往來稀。半夜聞鐘後，渾身帶雪歸。問寒僧接杖，辨語犬銜衣。又是安禪去，呼童閉竹扉。」李懷民於頷聯聯下評云：「寫生手。」李懷民於頸聯下評云：「長江得意句。」李懷民於詩末評云：「此題情事本佳，故詩亦高妙。然非閒心冷眼，則不能不相得此題。故欲學古人作詩，當先學古人置題。」

三、就胸襟氣度與詩歌境界，論詩人之成就

關於詩家之人格特質、胸襟氣度方面，李懷民在評析作品之際，也有許多觸發。例如韓愈與張籍本有師生之緣，但張籍在〈酬韓庶子〉一詩，對「此皇皇泰山北斗之韓夫子也，乃只用家常閒話，淡淡酬之，更不作意」，李懷民認為：「不知此不作意，正是高處。一時之胸次交情，莫切於此矣。在後人反不知添多少矜持張皇，都成客氣。」又白居易嘗贈詩推重張籍樂府詩，而張籍〈酬白二十二舍人早春曲江見招〉卻能不同於後人之周旋世故，李懷民認為：「樂天推重水部至矣，而水部卻不渾作讚語，只和其詩景，而人自見。」足見張籍詩所展現之胸襟氣度，頗有值得欽重之處。

再如崔塗〈言懷〉有云：「干時雖苦節，趨世且無機。及覺知音少，翻疑所業非。青雲如不到，白首亦難歸。所以滄江上，年年別釣磯。」李懷民對此也頗有感觸，先在首聯之下評云：「干時必有苦節，趨世必是無機，孔孟栖栖，亦是此義。不然，則成患得患失之鄙夫矣，唐末士品，要於此等求之。」又在頷聯之後，讚嘆：「有真骨氣在也！」由此，不難獲知李懷民對於詩家人格特質之重視。

李懷民除了抉發詩家之勝處，也對前賢之誤評，提出辨正。例如後世誤解許渾之詩作，過於傖俗。他在許渾〈陪王尚書泛舟蓮池〉詩末評云：「祇是尋常字句，而韻遠味腴，便耐諷詠。後世不深入而妄詆之，正不值作者一笑。陳后山云：『後世無高學，舉俗愛許渾。』須知俗人所愛，非能得其妙處。其妙處，恐后山亦未及深求也。」（上卷）

又如曹松之詩篇，論者認為有詩語過激之病。李懷民特別舉曹松〈書懷〉一詩為例辨正之。按曹松詩云：「默默守吾道，望榮來替愁。吟詩應有罪，當路卻如讎。陸海儻難溺，九霄爭便休。敢言名譽出，天未白吾頭！」李懷民認為此詩首聯「『替』字似尖，卻穩妥。」然後，對曹松之激憤，提出辯護。他說：「唐人所業者，不過詩句。然其心骨、詣力，堅確不易。此亦聖門強矯之徒也。故其氣盛而詞抗，不可磨滅。」

又如曹松〈晨起〉：「曉色教不睡，卷簾清氣中。林殘數枝月，髮冷一梳風。並鳥含鐘語，敧荷隔霧空。莫疑營白日，道路本無窮。」李懷民也是十分讚賞，認為：「篇中鍊字法，都涉尖纖，而辟冷之性、閒闃之境，一能狀出。」

又如馬戴〈晚眺有懷〉：「默默抱離念，曠懷成怨歌。高臺試延望，落照在寒波。此地芳草歇，舊山喬木多。悠然暮天際，但見鳥相過。」李懷民於詩末評云：「此與（馬戴）〈落日悵望〉詩，皆寓深感，味之無盡。古人詩寫景，必有情在。故即其詩，可以想見其人、想見其生平、想見其時世。孟子曰：『是以論其世也，是尚友也。』可謂善讀矣。然亦必其中原有感寓，若今人作詩，祇圖眼前塗抹點綴，人人可以通用，何足為後來之追想哉？此不惟唐詩也，自三百篇後，若漢魏、六朝；唐之後，若五代、宋、南宋，無不皆然，故皆不可滅沒。金元以後，或離或合矣；然其卓卓者，亦必主乎此，故於此發凡云。」

再如裴說〈旅中作〉：「行路非不厭，其如饑與寒。投人言去易，開口說貧難。澤國雲千片，湘江竹一竿。時明未忍別，猶待計窮看。」李懷民於頷聯評云：「直說，是古情。」李懷民於頷聯評云：「此中有壁立萬仞之概，學者當認得。」李懷民於尾聯評云：「鼓勵嶄然，與陶淵明『卓為霜下傑』出處不同，負性則一。」李懷民於詩末評云：「此所謂有個安身立命處，若後人感遇，不過自道窮苦耳。」

類似的長篇析論，在李懷民《重訂中晚唐詩主客圖》中，實在不勝枚舉。而且這些論析，都與其「學詩先求為古之豪傑」的論點一致。就《重訂中晚唐詩主客圖》一書來看，凡是能夠卓然壁立的「強矯之徒」，都給予相當崇高的評價，顯然李懷民認同「風格即人格」之說，相信詩歌創作成就，與詩人之人格特質密切相關。

四、由句法、內涵、體性之類似，說明體派關係

在論及張籍一系諸家五律時，李懷民下了很大功夫，舉出很多實例以為驗證。例如論及「清真雅正」一系的「上入室」朱慶餘時，先引龔賢〈朱慶餘詩序〉謂：「張水部初為律格詩，惟朱慶餘親受其旨。」又引朱慶餘〈近試上張籍水部〉（一作閨意獻張水部）：「洞房昨夜停紅燭，待曉堂前拜舅姑。妝罷低聲問夫婿，畫眉深淺入時無。」以及張籍之和詩〈酬朱慶餘〉：「越女新妝出鏡心，自知明豔更沈吟。齊紈未是人間貴，一曲菱歌敵萬金。」以此說明張籍對於朱慶餘之賞識，並作下按語說：「慶

餘無古體，律格專學水部，表裡渾化，他人顯能及者，斷推上入室。」緊接著李懷民又就個別詩句細論朱慶餘對張籍的承襲。

李懷民認為朱慶餘〈送淮陰丁明府〉前三句，仿效張籍〈寄漢陽故人〉，而能「青出於藍」，而且「水部集中亦不多覯。」認為朱慶餘之〈贈道者〉「全得水部贈方外詩訣。」認為朱慶餘之〈和劉補闕秋園寓興之什〉第十首「分明是學乃師〈和元郎中秋居之什〉，然無一語雷同，正是滅竈更燃也，如此乃謂善學。」

再如「清真雅正」一系的「入室者」王建。李懷民認為王建〈送人入塞〉一詩，「格法與司業毫髮不異。」；王建〈南中〉一詩，「結法亦是司業。」；王建〈送流人〉一詩，前半「與水部並無差別。」王建〈答寄芙蓉冠子〉一詩，「應與司業詩參看。」；王建〈隱居者〉一詩，「與水部隱者、辟穀者皆一例」；王建〈望行人〉一詩，「與司業詩同工異曲，後四稍平。」

至於「清真雅正」一系的「入室者」于鵠，雖出處不可考，李懷民還是就其詩格之相同。論斷于鵠〈送客遊邊〉一詩，「氣味已是水部」；于鵠〈題鄰居〉一詩，「全似學水部〈贈同谿客〉詩」；于鵠〈惜花〉一詩，「宜與仲初〈山中惜花〉詩並看，知其同出水部也。」；于鵠〈贈不食姑〉一詩，「竟似學水部〈不食姑〉、〈贈辟穀者〉等篇。」

李懷民對於「清真雅正」一系的「升堂者」、「及門者」亦然。他認為項斯〈送歐陽袞歸閩中〉一詩，「的是有意學水部」；項斯〈蠻家〉一詩，「從水部送蠻客、送南客、送南遷客、送海客數篇中，翻轉而來。」許渾〈神女祠〉一詩，「（頷聯）字法似水部語」、「（結聯）確得水部神致。」總之，李懷民對於「清真雅正」一系的詩人，或從取材之相近、或從句法之相侔、或就格法之雷同、或就氣味之相似，極力找出或遠或近的關係，茲不一一贅述。

李懷民對於「清真僻苦」一系也是措意甚深，採擇極精。賈島二百餘篇五律中，李懷民即簡選一百六十首入《重訂中晚唐詩主客圖》。他特別提到賈島〈哭柏巖禪師〉、〈山中道士〉、〈就可公宿〉三首是：「集中最著意者」。在論及李洞、周賀（清塞）之相關題材時，亦盡力做出比較，以見賈島格法、意趣之高超。例如李懷民論及賈島〈哭孟郊〉、〈弔孟協律〉二首時，特別指出〈哭孟郊〉與〈弔孟協律〉本是一詩，前者脫稿後，「再三改鍊，以成奇絕。」又如論及賈島〈送無可上人〉名句：「獨行潭底影，數息樹邊身。」時，李懷民指出：「此幻影也，獨行者誰？」、「此色身也，數息者誰？」、「此等李洞諸人，皆不能道，非不及其詩，不及其精於禪也。此為師生平得意語，需思其得意處安在？」論及賈島〈送李騎曹〉名句：「朔色寒天北，河源落日東。」時，李懷民指感嘆：「無此奇筆，如何匠得塞垣景出。」懷民又指出：「此王右丞『大漠孤煙直，長河落日圓』有正變之分，而發難顯則同。」李懷民對於賈島五律之析釋，可謂鞭闢入裡。

李懷民對「清真僻苦主」「上入室者」李洞，雖僅收詩二十八首，卻認為：「五七律及絕句長律，具師閬仙，五言尤逼肖，一字一句，必依賈生格式。」他感嘆李洞生得太晚，不能如朱慶餘受到張籍之知遇，以致落拓終身，抱憾以卒。

李懷民除指出李洞〈弔草堂禪師〉一詩是：「學本師〈哭宗密禪師〉之作」，也就李洞個別詩語深入評析，以見二人之傳承關係。例如李洞〈鄠郊山舍題趙處士林亭〉：「四五百竿竹，二三千卷書」一聯，李懷民評為：「從賈派變出，句法亦變」李洞〈河陽道中〉：「翻憶江濤裏，船中睡蓋蓑」二語，李懷民評為：「真島。」又如李洞〈送安撫從兄夷偶中丞〉：「河橋吹角凍，嶽月卷旗圓」一聯，李懷民評為：「極追賈師，並用其韻調。」又如李洞〈下第送張霞歸覲江南〉：「此道背於時，攜歸一軸詩。樹沈孤島遠，風逆蹇驢遲。草入吟房壞，潮衝釣石移。恐傷還覲意，半路摘愁髭。」李懷民於首句讚嘆：「得此五字，入古人不難。」並對頷聯、頸聯甚為稱嘆，「苦寫逼真、苦思至此」「匠出荒色，正為下第致感。」對於李洞詩之批評，可謂十分深入。

李懷民對於「清真僻苦」入室者周賀、喻鳧、曹松，也有相當精闢之論析。周賀有五律六十餘篇，全學賈島，兩人同樣出身於僧徒，且工力悉敵，因此被認定為入室者。李懷民評周賀〈送耿山人歸湖南〉一詩為：「長江集中，亦是傑作。」對周賀〈送省己上人歸太原〉一詩，也認為：「此篇具見力量，與賈師〈送霄韻〉篇正在伯仲之間。餘子皆在其下矣。」在周賀〈暮冬長安旅舍〉、〈送僧還南岳〉、〈宿開元寺樓〉等詩中，李懷民皆列舉句例，以證明周賀善學賈島。

至於喻鳧，專攻五言近體，前賢謂其效賈島為詩，人稱「賈喻」。李懷民特別指出喻鳧〈酬王檀見寄〉：「馳心棲杳冥，何物比清冷。夜月照巫峽，秋風吹洞庭。」四句，「與島師『秋風吹渭水』二句相媲而少次之。……賈喻爭勝處，卻在此等。」又於喻鳧〈寺居秋日對雨有懷〉一詩之頷聯：「隱几客吟斷，鄰房僧話稀。」評曰：「匠出寥闃，似從清塞『孤枕客眠久，雨廊僧話深。』翻出而此尤多情感。」由於李懷民能舉具體詩句作為證明，所以有很高的說服力。

至於曹松詩，也以刻苦深思，專攻近體聞名。李懷民奉之為「清真僻苦主」之入室者，認為與喻鳧在伯仲之間。他指出曹松〈南山聞夜泉〉：「瀉月聲不斷，坐來心益閒。無人知落處，萬木冷空山。」四句之所以能夠營造出「空闊疏宕」之境，正是從極端研鍊而來，而這也正是賈島的獨門功夫。再如曹松〈晨起〉：「曉色教不睡，卷簾清氣中。林殘數枝月，髮冷一梳風。並鳥含鐘語，攲荷隔霧空。莫疑營白日，道路本無窮。」一詩，李懷民認為：「篇中鍊字法都涉尖纖，而僻冷之性、閒闃之境，一一能狀出。」再如曹松〈觀山寺僧穿井〉一詩，李懷民評為：「極奇險、卻極平實，學賈上乘。」、再如曹松〈訪山友〉：「山寒初宿頂，泉落未知根。」一聯，李懷民評為：「頂、根二字，全用賈而，各成其妙。此等鍊句與賈師伯仲，亦惟賈門擅此法力。」

陸、結語

經由上述之討論，可知李懷民雖採取張為《詩人主客圖》之模式，對中晚唐詩人依交往關係之親疏遠近、詩歌作風之異同，建立一套分類辨法，藉此說明詩人體派關係；這樣的分類，實已超越張為《詩人主客圖》原有功能，使此書在中晚唐文學研究，獨具極高之價值。

其次，李懷民在《重訂中晚唐詩主客圖》一書，重申「中晚唐詩兩派」之主張，不僅較張為「六派說」更為精確；所收錄「清真雅正」一系詩人作品四四二首，「清真僻苦」一系詩人作品四六〇首，更是眼光獨到、採擇甚精；中晚唐時期重要五律作者，幾乎都有作品被收錄；學者如欲了解此一時期五律創作之面貌，可由此書獲知梗概。

再者，李懷民倡導「學詩當自五律始」、「由中晚唐以造盛唐之堂奧」不僅打破了明代前後七子宗奉盛唐之風氣，也適時對「中晚唐詩淺俗」之偏見，有所糾偏；尤其強調「學詩先求為古之豪傑」，對於不能升之廊廟之貧寒詩人，往往能給予適切評價；對其人格風範，不吝肯定。顯示出李懷民雖站在儒家立場，就詩歌批評而言，其心胸仍十分開闊。

當然，李懷民《重訂中晚唐詩主客圖》仍有若干缺失，比如在實際批評的操作上，依循傳統舊法，僅對個別詩篇，作簡短批點，屬於印象式、賞鑑式的批評。對頷聯頸聯之論析尤多，篇章營構之分析，明顯然不足；有關五律聲調、用韻之討論，則全付闕如。此或因聲調、用韻為五律創作之基本功，傳統士大夫無不熟習之故。雖然如此，李懷民《重訂中晚唐詩主客圖》固是中晚唐文學研究應備之要籍，也是五律創作者重要的參考書。

國家圖書館出版品預行編目

中晚唐苦吟詩人研究 / 李建崑著. -- 一版.
臺北市 : 秀威資訊科技, 2005[民 94]
面 ;　　公分. -- 參考書目 : 面 含索引
ISBN 978-986-7263-60-5（平裝）
1. 中國詩 - 歷史 - 唐（618-907）
2. 中國詩- 評論

820.9104　　　　94014855

語言文學類　AG0029

中晚唐苦吟詩人研究

作　　者 / 李建崑
發 行 人 / 宋政坤
執行編輯 / 林秉慧
圖文排版 / 莊芯媚
封面設計 / 莊芯媚
數位轉譯 / 徐真玉　沈裕閔
圖書銷售 / 林怡君
網路服務 / 徐國晉
出版印製 / 秀威資訊科技股份有限公司
台北市內湖區瑞光路 583 巷 25 號 1 樓
電話：02-2657-9211　　傳真：02-2657-9106
E-mail：service@showwe.com.tw
經 銷 商 / 紅螞蟻圖書有限公司
台北市內湖區舊宗路二段 121 巷 28、32 號 4 樓
電話：02-2795-3656　　傳真：02-2795-4100
http://www.e-redant.com

2006 年 7 月 BOD 再刷
定價：360 元

讀　者　回　函　卡

感謝您購買本書，為提升服務品質，煩請填寫以下問卷，收到您的寶貴意見後，我們會仔細收藏記錄並回贈紀念品，謝謝！

1.您購買的書名：______________________________

2.您從何得知本書的消息？

☐網路書店　☐部落格　☐資料庫搜尋　☐書訊　☐電子報　☐書店

☐平面媒體　☐ 朋友推薦　☐網站推薦　☐其他__________

3.您對本書的評價：(請填代號　1.非常滿意 2.滿意 3.尚可 4.再改進)

封面設計____　版面編排____　內容____　文/譯筆____　價格____

4.讀完書後您覺得：

☐很有收獲　☐有收獲　☐收獲不多　☐沒收獲

5.您會推薦本書給朋友嗎？

☐會　☐不會，為什麼？______________________________

6.其他寶貴的意見：______________________________

____

____

____

讀者基本資料

姓名：____________________　年齡：______　性別：☐女 ☐男

聯絡電話：________________　E-mail：____________________

地址：____

學歷：☐高中(含)以下　☐高中　☐專科學校　☐大學

☐研究所(含)以上 ☐其他______________

職業：☐製造業 ☐金融業 ☐資訊業 ☐軍警 ☐傳播業 ☐自由業

☐服務業 ☐公務員 ☐教職　☐學生 ☐其他__________

請貼
郵票

To：114

台北市內湖區瑞光路 583 巷 25 號 1 樓

秀威資訊科技股份有限公司　　　收

寄件人姓名：

寄件人地址：□□□

(請沿線對摺寄回,謝謝!)

秀威與 BOD

BOD（Books On Demand）是數位出版的大趨勢，秀威資訊率先運用 POD 數位印刷設備來生產書籍，並提供作者全程數位出版服務，致使書籍產銷零庫存，知識傳承不絕版，目前已開闢以下書系：

一、BOD 學術著作—專業論述的閱讀延伸
二、BOD 個人著作—分享生命的心路歷程
三、BOD 旅遊著作—個人深度旅遊文學創作
四、BOD 大陸學者—大陸專業學者學術出版
五、POD 獨家經銷—數位產製的代發行書籍

BOD 秀威網路書店：www.showwe.com.tw
政府出版品網路書店：www.*gov*books.com.tw

永不絕版的故事・自己寫・永不休止的音符・自己唱